LSJ EDITIONS

Les Croz : Val'Aka
Tome 3

LSJ EDITIONS
La saga des Croz

Linda Saint Jalmes

Les Croz : Val'Aka
Tome 3

LSJ EDITIONS
La saga des Croz
Roman

~ Les romans de l'auteur disponibles chez LSJ Éditions ~
(Brochés, numériques et audios en cours)

La saga des enfants des dieux (fantastique, aventure, pour adultes) :

1 – Terrible Awena (disponible en audio)
2 – Sophie-Élisa (disponible en audio)
3 – Cameron
4 – Diane
5 – Eloïra

La Saga des Croz (fantastique, aventure, pour adultes) :

1 – La malédiction de Kalaan
2 – Le collier ensorcelé
3 – Val' Aka

Passion Flora (mini-roman érotique, pour adultes)

Les bêtises de Lili (tout public, humour, anecdotes)

The Curse of Kalaan (traduction en anglais US du tome 1 des Croz)

Romances Fantastiques : Nouvelles – édition 1
    Trois nouvelles : Second Souffle, Le Naohïm de Noël, Le prix d'un nouveau monde.

La saga Bhampair (fantastique, dark)

    Bhampair : 1 - Aaron Dorsey
    Bhampair : 2 – Lune Noire *(en cours de préparation)*

LSJ EDITIONS

Le Code de la propriété intellectuelle et artistique n'autorisant, aux termes des alinéas 2 et 3 de l'article L.122-5, d'une part, que les « copies ou reproductions strictement réservées à l'usage privé du copiste et non destinées à une utilisation collective » et, d'autre part, que les analyses et les courtes citations dans un but d'exemple et d'illustration, « toute représentation ou reproduction intégrale, ou partielle, faite sans le consentement de l'auteur ou de ses ayants droit ou ayants cause, est illicite » (alinéa 1 er de l'article L. 122-4). « Cette représentation ou reproduction, par quelque procédé que ce soit, constituerait donc une contrefaçon sanctionnée par les articles 425 et suivants du Code pénal. » Pour les publications destinées à la jeunesse, la Loi n°49-956 du 16 juillet 1949, est appliquée.

© Linda Saint Jalmes
© Illustration de couverture : LSJ.
ISBN : 9782490940431
Dépôt légal : Juin 2019

LSJ Éditions
22 rue du Pourquoi-Pas
29200 Brest

www.lindasaintjalmesauteur.com

~ **Les liens pour suivre Linda Saint Jalmes** ~

Site officiel et boutique :
https://www.lindasaintjalmesauteur.com/
(Dans la boutique du site : Parfum *Awena*)

Facebook :
https://www.facebook.com/LSJauteur
Instagram :
https://www.instagram.com/linda_saintjalmes/
Pinterest :
https://www.pinterest.fr/lindasaintjalmes/
Tik Rok :
https://www.tiktok.com/@linda.saintjalmes_auteur?lang=fr

*À tous les passionnés de la lecture,
à tous ceux qui savent encore rêver,
à vous, chers lecteurs.*

Prologue

Océan Pacifique, au sud des côtes japonaises, septembre 1829

— Puisque je vous assure qu'il y a une île sur notre droite ! insista une nouvelle fois Jwan[1], avant de pousser un cri d'exaspération qui se perdit dans l'indifférence générale et le tohu-bohu ambiant.

Et pour cause, autour d'elle, sur le pont de la frégate *Ar Sorserez*, deux clans s'affrontaient ! Non pas celui des Croz s'opposant aux Saint Clare... Mais celui des femmes – qui avaient embarqué clandestinement à bord du navire, il y avait de cela quatre mois dans les Highlands – contre leurs époux. Et le ton grimpait encore entre Eilidh et Keir, Virginie et Kalaan, sans omettre la fougueuse Isabelle qui fulminait sous le nez de son flegmatique Dorian, légèrement désabusé toutefois.

---

1 *Jwan : Pour vous aider dans votre lecture, le prénom Jwan se prononce Jouane.*

Un peu à l'écart et n'osant pas ouvrir la bouche, Jaouen et son frère Clovis, qui étaient également montés à bord en catimini pour ensuite se réfugier dans la cambuse, semblaient eux aussi sur le point de perdre patience.

O.K., ils avaient aussi été démasqués, comme ces dames, d'accord ils n'avaient pas obéi aux ordres qui étaient de rester au château des Saint Clare… encore une fois, comme ces dames. Mais enfin, il y avait des limites à la punition des Guivarch, et cette dispute en était une de trop ! Ce que vint aussi à se dire Jwan en son for intérieur, tandis que P'tit Loïk marmonnait dans sa barbe poivre et sel :

— Si c'est pas triste d'voir ça. Après tout c'qu'on a traversé ensemble, ils arrivent encore à s'entre-tuer ; le cap Nord, le passage entre les glaces du sud de l'Arctique, le détroit de Kara, puis celui de Béring, sans compter le typhon qui nous est tombé d'ssus, alors qu'nous naviguions au large des côtes du Japon, et ces pirates nippons qui nous collent au cul d'puis des heures !

— Il faut croire que nos amis se complaisent à vivre ainsi, entre cris continuels, bagarres, et risques inconsidérés ! maugréa la princesse de Pount, avant de se tourner derechef en direction de l'île. Cependant, moi, je n'en puis plus, soupira-t-elle encore.

L'instant suivant, elle s'attelait à préparer à la hâte

un paquetage où elle plaça une gourde d'eau, son arc et ses flèches, avant de fixer un long coutelas à la ceinture de son pantalon. Puis elle fit un nœud dans le bas de sa chemise d'homme pour l'ajuster à sa taille fine, et se pencha dans le but d'ôter ses lourdes bottes en cuir, sa belle natte rousse en profitant pour glisser le long de son épaule.

— Qu'faites-vous ? s'étonna P'tit Loïk en fronçant ses sourcils broussailleux, alors que derrière lui, les éclats de voix devenaient des plus insupportables.

— J'y vais !

— Vous… vous allez où ? bafouilla-t-il en ouvrant de grands yeux éberlués.

La jeune femme se redressa souplement tout en harnachant solidement son paquetage sur le dos, avant de pointer du doigt un endroit que P'tit Loïk ne discernait pas.

— Sur cette île !

Voilà qu'ça recommence ! se dit le second en soupirant longuement et en se souvenant de l'expérience identique qu'il avait vécue avec Kalaan, la première fois qu'ils s'étaient tenus non loin de la côte est des Highlands.

La magie était-elle à nouveau à l'œuvre ? Ce qui n'aurait pas été étonnant, puisque Jwan était une enfant des Origines… et un guépard à ses heures perdues.

— J'oi bien entendu. Mais… mamz'elle, y a rien

qu'l'océan Pacifique à des kilomètres à la ronde ! D'puis qu'la boussole est d'venue folle, on sait même plus où qu'nous sommes !

— Bien sûr que si ! Nous nous trouvons dans le Triangle du Dragon ! Le fait que votre étrange instrument à aiguilles ne fonctionne plus en est la preuve ! Avez-vous oublié ce que nous ont raconté les quelques marins japonais que nous avons secourus au large des côtes d'*Edo*[2] ? Je les ai bien compris, puisque inexplicablement, et depuis que je suis arrivée dans cette époque, je peux comprendre et parler toutes les langues, et ils affirmaient avoir été victimes du Triangle du Dragon qui est maudit ! Cela faisait des jours qu'ils étaient perdus en mer, sans pouvoir compter sur leur... bou... euh... boussole comme vous l'avez nommée !

— No... non, da ! Ou... oui ! Z'avez raison ! Mais, Jwan... je n'vois rien ! reprit plaintivement le second en la talonnant nerveusement vers le bastingage.

Bastingage sur lequel la jeune femme grimpa avec agilité pour ensuite se tenir debout, en équilibre, une main accrochée au cordage des échelles menant à la hune d'artimon.

— Je suis certaine que c'est le lieu que nous recherchons ! Je le sens au fond de moi, question d'instinct si vous voulez ! De plus, l'endroit ressemble à ce que les Japonais m'ont décrit ; de par sa forme, sa

2   *Edo : Ancien nom de Tokyo jusqu'en 1868.*

végétation et surtout sa montagne fumante au centre. C'est bien *Miyakejima*, la contrée où se cache Val'Aka d'après les informations de la confrérie Saint Clare des « Traqueurs de démons » ! assura-t-elle en baissant son beau visage vers celui du vieux loup de mer, alors qu'enfin, un silence funeste se faisait sur le pont.

— Y'a plein d'îles avec des volcans par ici, même si ça fait un moment qu'on n'en a pas vu ! tenta-t-il encore de la raisonner.

— Que fais-tu, Jwan ? s'inquiéta Isabelle en se précipitant vers elle et en levant son regard ambré vers les prunelles vertes de son amie.

— Elle… veut r'joindre l'île… invisible, marmonna P'tit Loïk comme la fille des Origines s'était à nouveau détournée et ne répondait pas.

Toute l'attention de Jwan était dorénavant focalisée sur l'estimation de la distance qu'il y avait entre elle et la surface de l'océan. Elle ne devrait en aucun cas manquer son plongeon, au risque de se blesser ! Sans compter que le mouvement de la frégate, ballottée par les flots encore gonflés après le passage du typhon, n'allait pas du tout l'aider. Il faudrait qu'elle s'élance au moment d'un creux.

— Descendez de mon bastingage tout de suite ! ordonna Kalaan en bousculant Isabelle et en tendant le bras pour saisir la main de Jwan.

Mais ses doigts se refermèrent sur le vide, car la

guerrière des temps antiques venait de s'élancer tête la première dans l'océan azuré en un saut majestueux.

— Jwan ! s'époumona Isabelle, imitée par les autres femmes tandis que les hommes tempêtaient après la stupidité de la princesse de Pount. Je vais la chercher ! reprit-elle en faisant mine de grimper sur le parapet de bois, avant que Dorian ne la retienne par la ceinture de son pantalon.

— Non ! On va la repêcher, mais toi, tu restes à bord !

— Cesse de me rabâcher ce que je dois faire !

— Alors, arrête tes bêtises ! Une de vous à la mer, ça suffit ! Depuis que l'on vous a trouvées dans votre cachette en fond de cale, toutes les calamités de la terre semblent s'abattre sur nous !

— Je n'aurais pas dit mieux ! pesta Kalaan après avoir hurlé des ordres pour faire préparer une chaloupe.

— Ah, parce que Jaouen et Clovis ne méritent pas votre courroux ? protesta Isabelle en revenant à la charge. Ont-ils un traitement de faveur parce qu'ils sont des hommes ? Ne serait-ce pas plutôt à cause d'eux que nous vivons toutes ces catastrophes ?

— Silence ! intervint à son tour Virginie, le visage soudain tendu et très pâle. Je ne la vois plus…

— Comment ça ? s'étouffa Isabelle, le cœur brusquement chaviré par l'angoisse.

— Elle a raison, chuchota Eilidh, la blonde épouse

de Keir Saint Clare. Je la suivais des yeux, et en un clignement de paupières... Jwan s'est volatilisée.

— Les requins ? s'enquit son highlander de mari, cousin de Dorian.

Tous poussèrent des cris horrifiés, tandis que du haut de la hune du grand mât, un autre hurlement leur parvenait :

— Pirates en vue ! s'égosilla le guetteur de son nid-de-pie, en tendant le bras en direction de la poupe du navire.

— Bon sang, il ne manquait plus qu'eux ! s'emporta Kalaan, avant de lancer un regard profondément désolé vers sa sœur, sa femme Virginie, puis sur Eilidh. Nous devons prendre le large, et de ce fait, nous ne pouvons plus rien faire pour Jwan.

— NON ! s'exclama Isabelle au désespoir, tandis que son frère, le dos raidi, avait déjà donné ses ordres aux marins, et que tous filaient sur les ponts ou grimpaient dans les cordages, puis sur les mâts, pour libérer le plus de voiles possible.

— Ma douce, mon amour, murmura Dorian au creux de l'oreille d'Isabelle tout en la maintenant fermement contre son torse. Les pirates se rapprochent, et ni Keir ni Jaouen, et encore moins moi-même ne pouvons utiliser nos pouvoirs magiques depuis que nous sommes arrivés dans cette partie de l'océan que Jwan a appelée le « Triangle du Dragon ». Il faut fuir et mettre le maximum de personnes à l'abri.

— Mais… nous ne pouvons pas l'abandonner ici !

— Nous la retrouverons, sois-en sûre. Mais pour le moment… elle a choisi son destin, souffla tristement Dorian de sa voix rauque.

Ainsi, la frégate *Ar Sorserez* reprit-elle son chemin, toutes voiles dehors, pour échapper une fois de plus aux terribles et sanguinaires forbans japonais du Pacifique.

Eh oui, Dorian avait raison… la belle princesse de Pount avait choisi son destin.

Chapitre 1

Seule au monde

Jwan profita du puissant courant d'une dernière vague pour se laisser porter et atteindre le sable blanc de la plage. Là, essoufflée et les muscles rendus douloureux du fait de l'effort fourni, elle se mit à ramper et s'allongea enfin sur le dos, hors de portée de l'océan.

Elle ne s'octroya qu'un court moment de répit dans le but de récupérer un peu, puis se remit debout, et hurla en direction de la frégate, tout en faisant de grands signes des bras.

Seulement… l'*Ar Sorserez* s'éloignait, ne laissant aucun doute dans l'esprit de la jeune femme quant au sort que ses amis lui réservaient : ils l'abandonnaient sur cette île !

— *Ohé ! Ohé !*

Il était impossible que personne ne l'aperçoive ! La distance entre la plage et le navire n'était pas si importante que ça ! Mais plus les secondes s'écoulaient, plus la majestueuse silhouette du bateau s'amenuisait tandis qu'il se déplaçait à vive allure, ses innombrables voiles blanches bombées par le vent.

Soudain, un autre mouvement sur les flots attira l'attention de Jwan. Elle retint sa respiration et baissa vivement les bras tout en s'accroupissant, avant de tourner la tête vers les arbres et la végétation qui poussaient à une centaine de mètres dans son dos.

Oui, elle pouvait les atteindre, il le fallait !

Elle saisit à la hâte son paquetage et sourde à la douleur de ses muscles malmenés, elle se mit à courir avec célérité pour enfin se jeter derrière une haute barrière de plantes exotiques.

Là, le souffle court, et tout en écartant les feuillages de ses doigts tremblants, elle attacha à nouveau son regard sur le navire des bandits qui passait également sans marquer d'arrêt. Soit elle ne les intéressait pas, soit ils ne l'avaient pas vue !

Mais oui, il n'y avait pas d'autre explication !

Jwan était apparemment la seule à pouvoir apercevoir l'île, et donc, les pirates n'en avaient pas plus la faculté que ses amis !

— De ce fait, nous allons dire que sur ce point précis... j'ai de la chance, marmonna Jwan en s'asseyant pesamment avant de fouiller son sac à la recherche de la gourde.

Elle se désaltéra et attendit que sa respiration se fasse plus régulière. Puis elle se laissa aller au silence apaisant des lieux, tandis que son corps se détendait. Un incongru sourire de contentement étira ses belles lèvres roses et elle décida de ne pas s'inquiéter quant à la conduite adoptée par ses amis ; ils cherchaient simplement à distancer les pirates pour mieux les semer et reviendraient vers elle dès que ce serait chose faite. Elle savait qu'ils n'auraient jamais abandonné l'un des leurs et que malgré la barrière d'invisibilité qui abritait l'endroit, ils la trouveraient.

Rassérénée par ses pensées positives, elle se mit à savourer son retour à la nature et se délecta du calme environnant. Enfin, calme, était un bien grand mot si l'on mettait de côté le chant des cigales. Néanmoins, c'était un plaisir presque grisant que de ne plus entendre de cris ni de disputes, et pour un temps, elle ne subirait plus la torture qu'était devenue la cohabitation avec trois personnes dans une cabine exiguë ! L'espace était essentiel pour Jwan, et depuis son arrivée dans cette époque, elle avait terriblement souffert d'en manquer.

Grâce à son ouïe qui bénéficiait d'une acuité particulière, elle se mit à la recherche d'un signe de vie quelconque sur cette île. Il était important de se faire une idée de la dangerosité ou non du lieu, avant qu'elle n'installe son bivouac.

Elle aurait pu être déroutée par tous les sons qui

submergèrent son esprit en un instant, néanmoins elle fit le tri assez facilement. Sous sa forme de guépard, c'était ainsi qu'elle procédait immuablement. D'abord, elle élimina la puissante musique des vagues, le chant des cigales, ainsi que le souffle du vent dans les branchages, les herbes hautes et fougères diverses, comme dans les frondaisons des arbres dont, pour la plupart, elle ne connaissait pas les noms.

Un autre bruit sourd la perturba, celui qui provenait du cœur de la montagne boisée, située au centre de l'île, et que P'tit Loïk appelait « volcan » ; c'était une sorte de grondement permanent mêlé de frottements. En y faisant plus attention, la jeune femme se rendit compte qu'après certains de ces sons, et en accord avec ces derniers, le sol où elle se tenait assise paraissait frissonner.

Au moment même où elle en faisait le constat, une infime secousse se produisit et des centaines d'oiseaux s'envolèrent en babillant follement.

Jwan n'avait jamais vu de volcans – tout du moins actifs –, n'en connaissait pas la signification et encore moins les dangers, et n'avait aucune idée de ce qu'étaient les signes avant-coureurs d'une éruption imminente. Ainsi, elle en vint innocemment à se demander si un géant – au vu du vacarme entendu – pouvait demeurer dans la montagne. Un être immense qui ferait un grand feu de bois ? C'était un peu tiré par les cheveux comme idée, mais cela aurait pu expliquer les panaches de fumée blanche qui s'élevaient paresseusement et en continu au-dessus du vertigineux sommet.

Après tout, à Pount, royaume des enfants des Origines dont elle était native, tout était possible ! Alors, pourquoi pas ici ?

Repoussant toutes ces réflexions dans un coin de sa tête, elle se remit à l'écoute de la faune de l'île. Il y avait de nombreux battements de cœur, rapides ou lents en proportion de la taille de leurs propriétaires. Il était ainsi très difficile de pouvoir affirmer si un autre humain, ou plusieurs, vivaient ici... ou bien même un géant ?

— Des animaux, je ne crains rien, murmura Jwan. Ce qui n'est pas le cas si je me retrouve devant l'un de mes congénères.

Mais, si cette île était bien *Miyakejima*, un des battements de cœur perçu devait forcément appartenir à Val'Aka, le frère aîné de Kalaan et d'Isabelle. À moins que les membres de la confrérie des « Traqueurs de démons » ne soient arrivés avant elle... et qu'ils aient réussi à le supprimer.

— Non, souffla-t-elle. Il ne se peut qu'ils soient parvenus à leur but avant nous, pas après tous les risques que nous avons pris pour les devancer.

En décidant de voyager par le dangereux passage maritime du nord-est, Kalaan avait assuré qu'ils gagneraient un temps précieux sur la confrérie qui avait certainement pris l'autre voie, nettement plus longue, vers le sud. Sans compter que les enfants des dieux aidés du druide Jaouen – une fois celui-ci démasqué – avaient utilisé leur magie pour faciliter leur traversée dans la « mer gelée » (comme l'avait appelée Jwan à cause des étendues glacées sur l'eau) et avaient propulsé la frégate à grande vitesse comme ils l'avaient déjà fait en Égypte. Les trois hommes avaient réalisé des prodiges. Tant et si bien que la jeune femme en avait été malade jusqu'à leur arrivée dans le détroit de Béring.

— Le pire est derrière toi, pense à autre chose, se morigéna Jwan.

Elle hésita un instant à se transformer en guépard pour partir en repérage des lieux, mais décida de n'en rien faire en levant le nez vers le ciel qui se teintait de nuances orangées et rougeâtres. La nuit allait bientôt tomber, le moment était venu de préparer son campement. Et puisqu'elle n'était visible de personne depuis l'océan, pourquoi alors se priver de la chaleur d'un bon feu ? Ainsi, ses vêtements sècheraient plus rapidement !

Jwan ne mit guère de temps à réunir du petit bois sec qu'elle dénicha sous des corniches de roches couvertes de mousses grasses et de lichens. Elle récupéra ensuite quelques pierres pour établir les contours d'un foyer. Heureusement pour elle, il y avait de nombreux bouleaux parmi les multiples espèces d'arbres qui poussaient aux alentours. C'était un bois qui s'enflammait rapidement et son écorce effilochée ferait un excellent nid de base pour recueillir des étincelles.

À l'aide de son coutelas, elle fabriqua une sorte de petite planche, la troua de la pointe de sa lame, puis l'incisa sur le côté. Elle approcha ensuite l'écorce et des feuilles mortes près de la fente, puis détendit la corde de son arc pour l'enrouler sur un bâton, et ainsi faire naître le feu grâce à la méthode de « l'archet ». Il ne lui fallut pas plus de vingt minutes, et le vif frottement du bout de la baguette sur la planche produisit de la fumée, puis des étincelles, avant que le feu ne gagne à son tour l'écorce effilée, que la jeune femme aviva doucement de son souffle en ajoutant petit à petit le bois sec.

Elle se redressa ensuite en posant les mains sur sa taille fine et sourit, fière d'elle. Après quoi elle jeta un regard sur la gourde contenant assez d'eau potable pour la nuit et le lendemain, puis sur son arc et ses flèches, et se dit qu'il lui restait un peu de temps pour partir à la chasse.

Mais une autre image que celle d'un lapin tournant sur une broche lui vint à l'esprit. Elle se souvint d'avoir vu de nombreux fruits verts sur le sable blanc de la plage, juste à la lisière de la végétation, et ceux-ci ressemblaient étonnamment à des pommes. Soudain, l'envie d'en croquer une et d'apprécier son jus sucré fut plus fort que son désir de viande. Sans compter qu'il n'y avait que quelques pas à faire pour en ramasser !

Quelques instants plus tard, Jwan poussa un petit cri de joie en s'apercevant de la profusion incroyable de fruits qu'elle pourrait récolter. Il y en avait partout devant elle, à perte de vue !

Son estomac gargouilla d'envie, et elle se baissa souplement pour glaner une première et belle pomme verte.

— *Ugokunai de !*

Elle fut tellement surprise par le ton abrupt des paroles en japonais, et le son rauque de la voix qui perça la paisibilité de l'endroit, qu'elle lâcha un cri de stupeur avant de faire promptement volte-face vers l'ombre épaisse des arbres d'où sortirent plusieurs hommes aux yeux bridés et à la mine redoutable. C'étaient des samouraïs d'après leurs étranges habits sombres, et le fameux katana qui dépassait de leur ceinture. Seuls ces guerriers redoutés pouvaient porter une telle arme.

Qu'a « aboyé » l'un d'entre eux ? se demanda in petto Jwan pour essayer de maîtriser sa peur. *Il a dit : Ne bouge pas !*

En tous les cas, amis ou ennemis, ils avaient été si silencieux qu'elle venait de se faire avoir comme une novice ! Sans autre moyen de défense que ses mains… ou ses griffes.

Chapitre 2

Rencontre

— *Anata wa dare*[3] ? demanda à nouveau, et d'un ton rude, l'homme de tête qui paraissait être le chef des cinq samouraïs qui faisaient face à Jwan.

Cette dernière leva lentement les mains en signe de paix et afficha un sourire tremblant avant de répondre dans leur langue, tout en espérant sincèrement ne pas se tromper dans les mots utilisés :

— *Watashi... ha... Jwan to moshimasu*[4].

Comme le visage dur des hommes restait inexpressif, elle se décida à employer le français :

— Je m'appelle Jwan, princesse de Pount, et je vous prie de m'excuser si je ne m'exprime pas encore bien dans votre langue. Vraiment, *sumimasen*[5] ! ajouta-t-elle aussi en inclinant légèrement la tête vers le bas avant

---

3   *Anata wa dare : Qui es-tu, en japonais/romaji.*
4   *Watashi ha (ici prénom) to moshimasu : Je m'appelle (prénom), en japonais/romaji.*
5   *Sumimasen : Excusez-moi, en japonais/romaji.*

de se redresser.

Les traits du samouraï-chef se crispèrent soudainement, ses lèvres se pincèrent, et ses doigts se resserrèrent autour du pommeau de son katana. Mais tant qu'il ne sortait pas le sabre, la jeune femme avait une chance de vivre, car elle savait grâce à son amie Isabelle que chez les Japonais, une lame extraite de son étui était le signe d'une mort assurée.

Bon sang ! Avait-elle proféré une offense ? Pourtant, les mots se traduisaient de manière naturelle dans son esprit !

Jwan était prête à se transformer en guépard d'un instant à l'autre pour attaquer ou fuir, mais quelque chose dans sa tête lui soufflait de rester et de tenter de dialoguer. Cependant, y parviendrait-elle réellement ? Oui, elle comprenait et pouvait parler, après un certain temps d'adaptation, pratiquement toutes les langues et les dialectes. Cela avait été le cas avec les personnes qu'elle avait rencontrées, originaires de différents pays. Néanmoins, pour une fois, tout ne semblait pas couler de source...

— Française ? fit alors une autre voix, très grave, avec un accent plutôt raffiné, inconnu de la jeune femme.

Elle porta aussitôt son regard vers la nouvelle ombre qui se dessinait sous l'épais feuillage des arbres, tandis que la luminosité baissait plus encore.

— Non ! répondit-elle enfin en lançant un vague

coup d'œil sur les samouraïs qui ne la quittaient pas des yeux, mais semblaient comme figés, dans l'attente d'un ordre.

Le chef est donc le nouvel arrivant, constata-t-elle intérieurement.

— Non ? Vous parlez pourtant très bien cette langue, reprit l'individu, toujours à distance. Tout comme le japonais ! ajouta-t-il avec un brin d'admiration.

— Je vous remercie ! Pourriez-vous vous montrer, maintenant ?

— À quoi cela servirait-il ? Il commence à faire nuit et je doute que vous puissiez me voir dans le noir.

Jwan faillit s'esclaffer, s'il savait ! La nuit n'avait aucun secret pour elle.

— Mais ce n'est pas encore le cas, et il reste assez de clarté pour… que nous puissions faire connaissance ! proposa-t-elle le plus légèrement possible.

Un rire de baryton lui répondit, un son qui la fit étrangement frissonner. Elle se força à ne pas reculer quand l'imposante silhouette se mit à avancer, puis à sortir du couvert des frondaisons pour se poster enfin devant elle, à côté du samouraï de tête.

Il était habillé à l'identique des guerriers japonais qui portaient tous une sorte de veste sombre et ample, aux manches très larges, dont les pans avant étaient croisés côté gauche sur côté droit, et le devant attaché par un nœud sur le haut de la hanche. Le bas était un gigantesque pantalon bouffant noir, qui ressemblait à s'y méprendre à une longue jupe épaisse et plissée, sauf que l'entrejambe était bien visible, donc oui... c'était bel et bien un pantalon même s'il était très étrange. Quant à ses pieds, ils étaient affublés de drôles de chaussettes noires qui ne laissaient voir que deux gros doigts de pied, au lieu des cinq, et chaussés de sandales plates aux lanières sombres et croisées.

Le regard de la jeune femme remonta lentement à sa ceinture, d'où sortait également le pommeau d'un katana, puis elle leva vivement ses yeux verts pour enfin découvrir la physionomie de l'homme. Ce n'était pas un Japonais, comme elle s'en était doutée au son de sa voix, même s'il possédait des cheveux de jais, longs, dont une partie était retenue à l'arrière de la tête par un petit chignon. Les traits de son visage étaient tout simplement superbes, avec une bouche magnifiquement ourlée qui esquissait un rictus amusé tandis qu'elle le détaillait, et ses prunelles étaient de couleur ambrée, ombrées de longs cils noirs.

Des yeux de couleur ambrée... et identiques en tout point à ceux d'Isabelle et de Kalaan !

— Vous êtes Val'Aka ? s'écria Jwan en se détendant immédiatement et en souriant de soulagement, extrêmement heureuse de ne pas s'être trompée quant à l'île et d'avoir suivi son instinct. Vous êtes vivant ! Ce que je suis heureuse de vous avoir enfin trouvé !

L'instant d'après, elle avait sous le nez la dangereuse pointe du sabre du samouraï le plus proche, tandis que ce dernier s'était mis en position de combat. La jeune femme déglutit lentement et leva à nouveau les bras.

— *Daijobu desu[6]* ! Je ne suis pas votre ennemie ! articula-t-elle avec difficulté.

Celui que Jwan avait reconnu comme étant Val'Aka posa une main sur l'épaule du guerrier et lui murmura quelques mots à l'oreille. Le katana fut remis au fourreau et le samouraï recula d'un pas. En fin de compte – au grand soulagement de Jwan – Isabelle s'était trompée, un katana dégainé ne donnait pas forcément la mort !

— Dites-le aux hommes qui vous ont précédée et qui sont venus dans le but de me tuer ! lança Val'Aka d'un ton soudain plus tranchant.

Isabelle sut immédiatement à qui il faisait référence : aux « Traqueurs de démons » Saint Clare. Ainsi, ils avaient réussi l'exploit d'atteindre l'île bien avant son groupe !

— Oui, eux étaient venus pour cela, mais pas moi !

— Vous savez de qui je parle, vous les connaissez ! jeta-t-il encore.

---

6 *Daijobu desu : Tout va bien, en japonais romaji.*

— Je ne les connais pas personnellement, mais je suis au courant de leur histoire. Ils font partie d'une confrérie spéciale du clan Saint Clare. Ils sont à vos trousses, car vous vous seriez fait mordre par un... lu... pulu...

— Un loup-garou !

— Voilà, c'est ça ! Dites, je ne vous mens pas, je suis vraiment dans le camp des gentils avec votre frère Kalaan et votre sœur Isabelle... même s'ils sont vraiment insupportables ! Ne vous méprenez pas sur mes mots ! se reprit vivement Jwan, abusée par l'expression brusquement effarée du jeune homme. J'apprécie infiniment vos proches parents, mais... sans contredit, ils sont réellement assommants !

— Vous connaissez... Kalaan et... Isa ? bafouilla pour la première fois le bien trop fascinant Val'Aka en cillant.

— Bien sûr ! Oh ! Je crois que les présentations sont à refaire ! J'ai voyagé avec eux depuis « les terres froides » pour venir vous secourir. Dès qu'ils ont appris qui vous étiez pour eux et que nous avons eu vent de vos... comment dire... difficultés, nous sommes partis sur les flots à bord du navire du comte. Nous devions arriver avant les Traqueurs, mais voilà, il me semble que c'est « foiré », comme dirait P'tit Loïk.

— Ils ont vraiment décidé de me secourir ? s'exclama le jeune homme en essayant de masquer son émotion et en effaçant rapidement le sourire qu'il avait esquissé en l'entendant prononcer le mot « foiré ».

— Oui, la preuve, je suis bel et bien là, devant vous !

— Et… où sont les autres ?

— Oh, comme dirait encore P'tit Loïk , « il y a eu une couille dans l'pâté » ! J'ai dû sauter du navire parce qu'inexplicablement ils ne voyaient pas l'île de *Miyakejima*, contrairement à moi, et qu'ils étaient trop occupés à se disputer. Je croyais sincèrement qu'ils me suivraient, mais en fait, ils ont dû prendre le large, car des pirates approchaient. Donc, je pense qu'ils reviendront dès qu'ils leur auront « botté l'cu... »

— … comme dirait P'tit Loïk, coupa Val'Aka, avant de se mettre à rire doucement.

Il avait un beau timbre de voix, rauque, sensuel, chaud… et son rire l'était tout autant. Jwan se surprit à se joindre à lui, sans savoir pourquoi. Qu'avait-elle dit de si amusant ? D'habitude, quand le vieux loup de mer lançait ses réflexions, certains le réprimandaient, mais très peu de personnes riaient.

— Vous êtes une drôle de petite femme, murmura-t-il enfin en recouvrant peu à peu son sérieux. Vous êtes seule devant plusieurs guerriers armés, et vous ne fléchissez pas, vous restez droite ; pourtant… j'ai senti votre peur.

— Comme je sens la part ténébreuse qui est en

vous ! ne put-elle s'empêcher de dire, car effectivement elle percevait la sombre présence de cette « bête » qui se tapissait en lui, ce qui avait pour effet de lui faire dresser les poils sur les bras.

Les traits du visage de Val'Aka se figèrent instantanément et la jeune femme se maudit de l'avoir blessé involontairement. Il avait réussi à créer entre eux, en quelques secondes, un climat de confiance, de détente, et voilà que tout changeait.

— Qui êtes-vous vraiment ? questionna-t-il en plissant les yeux.

— Comme je l'ai déjà dit, je suis Jwan, princesse du royaume de Pount et je viens... de très loin, éluda-t-elle en balayant l'air de la main.

Cela aurait été trop long de lui expliquer son voyage dans le temps et ce n'était peut-être pas le bon moment.

— Je n'ai jamais entendu parler d'un royaume de Pount, et j'ai bien du mal à croire qu'une princesse ait sauté d'un navire pour échouer sur une plage dans le but de me porter assistance ! ironisa-t-il amèrement. Je me demande si vous n'étiez pas plutôt prisonnière de mes proches, et si vous ne vous êtes pas enfuie en plongeant.

Jwan resta un moment bouche bée. Il se moquait d'elle ? Avait-il l'esprit aussi étriqué que cela ?

— J'ai plongé, je le répète, parce que j'étais la seule à voir cette île, m'est avis qu'il y a de la magie ladessous ! Mais je suis certaine qu'ils vont revenir me chercher, dès qu'ils se seront débarrassés des pirates, et ainsi, ils vous trouveront à mes côtés !

— Qu'est-ce qui vous fait croire que je souhaite être retrouvé ? lui demanda-t-il en penchant la tête, sans la quitter de son regard légèrement en amande et qui la sondait.

Elle cilla et le dévisagea à travers ses paupières à demi fermées. Avait-elle bien compris ? Il y avait quelque chose qui clochait, car un moment auparavant, Val'Aka avait paru heureux et ému d'apprendre qu'Isabelle et Kalaan étaient à sa recherche. Mais plus maintenant !

Jwan en ressentit une vibrante tristesse et lâcha malgré elle :

— Je sais une chose… j'aurais remué ciel et terre pour retrouver mon frère, Faiz, s'il avait été dans la même situation que la vôtre. Et si les dieux avaient été cléments avec moi… je l'aurais sauvé de la mort, finit-elle par chuchoter en abaissant les épaules.

Pour cacher sa peine, elle se pencha afin de saisir une des pommes qui reposaient sur le sable.

— N'y touchez pas ! cria presque Val'Aka en lui saisissant rudement le bras, pour la relâcher aussi vivement que s'il s'était brûlé les doigts à un tison.

— Mais… ce n'est qu'une misérable pomme ! s'exclama-t-elle, ahurie par son comportement. Nul homme ou femme sur terre n'a le droit de refuser à son prochain les mets des dieux !

— Il y a bien des aliments comestibles sur *Miyakejima*, mais certainement pas celui-ci !

Jwan utilisa son flair développé, et la douce odeur sucrée du fruit la fit douter des paroles de Val'Aka. Ce qu'il dut constater, car il croisa les bras et reprit :

— C'est un fruit de mancenillier, surnommé « l'arbre de la mort ». Tout dans cet arbre, jusqu'à son fruit, est toxique, voire mortel.

Jwan se mit à rire de dérision, puis retrouva son sérieux devant l'air sévère de l'aîné des Croz. Oui, là, il ressemblait beaucoup à Kalaan avec son air bougon.

— La nature a ses défenses, mais de là à ce qu'un végétal naisse dans l'unique but de devenir un piège fatal pour les humains, j'ai du mal à le concevoir, murmura-t-elle.

— Et pourtant, le mancenillier en est la preuve. Croquez dans son fruit et votre gorge, puis votre ventre, se mettront à brûler comme si vous avaliez des braises, abritez-vous sous ses branches et feuillages lors d'une averse, et l'eau qui suintera sur vous vous cuira à l'instar d'un liquide bouillant. Incendiez-le et sa fumée vous tuera aussi certainement que la morsure d'un cobra.

La jeune femme frissonna nerveusement de la tête aux pieds tout en écarquillant les yeux. Mais pour quelle raison les dieux avaient-ils créé une telle calamité ?

Val'Aka poussa un lent soupir, et reprit la parole :

— Pourquoi étiez-vous la seule personne à apercevoir l'île ?

Voilà qu'il sautait à nouveau du coq à l'âne ! Était-ce un petit jeu sournois sorti tout droit d'un esprit retors, ou était-ce juste un moyen de la désorienter pour lui soutirer des informations ?

— Peut-être parce que je suis une enfant des Origines, plus proche des sources de la magie dans le temps ! Mais les autres, les magiciens de sang Saint Clare, auraient dû la voir également et...

— Des magiciens de sang ! coupa-t-il brusquement. C'est ainsi que se sont présentées ces personnes venues pour m'assassiner ! Assez d'histoires ! Petite demoiselle, vous êtes désormais ma prisonnière !

En une seconde, il lança quelques ordres en japonais aux samouraïs, et Jwan se retrouva rudement encadrée par ces derniers !

Val'Aka ne plaisantait pas... il venait de la faire prisonnière ! Oui, vraiment, les Croz étaient des êtres impossibles à vivre ! Qu'avait-elle dit pour en arriver là ? Ah, mais la « petite demoiselle » allait finir par se fâcher et se transformer en gros chat !

Chapitre 3

Il ne manquait plus qu'elle !

Au même moment, à plusieurs encablures de Miyakejima

— Kalaan ! J'éprouve une forte honte face à votre comportement ! Si votre père pouvait vous voir de là-haut, que croyez-vous qu'il vous dirait ?

Le comte de Croz n'en avait fichtrement aucune idée, et en ce moment précis, il s'en moquait éperdument ! La seule chose qui était certaine pour lui, c'est qu'il devait être devenu fou à lier ! Car, devant lui, un vieil homme aux longs cheveux gris crasseux, barbe analogue, tricorne usé sur la tête, et les mains posées sur ses hanches que couvrait à peine une chemise en lin élimé... était en train de le houspiller avec la voix de sa mère Amélie !

— Je suis bon pour l'asile ! s'écria-t-il enfin, en se massant les tempes du bout des doigts.

— Amélie ? souffla près de lui Virginie, avant de s'avancer vers « l'individu » pour être sûre de son fait.

— Bien sûr que c'est moi ! Qui voulez-vous que ce soit d'autre ?

Plusieurs hoquets d'ébahissement se firent entendre sur le pont principal de l'*Ar Sorserez*.

— Mère ? couina aussitôt Isabelle en cillant et en se portant également vers elle, mais à pas plus mesurés que son amie Virginie.

Les deux seules personnes sur ce navire qui ne semblèrent pas du tout étonnées par cette arrivée théâtrale, furent les frères Guivarch. Jaouen comme Clovis, s'étaient prudemment écartés de l'attroupement formé autour du « vieil homme » et se trouvaient tous deux à admirer le coucher de soleil en devisant sur le temps qu'il pourrait bien faire le lendemain. S'ils avaient voulu donner l'impression d'être détachés de ce qui se passait, c'était loupé. En réalité, ils avaient l'air louche !

— Avez-vous été victime d'une malédiction ? demanda à son tour Dorian, la surprise passée, tout en examinant sa belle-mère de son œil de magicien, histoire de relever toute trace d'un éventuel sortilège.

Amélie, grimée, afficha une moue de dédain.

— Mon petit Dorian, il va falloir apprendre que tout le monde ne peut pas être la proie d'une damnation !

— Mais nous parlons actuellement à un vieillard, mère ! éructa soudain Kalaan. Sans compter que je me retrouve avec un nouveau passager clandestin à bord ! Dites-moi, allons-nous voir débarquer tout le clan Saint Clare et le reste de la famille de Croz sur ce rafiot ? Non, parce que je préfère que l'on me prévienne tout de suite avant que je ne perde totalement la tête et que je ne fasse un malheur ! *Sator dampet !*[7]

— Kalaan ! Point d'insulte inutile, je vous prie ! cria à son tour Amélie, tandis qu'Isabelle profitait de son inattention pour tirer sur sa barbe.

— C'est une fausse ! s'exclama-t-elle en riant de soulagement. Mère n'est pas maudite, elle ne s'est pas métamorphosée en homme, elle s'est juste déguisée ! Oh ! Maman, je suis tellement heureuse de vous voir ! ajouta-t-elle avant de se jeter dans ses bras.

— Moi aussi, mon enfant, murmura Amélie avec tendresse, en berçant sa sauvageonne tout contre elle. Comprenez, mes petits, je ne pouvais pas rester dans les Highlands à me morfondre encore une fois durant des mois. Mon cœur ne l'aurait pas supporté !

— Maman, souffla Isabelle qui s'expliquait ô combien le comportement d'Amélie. Soyez la bienvenue dans l'aventure !

— Non ! Pas bienvenue ! vitupéra Kalaan en levant les mains au ciel. Avez-vous pris conscience, un seul instant, et tous autant que vous êtes, du danger que vous encourez à nos côtés ? Nous venons de couler des

---

7 *Sator dampet* : Équivalent de morbleu en breton.

pirates, nous avons un trou énorme dans la coque et allons devoir trouver un endroit paisible pour réparer les dégâts, et d'autres forbans vont sûrement arriver !

— Ah oui ! Les pirates ! reprit Amélie d'une voix outrée tout en fronçant les sourcils. Tu les as tués !

— Je n'ai fait que saborder leur foutu bateau, comme ils ont pratiquement réussi à le faire du mien !

— Et des hommes se sont noyés !

— Mère, grommela Kalaan, ils ont tous eu le temps de grimper dans des chaloupes !

— Alors il nous faut les aider !

Le comte de Croz crut s'étouffer, tandis qu'autour de lui et d'Amélie, de petits rires commençaient à monter. Nom de nom ! C'était lui le capitaine à bord !

— Maman chérie, susurra-t-il enfin, un rictus ironique sur les lèvres. Rien ne vous empêche de prendre une embarcation et d'aller les secourir. Puis ensuite, et si vous trouvez encore assez de forces, je ne saurais trop vous conseiller de ramer fortement... ***en direction des côtes françaises !***

Devant les mines outrées des dames, et surtout de celle de sa tendre Virginie, Kalaan sentit toute sa colère et sa peur s'évanouir d'un coup. Devoir lutter contre les pirates avait été aisé, mais il avait été très compliqué par contre de tenir à distance la peur qui avait menacé de se saisir de lui. Il avait à charge tant d'âmes aimées sur l'*Ar Sorserez* ! Après la tragique disparition de Jwan, s'il arrivait encore malheur à l'un d'entre eux, il ne se le pardonnerait jamais.

Keir et Dorian se postèrent de part et d'autre de lui, comme pour le soutenir face à la horde de furies, puis les regards des trois hommes furent irrésistiblement attirés par les frères Guivarch qui leur tournaient toujours le dos.

— Jaouen ! Clovis ! les appela Kalaan en les faisant violemment sursauter.

— Ne les gronde pas, marmonna Amélie en arrachant presque sa barbe et en poussant un soupir de contentement quand elle laissa tomber sa perruque et le tricorne. C'est moi qui leur ai demandé de l'aide et ils n'ont pas eu d'autre choix que de me cacher dans la cambuse avec eux.

— Madame dit vrai ! confirma Clovis. Cependant, je suis votre homme si vous cherchez à réprimander quelqu'un. Notez, malgré tout, que Madame, pour protéger ses petits et ne pas se consumer d'angoisse, a eu le courage d'agir à l'instar d'un véritable corsaire !

— Personne ne sera puni, maugréa Kalaan en souriant malgré lui. Par contre, je vais te pendre au mât de misaine par les pieds si tu continues de nous appeler les « petits » en parlant d'Isabelle et moi !

Clovis pâlit d'un coup, sa glotte fit un aller-retour sur sa gorge, et tout le monde se mit à rire.

— La nuit est presque sur nous, lança le comte

d'un ton apaisé. Trouvons un endroit près d'une île pour réparer les dégâts dans la coque ! Mesdames, je vous propose de rejoindre de meilleures cabines pour les heures à venir, et peut-être faire un brin de toilette, ajouta-t-il en plissant le nez.

— Reste quelques semaines dans la cale, et on verra si tu sens la rose ! attaqua Isabelle, avant d'être entraînée par Virginie et Eilidh, elles-mêmes précédées par Amélie, vers le pont inférieur où elles disparurent.

— Bien, trouvons notre abri ! reprit Kalaan en se frottant les mains, extrêmement réjoui de s'être enfin débarrassé de cette flopée de femmes, et en se dirigeant vers la barre du navire où s'était déjà posté Keir Saint Clare.

Jaouen, qui s'était à nouveau tourné vers le bastingage, sortit sa longue pipe de sa besace et plongea son regard au loin, vers le soleil couchant. Dorian le rejoignit et se tint près de lui quelques minutes en silence, avant de murmurer :

— Depuis l'Égypte, je ne peux plus communiquer avec toi par la pensée, pourtant… je sais quand ton esprit est en ébullition, comme en cet instant.

— Ah… fiston ! Oui, c'était le bon temps. J'ai également perdu ce don.

— Qu'est-ce qui te chagrine, Jaouen ?

— Jwan… et ce « Triangle du Dragon » où nous avons été privés de nos pouvoirs. La princesse des

Origines avait raison, je le sens. Il y avait quelque chose de très puissant dans la zone maritime que nous avons enfin quittée. Les dieux seuls savent ce qui nous serait arrivé si toi et Keir n'aviez pas retrouvé votre magie du sang pour venir à bout de ces pirates.

— Tu t'oublies dans l'histoire, tu nous as beaucoup aidés avec les Mots du Pouvoir.

— Humpf, fit le vieil homme d'un air désabusé tout en soufflant un gros panache de fumée gris bleuté dans la nuit grandissante.

— Nous l'avons perdue... chuchota Dorian en fouillant machinalement de ses yeux la surface sombre des eaux.

— Non, je ne le crois pas. Je suis certain que Jwan a bien vu une île, protégée par un puissant bouclier magique, et qu'elle y est actuellement. Le problème va être de la rejoindre. Car si le « Triangle du Dragon » est ce que je subodore... nous serons à nouveau privés de nos pouvoirs et il est plausible que nous ne puissions jamais trouver *Miyakejima*.

Un autre long panache de fumée âcre s'échappa des lèvres du vieux druide et fit tousser Dorian.

— Dès que la coque de l'*Ar Sorserez* sera réparée, nous y retournerons. Les dieux seront avec nous !

— *Ya* ! acquiesça Jaouen en enfumant encore une fois Dorian avant de se moquer de lui ouvertement, tandis que le jeune homme s'étouffait à moitié.

Chapitre 4

Dans la nuit

— Suivez-nous au village, vous y trouverez le souper et un logement digne de vous… *princesse*, ajouta Val'Aka largement moqueur, en insistant sur ce dernier mot.

— Un village ? Ici ? Pourtant, je n'ai pas entendu de gens parler ni bouger ! s'étonna Jwan sans tenir compte de sa raillerie.

Le jeune homme fronça les sourcils et posa derechef un regard interrogateur sur elle.

— Pour la simple et bonne raison que les habitations sont très éloignées de la plage et qu'elles sont construites au pied de la montagne, derrière les cascades ! Comment diable auriez-vous pu percevoir les villageois de cet endroit ?

Parce que je possède les capacités de l'animal qui sommeille en moi, faillit-elle répondre avec franchise.

— Je suis étonnée que vous ne me posiez pas plus

de questions à propos de vos proches, poursuivit la jeune femme en changeant volontairement de sujet, tandis qu'ils s'enfonçaient à nouveau sous les frondaisons de plus en plus sombres, et que la nuit revêtait l'île de son obscur manteau.

Ils arrivèrent à l'endroit où elle avait allumé un petit feu, et Val'Aka s'empressa de l'étouffer en le recouvrant de terre, tout en claquant de la langue avec agacement.

— Ai-je fait quelque chose de si grave simplement en me préparant un foyer ? J'avais besoin de chaleur ! C'est tout !

— Non, mais vous auriez pu déclencher un incendie.

— Certainement pas, je sais ce que je fais !

— Aussi sûrement que vous saviez ce que vous faisiez avec le fruit ? ironisa-t-il en lui jetant son paquetage et ses affaires dans les bras, puis en poursuivant sa route à travers les fougères et les arbres.

— Mais… cela n'a rien à voir ! s'énerva Jwan en se penchant pour récupérer son arc, sa dague – qu'étonnamment ils lui laissèrent – et ses bottes oubliés par l'odieux personnage. Arrêtez de me prendre pour une sotte ! Je connais la nature mieux que vous !

— À part en ce qui concerne le mancenillier…

— Il n'y en a pas dans mon royaume ni dans toute l'Égypte !

Val'Aka sursauta et fit rapidement volte-face, aussitôt imité par les samouraïs les encadrant.

— Vous êtes égyptienne ?

— Non, comme je vous l'ai dit, je viens du pays de Pount !

Le jeune homme la dévisagea attentivement, l'air intrigué.

— Pount se situe sur le même continent que l'Égypte, mais largement plus au sud, ajouta Jwan en baissant la tête pour éviter de montrer la tristesse qui s'emparait d'elle à chaque fois qu'elle faisait référence à sa terre natale.

— Attendez, maintenant que vous le dites... bien sûr que j'ai entendu parler de ce pays imaginaire ! On le trouve dans certaines légendes datant d'Alexandre le Grand, voire bien plus loin dans le temps.

— Il n'est pas imaginaire, murmura-t-elle.

— *This is so unexpected!*[8] s'exclama Val'Aka en lui tournant le dos pour reprendre son chemin.

— Anglais ! Mais oui ! Je me souviens que les vôtres m'ont raconté que vous étiez originaire d'une autre contrée que la leur ! Votre accent...

— Contrée ? s'étouffa d'indignation le jeune homme. L'Angleterre est un grand pays, oui ! Mais certainement pas une *contrée* !

---

8 *Traduction de l'anglais : Ceci est tellement inattendu !*

— *So sorry! I did not want to hurt you !*[9] s'excusa rapidement Jwan dans la langue natale de Val'Aka, tout en tournant les yeux vers son ombre mouvante.

Par inadvertance, elle faillit tomber quand son pied nu se prit dans une racine d'arbre. Heureusement pour elle, le jeune homme fut prompt à la recueillir dans ses bras musclés pour lui éviter la chute.

— Merci ! Je n'ai pas vu cette souche.

— Comment l'auriez-vous pu ? Il fait désormais nuit noire.

— Hum...

De quelle manière pouvait-elle lui révéler qu'elle possédait une excellente vision nocturne ? La même que lui, très certainement depuis qu'il avait été mordu par un loup-garou.

Leurs regards brillants se rencontrèrent, et c'est ainsi que la vérité se fit jour en Val'Aka. La nuit n'avait pas de secret ni pour elle ni pour lui, car leurs yeux étaient dotés d'un *tapetum lucidum*[10] inhérent à de nombreux mammifères chassant dans le noir. Dans l'obscurité la plus totale, ils pouvaient capter toutes les sources de lumière, même les plus faibles, et c'était encore à cause de ce *tapetum lucidum* que leurs rétines

---

9 *Traduction de l'anglais : Désolée ! Je ne voulais pas vous blesser !*
10 *Tapetum lucidum : Locution latine signifiant « tapis luisant », également appelé en français « tapis clair ».*

reflétaient ces éclats si particuliers, tels de minuscules miroirs photogènes. Ils étaient tous deux des nyctalopes[11].

— Vous me voyez, tout aussi bien que je puis le faire, n'est-ce pas ? souffla-t-il.

— Oui.

— Vous... avez été mordue par... ?

— Non.

Après quelques secondes chargées d'un sentiment d'incompréhension palpable, il se raidit, et la repoussa loin de lui, en s'exclamant presque avec dégoût :

— Bien sûr que non ! Vous, vous êtes une sorcière ! Une de celles qui transforment les gens paisibles en monstres, comme ça a été le cas pour moi ! En avant, ne perdons plus notre temps !

Sur ce, il reprit sa marche, et Jwan, le cœur gros, se focalisa sur ses pas. Elle aurait dû être furieuse contre lui, mais c'était l'inverse qu'elle ressentait, elle comprenait sa rage, comme sa détresse. Car Val'Aka avait fait connaissance avec le monde du surnaturel de la pire des façons, un peu à l'image de son frère, Kalaan, quand il avait été maudit en Égypte. Tandis qu'elle, Jwan, avait grandi dans cet univers et savait à quoi s'attendre, ou presque. Parce que cette histoire de « loup-garou »... l'intriguait prodigieusement !

---

11 *Nyctalopie : Faculté de voir la nuit, normale pour certains animaux et anormale pour les humains.*

Comment était-il possible qu'un humain puisse se transformer en monstre après avoir subi une simple morsure ? Et qu'était réellement un « *loup-garou* » ? Sur *l'Ar sorserez*, durant le voyage vers le Japon, Virginie et Isabelle lui avaient plus ou moins expliqué que c'était un mélange d'homme et de loup. Sans autres précisions. Jwan ayant déjà croisé de nombreux loups gris dans son royaume de Pount, avait essayé d'imaginer l'apparence de la « bête ». Ce dont elle fit part à ses amies, avant de conclure pour elle-même, devant leur mutisme, que celles-ci n'en savaient pas plus qu'elle. De plus, Jwan avait remarqué avec saisissement qu'elles paraissaient perdues, voire effrayées, à chaque fois qu'elles prononçaient ces deux mots : loup-garou.

Par la suite, et dans l'esprit de Jwan, l'image d'une sorte de métamorphe était apparue. Rien de cauchemardesque, quelque chose de tout à fait normal pour elle. À Pount, nombreux étaient ceux nés avec le pouvoir du métamorphe, certains avaient connu de sérieuses mésaventures lors de la première mutation vers l'âge de deux ou trois ans, d'autres en étaient morts. Mais aucun ne s'était transformé en... *monstre*.

— Qu'est-ce... qu'un monstre ? ne put-elle s'empêcher de demander.

— Le mal absolu.

Le bien, le mal, vaste sujet.

— Mais encore ?

— Vous l'apprendrez à la prochaine pleine lune. Demain soir, pour être plus précis, grommela Val'Aka tandis que sa voix se faisait rocailleuse, tant elle était chargée d'amertume.

— Pourquoi ? Nous sommes toujours dans la période ascendante et bienveillante de la lune, et quand elle sera pleine, sa puissance liée à la bonne magie atteindra son paroxysme ! Il ne peut normalement rien vous arriver de négatif à ce moment-là ! Ce n'est que lorsqu'elle est descendante qu'elle peut être dangereuse si l'on associe ses pouvoirs à de mauvais sorts ! Alors, je ne comprends pas...

Le jeune homme poussa un grommellement d'irritation et s'arrêta une nouvelle fois de marcher.

— Assez ! Plus de palabres, plus de questions ! Suivez-moi et, de grâce, taisez-vous !

— Dans ce cas, veuillez à l'avenir ne plus m'en poser !

— Qu'il en soit ainsi ! Mon royaume pour le silence ! lança-t-il théâtralement en avançant plus rapidement sur un sentier caillouteux qui serpentait en pente dans une dense forêt.

Bientôt, l'air se chargea d'une douce odeur d'humus, puis d'infimes gouttelettes vinrent caresser la peau de Jwan, avant que le son puissant d'une chute d'eau ne lui emplisse les oreilles.

— Incroyable ! s'écria-t-elle. J'aurais dû percevoir

le bruit de cette cascade depuis la plage, mais non ! C'est seulement maintenant que je l'entends !

L'eau bouillonnante avait un chatoiement presque argenté sous les reflets lunaires, et ce n'était pas une cascade qui tombait à une dizaine de mètres du groupe, au pied de la large montagne, mais plusieurs ! Les puissants et écumants ruissellements semblaient ensuite être absorbés par une large crevasse sans fond, loin dans l'opacité de la terre.

— C'est magnifique, murmura-t-elle encore, ébahie et enivrée par la beauté céleste de l'endroit.

— Vous avez passé tous les tests, chuchota Val'Aka au bout d'un moment, tout en dardant un regard étrange sur Jwan. Le *Sensei*[12] vous attendait et ne cessait de nous répéter qu'un être surprenant et important allait arriver sur l'île. Néanmoins... j'étais loin de m'imaginer que cet être « *surprenant* » serait vous lorsqu'il nous a ordonné de partir vous chercher sur la plage.

Déjà, il tournait les talons, et Jwan, d'abord bouche bée, se mit en devoir de le rattraper pour en savoir plus.

— J'étais attendue, moi ? Vous... veniez me chercher ? J'ai passé des tests ? Mais que sont des

---

12 *Sensei : Maître en français. Mais aussi terme japonais désignant « celui qui était là avant moi, qui est garant du savoir et de l'expérience d'une technique ou d'un savoir-faire ».*

« tests » ? Vous voulez dire, des épreuves ?

— Des questions... encore et toujours, s'amusa-t-il.

— Vous en avez de bien bonnes ! lança-t-elle en copiant la façon de parler de son amie Isabelle et en poussant l'imitation jusqu'à placer maladroitement les mains sur ses hanches en un mouvement d'agacement.

Isabelle obtenait tout ce qu'elle souhaitait en se comportant ainsi, alors, pourquoi ne pas en faire de même ?

— Dites-m'en plus ! S'il vous plaît, ajouta-t-elle encore en se mordant ensuite les lèvres, car non, mille fois non, Isabelle n'aurait jamais terminé sa phrase sur une formule de politesse.

Val'Aka en rit ouvertement.

— Bien vu, je suis certain désormais que vous nous racontez la vérité, vous avez bel et bien côtoyé ma sœur et peut-être même mon frère. Vous la singez à la perfection. Mais laissez tomber, comme elle le dirait. Cela ne vous sied guère. Sachez que ces samouraïs qui nous entourent, et qui sont mes amis comme mes gardiens, se trouvent là pour prendre soin de vous.

— Vrai... vraiment ? bafouilla Jwan en lançant un regard dubitatif sur les hommes qui s'étaient à nouveau arrêtés, et semblaient guetter un signe, ou un ordre de Val'Aka. Mais, attendez, vous avez dit : *vos gardiens* ?

— Ma demeure se situe ici ! annonça-t-il en

désignant de la main une sorte de grande cage sombre incurvée – à l'évidence entièrement constituée de métal – et à moitié encastrée dans de la roche volcanique. La vôtre se trouve au village, un peu plus loin. C'est un endroit plus accueillant que mon palais, essaya-t-il encore de plaisanter.

Le sourire amer que la jeune femme put voir se dessiner un instant sur ses belles lèvres, lui brisa une nouvelle fois le cœur.

— Pourquoi vivez-vous dans cette…

— Prison ? termina-t-il avant de bondir vers elle et de la saisir rudement aux bras. Parce que je suis un monstre qui pourrait vous dévorer, mon petit, gronda-t-il sombrement, avant de la relâcher et de se diriger vers sa geôle.

Jwan ouvrait la bouche pour le héler encore, quand la voix rauque et chaude du jeune homme arriva à ses oreilles. Ce n'était qu'un murmure, et pourtant, elle l'entendit parfaitement :

— Faites de beaux rêves, princesse de Pount. Vous rencontrerez le *Sensei* dès demain. D'ici là… oubliez-moi.

Chapitre 5

Hanakotoba

Vous oublier, ça, jamais ! s'exclama Jwan intérieurement.

C'est ainsi qu'elle se rendit compte que depuis son arrivée dans cette époque, Val'Aka avait été de toutes ses pensées. D'abord au stade de chimère, puis à celui d'une sorte de légende, enfin en être de chair et de sang dont elle se sentait mystérieusement très proche.

Deux samouraïs escortèrent le jeune homme vers sa cage, attendirent qu'il y pénètre, et refermèrent la porte derrière lui à l'aide d'un énorme cadenas. L'instant d'après, ils s'agenouillaient face à l'entrée en plaçant leur katana à l'horizontale devant eux, puis ils posèrent les mains bien à plat sur les cuisses en redressant le torse.

Jwan n'en revenait pas d'assister à une telle scène. Dans cette geôle, le jeune homme faisait réellement figure de prisonnier, et cependant, les guerriers japonais se comportaient avec lui comme s'il était un noble seigneur et non un captif.

— Ils ne le surveillent pas, ils veillent sur lui. Ce sont bel et bien ses gardiens, mais ses amis avant tout, réalisa Jwan, inexplicablement troublée et déroutée par cette constatation.

Val'Aka se tourna légèrement de profil vers elle, grande et charismatique silhouette noire se découpant en ombre chinoise sur la lueur argentée des cascades ronronnantes, et elle sut instinctivement qu'il l'avait entendue. Après quoi, il s'agenouilla également, posa son katana, et se tint là, immobile, telle une statue d'un ancien temps.

Dans le dos de Jwan, il y eut le bruit crépitant d'une flamme, puis naquit la vive clarté d'une torche qui écarta les ténèbres, et la poussa à fermer les paupières pour protéger ses rétines. Doucement, après s'être accoutumée à la lumière, elle se tourna vers les trois derniers samouraïs de l'escorte et s'aperçut que l'un d'eux lui faisait signe de les rejoindre.

Ils se tenaient au pied d'une sorte de grande et large porte en bois ouvragé, entièrement laquée de rouge, et incompréhensiblement érigée au-dessus du sentier qu'ils avaient emprunté depuis la plage. Pourquoi bâtir une « porte » sur un chemin ? Cela n'avait pas de sens !

La jeune femme s'approcha et leva le nez vers le point culminant de l'édifice, composé de deux longs linteaux horizontaux superposés, le plus haut étant légèrement incurvé aux extrémités.

— Qu'est-ce ? demanda-t-elle dans un japonais parfait, sans s'en rendre compte.

Le samouraï qui l'avait déjà apostrophée sur la plage lui répondit tout de suite, mais toujours de cette manière rude, saccadée, et pourtant magnifique, qui caractérisait si bien leur langue :

— *Myōjin torii !* Le *torii* est un symbole. Il délimite le passage du monde physique vers le monde spirituel. Venez !

Sans l'attendre, les trois hommes pressèrent le pas dans le sentier, ce qui laissa tout loisir à Jwan d'enjamber le « passage » plus lentement, tout en se demandant si le décor allait changer du tout au tout, comme après le franchissement magique qui protégeait le royaume de Pount. Mais non, rien d'extraordinaire ne se produisit. Les arbres restèrent les mêmes, ils continuaient de border le chemin cailloux, tandis que la nuit revenait la happer dans le sillon du halo de la torche qui s'éloignait.

La jeune femme jeta un vif coup d'œil par-dessus son épaule, et fut soulagée d'apercevoir l'ombre de la cage comme les trois silhouettes agenouillées. Étrangement, son cœur s'était brusquement emballé à l'idée que Val'Aka ait pu disparaître quand elle avait passé le *torii*.

— Venez ! ordonna encore le samouraï.

Jwan se dépêcha de le rejoindre et monta à sa suite une volée de marches plates et longues qui les mena au pied d'un autre *torii*. Il ressemblait au premier dans son architecture, mais était toutefois plus imposant.

— Cela signifie-t-il que nous sortons du monde spirituel ?

— Non. Celui-ci affermit le champ de force du premier.

Le silence revint et tous continuèrent leur route. Jwan en vint à se demander s'ils allaient traverser l'île d'un bout à l'autre, et sentit une chape de plomb s'abattre sur ses épaules. Elle n'avait pas dormi depuis… bien trop longtemps.

Des effluves sucrés et envoûtants lui chatouillèrent le nez et elle usa de sa vision nocturne pour trouver leur provenance. Là, dans la nuit, alors que les arbres se faisaient plus rares, apparurent des tapis de fleurs dont les couleurs demeuraient encore indéfinies à cause de l'obscurité. D'après leurs formes, les pétales fermés pour la nuit et les feuilles, Jwan en reconnut quelques-unes, mais d'autres lui étaient étrangères.

Bientôt, ce fut le chemin qui s'élargit, puis il y eut de nouvelles marches plates, et ils arrivèrent au pied d'un gigantesque et ultime *torii*. Non en bois comme les deux premiers, mais tout en pierres grises et ciselures.

— Et… celui-ci ?

— Il est le plus puissant. Il est l'entrée de notre

village, *Hanakotoba*.

Effectivement, derrière l'impressionnant symbole, se dessinait maintenant, et sous les rayons de la lune, une longue rue sablonneuse, bordée de chaque côté par de petits canaux, eux-mêmes surmontés par des ponts horizontaux conduisant aux demeures.

Jwan ne put en apercevoir plus, car le trio l'amena directement devant l'une des maisons basses. Toujours le même samouraï lui fit passer le ponceau et ils arrivèrent au pied d'une terrasse en bois – comme le reste de l'habitation –, où l'homme lui ordonna de stopper.

— Déposez votre paquetage et enlevez vos chaussures que vous mettrez sur cette pierre plate !

Jwan ouvrit de grands yeux et rit doucement, puis elle baissa la tête sur ses pieds nus. Après quoi, elle entendit le guerrier gronder quelques mots qu'elle ne put identifier, avant qu'il ne lui lance un regard noir.

— Pardon ! Je ne me moquais pas. Je porte rarement des chaussures, je ne les aime pas. Mais depuis que je suis arrivée dans cette époque, toutes les personnes que je rencontre veulent absolument que je m'en affuble ! C'est… cela qui m'a fait rire. Vous êtes le premier à me dire de les enlever ! Vous comprenez ?

— Non !

Jwan soupira et sursauta quand l'immense panneau couvert de papier de riz, qui constituait une partie de la façade, se mit à coulisser sur des rails. Cette devanture faisait selon toute vraisemblance office de porte. C'était à la fois ingénieux et... oui, charmant.

Apparut enfin le premier visage féminin que la princesse ait pu voir depuis son arrivée sur l'île.

— Ma sœur, Akiha, va s'occuper de vous.

La belle Japonaise hocha la tête, s'en alla un court instant à petits pas et dans une démarche élégante, puis revint de cette même allure avec un seau d'eau et une éponge. À la suite de quoi, elle s'agenouilla dans sa superbe robe tube bleu ciel ceinturée d'une large bande bleu foncé, dans le but évident de laver les pieds de Jwan.

Cette dernière, horrifiée en avisant son geste, fit un bond en arrière avant de se pencher vers la jeune femme.

— Non, s'il vous plaît !

Là encore, le samouraï émit un chapelet de grondements sourds et gutturaux dont la princesse de Pount ne put saisir le sens. Ce qu'elle comprit, néanmoins, c'est qu'elle venait de heurter ses « hôtes ».

— Serait-ce... une coutume ?

— *Iya chigaimasu*[13], mais vous devez avoir les pieds propres avant d'entrer dans la maison, chuchota Akiha en lui lançant un doux regard, puis en baissant à nouveau la tête.

— Alors... excusez-moi, encore, souffla Jwan en

---

13 *Iya chigaimasu : Non, c'est faux, en japonais romaji.*

s'approchant et en se laissant faire.

En peu de temps, et après quelques chatouillis, elle se retrouva avec deux petons aussi soignés que les fesses d'un nouveau-né. Elle se mit à sourire en songeant à cela, mais écarquilla les yeux quand elle vit Akiha dérouler une bande blanche qui se dédoubla vite en ces drôles de chaussettes qu'elle avait aperçues aux pieds des samouraïs et de Val'Aka.

— Ce sont des *tabi*, murmura Akiha. Vous serez très à l'aise en les portant.

Jwan grimaça, car rien ne valait le contact des éléments sur sa peau nue, mais se plia à la volonté de son hôtesse. Une fois les *tabi* enfilés, la belle Japonaise aux longs cheveux de soie noire se redressa et lui fit signe d'entrer dans la demeure.

— Tu peux nous laisser, Akirō-*dono*[14], dit-elle alors à l'adresse de son frère. Le *Sensei* veut vous voir avant demain, ajouta-t-elle. Je vais prendre soin de notre invitée.

Jwan leva la main dans le but de saluer l'homme, mais ce dernier lui tourna sèchement le dos avant de rejoindre ses comparses et de remonter la rue. Que ces gens étaient rudes ! Jamais elle n'avait rencontré de peuple aussi... bourru ?

Un léger rire attira l'attention de Jwan sur Akiha,

---

14 *Dono : Suffixe (ancien) utilisé pour les nobles et les samouraïs, en japonais romaji.*

qui se cacha vivement derrière ses doigts fins, avant de les baisser pour ne plus laisser paraître qu'un simple sourire.

— Vous ne connaissez rien de nos coutumes, n'est-ce pas ?

— C'est… ça, avoua Jwan en s'empourprant légèrement de honte, elle qui était tant au fait de tous les protocoles du royaume de Pount ainsi que ceux de l'Égypte antique.

Ici, tout était à découvrir, à apprendre. La jeune femme avait sans arrêt l'impression de marcher sur une corde tendue au-dessus du vide.

— Je vais commencer, suggéra la belle Japonaise.

À la suite de quoi elle se tint droite face à Jwan, puis la salua de la tête en baissant les yeux, avant de se redresser :

— *Konichiwa. Hajimemashite. Watashi no namae wa Akiha desu. Douzo yoroshiku onegaishimasu.*

La princesse de Pount avait ouvert les lèvres au fur et à mesure qu'elle écoutait parler Akiha. Les mots en japonais, chuchotés par cette dernière, n'étaient plus aussi rudes que prononcés par les hommes. Cette langue, dans la bouche d'une femme, ressemblait à une douce mélodie. Presque une caresse du vent.

Reprenant ses esprits, Jwan imita la posture d'Akiha, et répéta les mêmes mots pour se présenter à son tour officiellement :

— Bonjour. Enchantée. Mon nom est Jwan. Et... je suis honorée de faire votre connaissance, termina-t-elle dans un sourire timide.

— *Hai* ! Très bien ! Votre prononciation est impeccable, Jwan.

— Merci, murmura Jwan, son regard vert pétillant de joie.

— Où avez-vous appris aussi bien notre langue ?

— Il y a plusieurs jours, grâce à des pêcheurs que nous avons recueillis sur notre navire. Ils avaient fait naufrage à la suite de la grande tempête d'eau et de vent.

— La grande... tempête ? Le typhon, vous voulez dire ? Mais... vous... parlez parfaitement le japonais, simplement après avoir discuté...

— ...avec des pêcheurs, *hai* ! lança Jwan tout sourire tandis qu'Akiha paraissait s'être tétanisée sur place, ses magnifiques yeux en amandes écarquillés d'ahurissement.

Qu'avait-elle dit de si surprenant pour troubler ainsi son hôtesse ?

— Vous... aurais-je choquée ? s'inquiéta-t-elle, tandis que le silence s'installait, et que la belle Japonaise ne semblait pas pouvoir revenir à la réalité.

— Le *Sensei* nous avait prévenus, souffla enfin celle-ci. Un être de grande qualité devait arriver. Vous... Jwan-*sama*[15].

---

15 *Sama : Suffixe de politesse utilisé quand on s'adresse à*

Jwan fut une nouvelle fois très troublée par ce qu'elle entendait, et plus encore quand Akiha s'agenouilla brusquement à ses pieds telle une dévote ! Mais bon sang ! Qui était ce *Sensei* ? Et que venait-elle faire elle-même dans toute cette histoire ? Elle avait hâte d'en apprendre davantage.

---

quelqu'un d'une classe sociale supérieure, en japonais romaji.

Chapitre 6

Première nuit au Japon

Akiha reprit rapidement le contrôle d'elle-même et redevint une hôtesse des plus parfaites et aux petits soins pour son « invitée ». Un peu trop, peut-être.

Car à peine les deux femmes étaient-elles réellement entrées dans la grande pièce principale, que la belle Japonaise entraînait déjà Jwan vers l'arrière de la demeure.

— Vous pouvez mettre ces *zori*, chuchota-t-elle en désignant des sandales à semelles en bois qui reposaient sur une étroite margelle attenante à la petite terrasse qui entourait la maison.

— Nous partons ?

Akiha eut un air étonné.

— Non, je vous conduis au *juro*.

— C'est... une personne ?

La maîtresse de maison ne put s'empêcher de rire, tout en chaussant elle-même une autre paire de *zori*.

— *Ofuro ni hairu*, articula-t-elle lentement.

— Prendre son bain, répéta Jwan en assimilant les nouveaux mots. Merveilleux ! Oh oui, avec grand plaisir ! Le sel qui colle à mes vêtements me cuit la peau.

— Venez.

Elles traversèrent donc le jardin floral éclairé par quelques lampions, passèrent auprès d'un puits carré couvert de lattes de roseau, pour enfin arriver devant le cabanon d'où sortait de la vapeur blanche.

— L'eau est chauffée naturellement par le souffle de la montagne, confia Akiha d'un ton presque révérencieux. Ne vous inquiétez pas, elle ne vous brûlera pas.

— Vous commencez à me connaître, vous devancez mes pensées, s'amusa Jwan.

Elle allait entrer dans l'abri quand son hôtesse lui tendit un petit paquetage qu'elle avait dégagé de sous sa large manche.

— Ce n'est pas grand-chose, et cela convient autant à une femme qu'à un homme. Je ne savais pas que l'être que nous attendions serait une... dame. Mais ainsi, vous pourrez vous vêtir et je m'occuperai de vos... habits.

En prononçant ces mots, Akiha ne put dissimuler une légère grimace de dégoût. Le pantalon moulant et la chemise de corsaire ne devaient pas être au goût du jour au Japon. Encore moins sur *Miyakejima*.

— Merci, fit Jwan en courbant la tête en signe de gratitude et en tendant les mains pour se saisir du ballot.

— Vous pouvez déposer vos affaires devant la porte du cabanon et vous me retrouverez ensuite à l'intérieur de la maison quand vous aurez terminé.

Akiha n'attendit pas de réponse, salua son invitée derechef, et retourna de sa démarche « petits-pas » vers la terrasse à l'arrière de la demeure.

Jwan se délecta du bain qu'elle put prendre, et oui, l'eau était divinement chaude, sans être brûlante. Elle ne se rendit pas compte du temps qu'elle y passa et se dépêcha d'en sortir pour se sécher à l'aide d'un drap en coton, puis elle lissa ses longs cheveux roux grâce à un joli peigne de bois en forme de demi-lune. Après quoi, elle ouvrit son paquetage pour tomber sur… ben, elle n'en avait aucune idée !

C'était une sorte de grande tunique grise à manches larges, sans boutons, avec une ceinture. Ce ne fut pas difficile de s'en vêtir, de croiser les pans sur son buste et d'attacher l'ensemble grâce à la ceinture, le tout formant en fait un peignoir en tissu léger. Après quoi elle enfila ses *tabi,* et soupira de lassitude en lorgnant les sandales à semelles en bois. C'était pire que les bottes ! Comment pouvait-on marcher avec ce genre de choses ?

Et oui… ce fut un véritable calvaire de retraverser la cour avec ça aux pieds ! Jwan se dépêcha de s'en débarrasser sur la margelle prévue pour et de trottiner par la suite dans ses *tabi* vers la grande pièce de la demeure.

Akiha semblait l'attendre et lui fit signe de s'approcher. Elle déposa ensuite un large coussin plat sur le tatami.

— Installez-vous près de l'*ironi*, je reviens dans un instant.

L'*ironi* était un trou rectangulaire au milieu du salon, empli de sable clair, et en son centre se trouvait un petit foyer au-dessus duquel était suspendue une théière plate en fonte.

Jwan s'assit donc en tailleur tout en essayant de cacher sa peau nue sous les pans en coton de son vêtement.

— Fichu peignoir, marmonna-t-elle en tirant plus encore sur le tissu.

— *Yukata*, pas peignoir ! Je vous ai entendue ! lança la Japonaise en revenant les bras chargés d'une sorte de table basse sur laquelle étaient disposés plusieurs bols fumants.

Au passage, elle fronça ses jolis sourcils en avisant les jambes croisées de Jwan qui dépassaient sous le tissu, et se racla la gorge en s'agenouillant pour déposer la table-plateau. L'instant suivant, elle se relevait pour mettre un autre coussin plat en face de Jwan, et s'agenouilla à nouveau sans lâcher le regard de son invitée.

Message compris, Jwan se dépêcha d'imiter sa

posture et lança un timide sourire d'excuse à son hôtesse.

Que n'aurait pas accepté de faire la princesse de Pount pour se sustenter ! Car sur cette table basse, dans de jolis bols en porcelaine d'*Imari* au décor floral, les divers mets odorants et colorés lui faisaient méchamment de l'œil. Son estomac en émit de furieux gargouillements sonores.

Ne voyant pas de cuillère, elle se dit que la tradition était de manger avec les doigts, ce qu'elle commença à faire avant de s'interrompre devant la mine déconfite d'Akiha.

— Non ?

— Les… hum… les baguettes, chuchota cette dernière en lui désignant deux sortes de longues tiges joliment ouvragées.

Jwan écarquilla les yeux d'incrédulité, puis saisit une baguette dans chaque main, et essaya d'attraper son riz… ce fut une catastrophe ! Le guépard en elle se mit à grogner et à quémander son bout de viande saignante.

— Jwan-*sama*, mangez comme bon vous semble. Vous êtes épuisée, et l'heure n'est plus à l'apprentissage des convenances.

— Oh, merci ! s'exclama Jwan, des larmes de reconnaissance aux yeux.

C'est ainsi qu'elle fit son sort à tous les mets onctueux et goûteux de chaque bol. Pour finir par se jeter sur un dernier récipient qui contenait un liquide doré.

Une seule gorgée et elle faillit tout recracher d'un coup.

— Par les... dieux ! C'est... de l'eau de... mancenillier ? Ma langue me brûle, et mon ventre aussi !

— Jamais ! fit Akiha, horrifiée. Jamais je ne ferais cela à mon invitée ! Ce n'est que du *mirin*, de l'alcool de riz sucré !

— Ouh... c'est fort ! bafouilla encore Jwan, une main ventilant sa bouche ouverte.

— *Yurushite kudasai*[16] ! s'empressa de dire la belle Japonaise en courbant la tête.

— Ne vous excusez pas ! se récria Jwan en prenant les mains de son hôtesse dans les siennes. C'est de ma faute, j'ai cru boire... un simple jus de fruits ! C'était fort, mais très bon. Je vous remercie !

Akiha releva le menton et lui sourit doucement. Après quoi, elle se leva et repartit avec la table basse. Ne la voyant plus revenir, Jwan décida d'aller au *furo* pour une dernière toilette et s'en retourna auprès d'Akiha un peu plus tard.

— Je vous conduis à votre chambre où je vous ai installé un nouveau *futon*. Nous nous reverrons demain.

Akiha fit coulisser un autre pan de mur en papier de riz et bois, et Jwan entra dans une petite pièce sur le sol de laquelle reposait seulement une sorte de couette blanche – le *futon* –, avec un minuscule oreiller rectangulaire.

---

16 *Yurushite kudasai : Pardonnez-moi, en japonais romaji.*

Un sourire gagna ses lèvres.

— *Oyasumi nasai,* murmura son hôtesse dans son dos avant de refermer le panneau.

— Bonne nuit à vous aussi, fit Jwan sur le même ton, avant de s'avancer de quelques pas, son sourire de plaisir s'élargissant sur son visage en forme de cœur.

Pour elle, s'allonger sur un humble matelas était un évènement presque royal. Elle détestait au plus haut point les lits et les hamacs. Rien ne valait de dormir à même l'herbe, un tapis de mousse, la terre odorante et souple, ou une couche de sable fin. Et le sommeil la happa en un clignement de paupières.

Au petit matin, Jwan se réveilla en douceur, simplement, grâce au chant omniprésent des cigales, mais également du bourdonnement de la vie, et au très lointain écho d'échanges entre humains. Elle en soupira de bonheur avant d'ouvrir les yeux sur le plafond en bois de la demeure d'Akiha.

Cela faisait tellement longtemps qu'elle n'avait pas aussi bien dormi ! Elle se sentait en pleine possession de ses moyens, et n'avait plus qu'une idée en tête : apprendre qui était ce *Sensei* !

Dès qu'elle en serait informée, après l'avoir rencontré, elle irait rejoindre au plus vite Val'Aka. Car là encore, il fallait qu'elle découvre ce qu'était un « loup-garou ». Y avait-il seulement la possibilité de lever cette étrange malédiction ? Pouvait-on guérir le jeune-homme du sort funeste engendré par cette morsure ?

Elle sauta sur ses pieds et se dirigea rapidement vers le panneau coulissant de sa chambre. Dans la pièce principale, il n'y avait nulle trace de son hôtesse, mais le feu dans l'*ironi* dont les flammes léchaient la théière en fonte, prouvait qu'elle ne devait pas être bien loin. Jwan décida de faire sa toilette et croisa les doigts pour que la Japonaise soit là à son retour.

L'impatience la gagnait, l'adrénaline montait en elle. Il fallait qu'elle se dépêche de rejoindre Val'Aka.

Lorsqu'elle revint, la table basse était installée, avec des bols contenant du riz, une sorte d'omelette, de la soupe et des légumes crus.

— Akiha ? appela Jwan, surprise de ne pas la voir.

Personne ne lui répondit ; alors elle s'agenouilla sur le coussin plat et tendit la main vers les baguettes… avant de renoncer et de manger avec les doigts. Mais l'appétit n'y était pas. Avait-elle déçu son hôtesse à force de mauvaises manières dues à son manque de connaissance de la culture japonaise ? Jwan en éprouva de la tristesse, elle qui s'évertuait à se fondre dans le décor, et à toujours rester polie envers autrui.

— *Sumimasen,* Jwan-*sama* ! lança soudain Akiha en arrivant de sa démarche élégante et invariablement à petits-pas. Je devais finir de me préparer pour vous conduire au *Sensei*.

— Ne vous excusez pas, souffla Jwan en retour, infiniment soulagée en son for intérieur. Et merci pour ce bon repas ! Avez-vous déjà mangé ?

— *Hai* ! Depuis longtemps. Vous dormiez si bien que je vous ai laissée en profiter.

L'attention toucha beaucoup la jeune femme.

— Merci, répéta-t-elle en se relevant et en prenant le plateau dans ses mains. Où puis-je déposer ceci ?

— Donnez-le-moi, sourit Akiha en le saisissant à son tour et en faisant volte-face pour se diriger vers ce que Jwan pensait être la cuisine.

C'est à ce moment-là que la princesse de Pount nota à quel point la belle Japonaise s'était apprêtée. Coiffure soignée avec chignon maintenu par un peigne en demi-lune. Nouvelle robe en tube très colorée avec une ceinture très large lui affinant la taille. Sauf qu'il y avait ce drôle de coussin rectangulaire... dans son dos. S'était-elle fait mal en portant la table basse ?

Jwan s'empressa de lui en faire la remarque, car elle s'inquiétait pour elle. Akiha se mit à rire, disparut un court instant, puis revint dans la grande pièce.

— Jwan-*sama*. Ma robe est un *Kimono* et ce n'est qu'un nœud renforcé à l'aide d'un petit coussinet ! Je ne suis pas blessée et oui, en plus d'être ornemental, ce *obi* que vous appelez ceinture, garde le dos bien droit pour éviter toute future douleur. Il existe des *obi* beaucoup plus sophistiqués, vous savez ?

— Vous plaisantez… chuchota Jwan, qui avait écarquillé les yeux de peur de devoir porter un tel vêtement. Mais, euh… vous êtes magnifique, vraiment !

Akiha rit à nouveau de bon cœur.

— Jwan-*sama*, vous êtes inquiète, s'amusa-t-elle.

— Ah bon ? couina Jwan en reculant d'un pas.

— *Hai* ! Vous croyez que je vais vous forcer à vous habiller comme moi !

— Et ?

— Non. Je vous ai réservé une tenue spéciale. Elle vous plaira. Mais devant le *Sensei*, il est important d'être…

— Propre ?

— Vous l'êtes !

— Oui, enfin, je ne peux pas me montrer dans un pantalon et une chemise de corsaire.

— C'est cela, sourit Akiha. Suivez-moi, je vous ai préparé une surprise et je sais que mon frère va également apprécier, ajouta-t-elle presque pour elle-même.

Jwan sentit une pointe de jubilation dans les dernières paroles de la Japonaise, et cela ne lui disait rien qui vaille ! Néanmoins, elle lui emboîta le pas sans se faire prier.

Chapitre 7

Le souffle du dragon

Jwan tourna sur elle-même et fut surprise d'apprécier la liberté de mouvement que lui conféraient les habits qu'elle portait. Le haut était composé d'une veste d'un bleu nuit aux manches longues et amples, dont les pans croisés sur sa poitrine menue côté gauche sur côté droit étaient attachés par de petits liens au-dessus de la hanche.

Quant au pantalon, il était fait d'un tissu léger, blanc cassé, par-dessus lequel elle avait enfilé ce qu'Akiha avait appelé un *hakama*. C'était un autre pantalon, celui-ci très large et froncé. Ce qui avait une signification bien particulière, que son hôte se chargea d'apprendre à Jwan :

— Le *hakama* comprend sept plis, cinq devant et deux derrière, pour symboliser les sept vertus du *Bushido*, la voie martiale des samouraïs.

Soudain, Jwan réalisa qu'elle était vêtue à

l'identique de Val'Aka et des samouraïs ! Ainsi donc, la belle Japonaise la jugeait de la même trempe que ces valeureux guerriers ?

— Je connais ces sept vertus, souffla la princesse, très émue, et le cœur battant. Isabelle, la sœur de Val'Aka, me les a enseignées lors de nos entraînements ; le *Gi* pour la droiture, le *Yū* le courage, le *Jin* la bienveillance, le *Rei* la politesse, *Makoto* pour la sincérité, *Meiyō* l'honneur, et enfin *Chūgi* la loyauté.

— *Hai, hontou wa*[17], chuchota Akiha, visiblement touchée que son invitée soit au courant de la signification de ces précieux préceptes.

— Oh ça, je connais depuis peu, ce sont d'autres *tabi* ! s'esclaffa Jwan le nez à quelques centimètres des chaussettes que son hôtesse lui tendait.

— Je vous ai gardé vos affaires, ajouta celle-ci, en pointant du doigt son paquetage, ainsi que son arc et ses flèches. Vous ne pourrez pas porter un katana, car d'après une de nos légendes japonaises il est l'âme même du samouraï, indissociable de lui, mais vos armes sont elles aussi redoutables et craintes. Vous... avez fière allure.

— Merci ! s'écria Jwan avant de faire un pas pour prendre Akiha dans ses bras.

Mais elle la vit rougir en baissant le visage, et se rattrapa en comprenant que ce genre de geste spontané,

---

17 *Hai, hontou wa : Oui, en effet, en japonais romaji.*

voire de tendresse, ne faisait pas partie de la culture de sa nouvelle amie.

— Vraiment, merci, souffla-t-elle à nouveau en courbant la tête pour la saluer.

Au-dehors, l'animation s'accrut, et les deux femmes se dirigèrent vers le panneau coulissant de l'entrée. Après l'avoir écarté, elles s'avancèrent sur la terrasse où la princesse se figea, ses yeux verts rencontrant ceux couleur ambrée de Val'Aka.

Là encore, son cœur se mit à pulser follement. Le jeune homme se tenait à quelque distance d'elle, de l'autre côté du minuscule canal qui séparait la demeure de la rue principale, et pourtant, Jwan avait l'impression de ressentir sa chaleur corporelle. C'était comme une douce brûlure sur sa peau.

Il leva un sourcil, esquissa un demi-sourire en la dévisageant, puis la contempla de la tête aux pieds, avant de croiser les bras d'un air amusé.

— Il se gausse de moi, grommela-t-elle. Il ne me trouve certainement pas digne de ces vêtements.

— Laissez ! lança Akiha à ses côtés. Cela fait si longtemps que je ne l'ai pas vu aussi jovial, qu'il peut bien se moquer de vous autant qu'il le souhaite !

— Akiha ! s'écria Jwan, qui finit par secouer la tête d'amusement.

— Rejoignez-le, il vous attend pour vous conduire au *Sensei*. Je marcherai derrière vous.

— Ah oui... marcher, marmonna soudainement la princesse de Pount.

— Jwan-*sama*, je vous ai préparé des *waraji*. Ce sont des sandales plus souples en corde de paille de riz. Ainsi, vous aurez l'impression d'évoluer pieds nus... comme vous semblez apprécier le faire.

— Tant d'attentions de votre part me touchent, merci !

Oh oui, les *waraji* étaient une merveille et on ne les sentait pratiquement pas !

— Vous voilà devenue un samouraï presque parfait, ironisa le trop charismatique Val'Aka quand la jeune femme se retrouva à ses côtés, tandis qu'à quelques mètres d'eux, Akiha et son frère Akirō avaient l'air de se disputer à voix basse.

— Il n'apprécie pas de vous voir porter cette tenue, reprit l'aîné des Croz non sans une pointe d'humour.

— Je comprends enfin pourquoi Akiha paraissait si contente d'elle-même ! fit Jwan, peu rancunière et non moins amusée, tout en fixant le duo. Elle m'a vêtue ainsi pour me faire plaisir, aucun doute possible là-dessus, mais également pour jouer un mauvais tour à son frère ! En réalité, elle n'est pas si différente de votre propre sœur Isabelle, toujours à chercher querelle !

— Vous semblez avoir raison, approuva Val'Aka dans un murmure, sans quitter des yeux le joli profil très expressif de la princesse de Pount.

— Mais au fait, ne m'avez-vous pas demandé de vous oublier ? reprit-elle en faisant volte-face vers lui, avant de tressaillir en croisant son regard de braise. Comment... euh... puis-je... respecter votre souhait... si vous apparaissez devant moi dès le petit matin ? bafouilla-t-elle en cherchant ses mots, tant elle était troublée par la fiévreuse caresse de ses iris.

Son regard resta insistant, quasiment inquisiteur, et un léger sourire naquit au coin de sa bouche.

— Je vous ai demandé de m'oublier... pour la nuit, susurra-t-il de sa voix rauque et chaude.

Jwan ne put détacher ses yeux du mouvement ensorcelant de ses lèvres, et sans s'en rendre réellement compte, elle avait fait un pas vers lui, presque à sentir son souffle sur son visage.

Mais à cet instant précis, un mauvais pressentiment la saisit et mit tous ses sens en alerte, ce qui la fit revenir sur terre. Et la terre... justement... frissonnait sous ses pieds. Quelque chose d'étrange était en train de se préparer et la jeune femme s'accroupit vivement pour poser la paume de sa main sur le sable caillouteux de la voie.

— Ça ne va pas, grommela-t-elle, tandis que le guépard en elle commençait à rugir.

— Oui, je le ressens aussi, répondit Val'Aka avant de siffler entre ses doigts plusieurs fois d'affilée, à la suite de quoi les villageois sortirent de leurs demeures en s'empressant de se placer au centre de la rue principale.

— Le souffle du dragon arrive ! cria Akiha en japonais, pour courir ensuite aider une petite mère et deux enfants en bas âge à passer le pont devant leur maison, et les incita à s'accroupir, mains sur la tête.

— Le souffle du… ?

Jwan n'eut pas le temps de finir sa phrase et elle redressa le visage pour regarder droit devant elle : La gigantesque montagne fumante venait de se mettre à gronder furieusement, juste avant que le sol sous les pieds de la princesse ne se transforme en tapis mouvant.

Le sable fin, comme les cailloux de la route, tressautaient follement dans tous les sens et çà et là, quelques petites crevasses déchirèrent la chaussée. Jwan n'avait jamais vu ça, et son instinct la poussait à se sauver, ce qu'elle aurait fait si elle n'avait pas aperçu les gens autour d'elle, et tout le long de cette rue principale, agenouillés ou assis, paraissant attendre… quoi ?

— Baissez-vous ! lui enjoignit Val'Aka, toujours au sol tandis qu'elle s'était mise debout, et qui lui tendait la main pour l'exhorter à l'imiter.

— Mais il faut aider toutes ces personnes à fuir ! s'écria-t-elle. La terre se déchire et risque de tous nous engloutir !

— Faites-moi confiance, ce n'est pas encore

l'heure du grand cataclysme, la rassura le jeune homme en lui prenant gentiment les doigts et en l'attirant dans ses bras musclés.

Là, il courba son torse au-dessus d'elle pour la protéger, et lui murmura des paroles apaisantes dans le creux de l'oreille. Jwan s'efforça de n'écouter que lui, de ne ressentir que ses battements de cœur, de faire abstraction de la violence qui venait de s'abattre sur ce petit paradis verdoyant.

Puis, d'un coup... tout se figea et un silence de mort prit le relais de la fureur des éléments. Accalmie qui fut à son tour rompue par le retour bruyant de l'activité humaine... presque comme si de rien n'était !

— Mais... bafouilla Jwan, toujours assise par terre, tandis que Val'Aka s'était redressé pour parler avec Akirō.

— Ce n'était qu'une petite secousse, lui dit le jeune homme qui était revenu sur ses pas pour la soulever par le coude.

— Une... secousse ? Mais... la terre nourricière... s'est déchirée ! Regardez, là ! s'exclama la princesse en désignant une crevasse d'une dizaine de centimètres de largeur et d'un mètre de longueur.

— Ce sera vite rebouché, ne vous en préoccupez pas, balaya Val'Aka d'un geste vague de la main.

Jwan secoua la tête, éberluée. Jamais elle n'avait vécu un tel événement, ses sens lui soufflaient que la terre était malade, même les animaux n'étaient plus audibles à des kilomètres à la ronde. Eux savaient, comme elle, que tout ça n'était pas à prendre à la légère. Les éléments s'étaient déchaînés, et cela ne lui disait rien qui vaille. À moins que… ?

— Avez-vous un dragon dans la montagne ? lança-t-elle, les yeux soudain lumineux, tandis qu'elle serrait dans ses petits poings les pans de la veste de Val'Aka.

— Vous… êtes sérieuse ? s'étouffa-t-il en secouant la tête, avant de s'esclaffer. Le *Sensei* doit s'être trompé à votre sujet ! Il espérait un être exceptionnel, or nous voilà avec une jeune fille qui se balade avec un arc et des flèches, et qui croit certainement aux licornes ainsi qu'aux contes de fées peuplés de dragons et de gnomes !

— C'est quoi, des licornes ? voulut savoir Jwan en faisant l'impasse sur les « gnomes » et en fronçant joliment des sourcils.

— Hum, c'est une sorte de cheval blanc, avec une corne pointue sur la tête, et… qui a la particularité de pouvoir changer son pet en arc-en-ciel.

Jwan ouvrit la bouche et resta un bon moment dubitative tandis que Val'Aka s'éloignait sans masquer son rire. Un mouvement sur sa droite et la princesse se rendit compte que le samouraï Akirō s'était enfin déridé… pour se gausser d'elle également.

— Ne faites pas attention à eux, murmura Akiha

qui s'était approchée de Jwan et qui lui faisait signe de suivre Val'Aka. Un de nos proverbes dit : apprends la sagesse dans la sottise des autres. Et vous êtes d'une grande sagesse, Jwan-*sama*.

— Peut-être pas en ce moment même, grommela la princesse.

Il était plus que temps de donner une bonne leçon à l'insupportable aîné des Croz.

— Akiha, faites-moi confiance et n'ayez pas peur, chuchota-t-elle en ayant conscience que le gredin pouvait l'entendre de loin, même si elle parlait à voix basse.

— Peur ? De quoi ?

— De ma bête...

Jwan bascula la tête en arrière et laissa l'essence de l'animal qu'elle abritait en son sein circuler dans ses veines. En quelques instants et à une vitesse prodigieuse, la princesse se transforma en un somptueux guépard aux longs crocs blancs et à la fourrure fauve tachetée de noir.

Elle poussa un puissant rugissement, se dégagea du tas de ses vêtements devenus inutiles, et bondit en direction de Val'Aka. Elle le plaqua aisément dans la poussière, face contre terre, avant de lui lécher la joue en grondant sourdement, pour ensuite bondir à nouveau vers le haut de la rue principale d'où provenait l'odeur très reconnaissable du jasmin... la fragrance favorite des dieux.

Chapitre 8

Un refuge inopiné

— C't'île ressemble beaucoup à la nôt' ! s'écria P'tit Loïk, encore essoufflé d'avoir dû grimper le sentier abrupt menant sur les hauteurs.

Ce refuge inopiné était le lieu idéal pour que ses compagnons et lui puissent réparer l'*Ar Sorserez*. De plus, l'endroit regorgeait du plus précieux des matériaux pour eux : le bois !

— Vous avez l'œil ! fit Amélie qui se tenait non loin de lui, la main sur le ventre comme pour faire disparaître le maudit point de côté qui ne paraissait plus vouloir la quitter. C'est exactement la réflexion que je me suis faite ! Cependant, bien qu'elle soit tout en falaises, elle n'a pas une forme de croissant comme notre cher caillou, et son centre n'est constitué que de montagnes et de forêts.

— Mère, vous savez que je n'apprécie pas que

vous appeliez notre île le « caillou », grommela Kalaan en posant son énorme paquetage dans les fougères grasses, elles-mêmes cernées par de nombreux buis et autres végétaux.

— Votre père, paix à son âme, adorait la nommer ainsi.

Ah ! Contre ce qu'affectionnait feu Maden de Croz, Kalaan ne pouvait pas lutter. Il laissa donc sa chère maman continuer à blablater avec P'tit Loïk et alla à la rencontre de sa femme et de leurs amis.

— Je suis sincèrement désolé, Kalaan, marmonna Dorian, l'air contrit et les traits tirés par la fatigue. Il est vraiment dommageable que nous perdions la possibilité d'utiliser la magie, sauf par intermittence. Si tel n'avait pas été le cas, nous aurions pu réparer le navire et repartir. Il ne reste plus qu'à faire les travaux nous-mêmes ou attendre que nos pouvoirs reviennent. Je n'y comprends pas grand-chose, et Jaouen demeure très mystérieux depuis que nous avons débarqué ici. Si je pouvais encore lire dans son esprit, sans doute trouverions-nous les réponses à nos questions !

— Probablement, soupira Kalaan en portant son regard vers le vieux druide qui flânait dans la végétation sauvage, suivi de près par son frère Clovis son éternel mouchoir vissé sur le haut de son crâne chauve, certainement à la recherche de quelque chose à fumer.

— Tout cela n'est pas si grave ! essaya de

temporiser la douce Virginie tout en caressant de ses doigts fins l'épaule de Kalaan. Après tout, il n'y a même pas un an, nous pouvions très bien nous en passer !

Tandis qu'Eilidh Saint Clare détournait les yeux d'un air contrarié, le comte de Croz haussa un sourcil légèrement amusé

— Ah oui ? s'exclama-t-il pince-sans-rire. Ce n'est pas vraiment ce que tu disais tout à l'heure, alors que tu pestais en portant les vivres d'en bas jusqu'ici, tout en maudissant tous les dieux de l'univers.

— Oui… certes, souffla Virginie en rougissant. Nous mettrons cela sur le compte de la fatigue et de toutes les émotions qui nous ont traversés depuis la perte de… Jwan.

— ***Hé hoooo !***

Le long cri d'Isabelle les fit tous se retourner vers la forêt qui se dressait au pied d'une monstrueuse montagne. Un volcan, à n'en pas douter.

— ***Nous avons trouvé quelque chose !***

— Je lui avais dit de rester dans les parages ! gronda brusquement Dorian en s'élançant à la rencontre de son intrépide de femme.

Qui ne s'en laissa pas compter quand ils furent près d'elle :

— Mais enfin, Dorian, arrête ! Tu sais bien que je peux me débrouiller ! Et puis, je n'étais pas toute seule à partir en éclaireur, puisque Keir et des hommes d'équipage étaient avec moi !

— Oui, et donc ? coupa Kalaan. Qu'avez-vous trouvé ?

— À près d'un kilomètre en s'enfonçant dans la forêt, se situe un village en très bon état, et inoccupé ! Nous avons cherché à la ronde, et il n'y a aucune trace de vie ou de passage récent de quiconque. Pourtant, toutes les demeures sont impeccables, c'est comme si elles attendaient le retour de leurs propriétaires.

— Hummm... marmonna le druide Jaouen en les rejoignant, et en allumant sa longue pipe. Intéressant.

— Voilà qui est plus qu'intéressant, rectifia Amélie. C'est réjouissant ! Nous allons tous pouvoir nous installer et nous reposer avant d'attaquer les travaux sur la frégate !

— De plus, ajouta Isabelle, il y a un plan d'eau, des ruisseaux... de l'eau douce à profusion ! Nous sommes tombés sur un véritable petit paradis ! N'est-ce pas magnifique ?

— *Aye* ! acquiesça Keir avec un fort accent écossais, et en souriant jusqu'aux oreilles, avant de prendre sa femme dans ses bras pour la faire pirouetter dans les airs.

— Du repos ? demanda Kalaan en se tournant vers Virginie qui tenait difficilement sur ses jambes.

— Si je possédais les richesses de la caverne d'Ali Baba, je les échangerais toutes contre un bain, de l'eau fraîche, des fruits juteux et du sommeil. Alors oui, mon amour. Allons nous installer.

— As-tu remarqué, Jaouen ? s'exclama Clovis un peu plus loin. Il y a de nombreux chênes chinquapin géants, dont les glands sont comestibles, ainsi que des pruniers ! Les premiers seront utiles pour les réparations, leurs glands fourniront de la farine, et les seconds nous procureront des fruits chargés en sucre pour ce mois de septembre !

— Intéressant, chuchota Jaouen en soufflant un panache de fumée grise.

— C'est tout ce que tu as à nous répondre ? Voilà un moment que tu ne parles plus ! Et quand tu le fais, c'est juste pour dire… « intéressant ». Vieux fou ! Si tu n'étais pas mon frère, je t'ignorerais !

— Intéressant…

— Oh ! Espèce de…

— En route ! commanda Kalaan en positionnant son lourd paquetage sur son dos et en aidant Virginie à se diriger dans l'envahissante végétation.

La pente continuait de monter abruptement, mais la fraîcheur bienfaitrice que leur apportèrent les sous-bois leur redonna des forces pour reprendre leur marche. Ils empruntèrent un sentier à peine visible et s'arrêtèrent sous une sorte d'arche rectangulaire en pierre grise. Ils n'en comprirent pas la signification – Jwan n'étant pas là pour leur expliquer que c'était un *torii* – et poursuivirent leur route jusqu'à aboutir, en effet, dans un hameau aux demeures typiquement japonaises. Bois, toits de chaume, petits canaux devant les habitations, ponceaux les reliant à la rue principale... et pas âme qui vive.

— Mais enfin, mon amour, murmura Virginie. Tout cela appartient bien à quelqu'un ? Ce village, qui plus est, paraît très bien entretenu !

— L'pirates ? couina P'Tit Loïk.

— Cela ne serait pas aussi propre, marmonna Kalaan en fronçant les sourcils. Keir, Dorian, avec moi pour l'inspection ! les héla-t-il en s'avançant dans la rue impeccablement sablonnée.

— Nom d'une pipe en bois ! pesta Isabelle. Je t'ai dit que nous avions fait le tour des lieux ! Peux-tu, pour une fois, me faire confiance ?

— Mets ça sur le compte de ma paranoïa, lui lança son frère avant de lui jeter un clin d'œil malicieux.

— Bien, puisque c'est ainsi... je vais m'établir... dans cette maison ! décida Isabelle en ramassant ses affaires et en se dirigeant vers la première demeure sur sa droite. Mère ? Souhaitez-vous vous installer avec moi ?

— Crois-tu que l'on peut ? Mon Dieu, mon Dieu ! Tout ceci ne me plaît guère ! Nous allons entrer comme des voleurs dans le foyer de petites gens !

— Mère, vous vouliez de l'aventure ? En voici une de plus ! s'amusa Isabelle.

— Bien, dans ce cas, choisissons les nôtres !

proposa Virginie à la blonde Eilidh et aux frères Guivarch.

— Ce n'est pas de refus, souffla la dame du clan Saint Clare avec soulagement, tant elle était épuisée.

C'est ainsi que chacun jeta son dévolu sur une maison, y compris les quelques marins qui les avaient accompagnés – la plus grande partie de l'équipage étant restée à bord pour veiller sur l'*Ar Sorserez* –... et que Kalaan, Keir et Dorian se retrouvèrent seuls au bout de la rue principale.

Ils avaient inspecté les lieux, et s'étaient assurés de l'absence de danger ; ils s'apprêtaient à en faire part aux autres mais ils se retournèrent... sur le vide. Leurs compagnons, mère, et femmes avaient disparu !

— Eh bien, il me semble que nous n'avons plus qu'à fouiller à nouveau pour trouver la cachette de nos proches, mais en sens inverse ! se gaussa Dorian, tandis que Keir se mettait à rire, et avant que Kalaan ne cède également au cocasse de la situation.

— Allons-y ! lança ce dernier en redescendant la voie.

Un peu plus bas, hors des regards, Jaouen s'était assis à l'ombre d'un chêne chinquapin géant et terminait de fumer sa pipe d'un air songeur.

Il faisait le point sur tout ce qu'il savait ; déjà, il était certain, d'après une carte griffonnée à la hâte par Jwan qui s'était fiée au récit des japonais qu'ils avaient secouru, et le positionnement des étoiles, qu'ils se trouvaient tous sur *Mikurajima*, l'une des nombreuses îles qui formaient l'archipel d'Izu avec *Miyakejima*. Archipel qui s'étendait sur une vaste partie de la mer des Philippines et que les Japonais nommaient « Le Triangle du Dragon » ou encore « Mer du Diable ». Une zone paraissant tout aussi maudite que celle du « Triangle des Bermudes »...

Et là, tout devenait très... intéressant.

Sachant – information donnée par les déités elles-mêmes et rapportée dans les récits du clan Saint Clare – que dans les abysses du Triangle des Bermudes, à plus de huit mille mètres de profondeur, était érigée leur première grande cité... était-il alors fou de se dire, ou même d'imaginer, que le Triangle du Dragon était également situé au-dessus d'une autre archaïque cité des dieux ?

— Humpf... humpf... réfléchis, réfléchis, marmonna le vieil homme en fronçant ses sourcils blancs et en lissant une longue mèche de ses cheveux immaculés.

Dans ces conditions, tout pouvait s'expliquer ! Et notamment la perte des pouvoirs chez les magiciens de sang, car l'île invisible de *Miyakejima* pouvait être le noyau de la phénoménale force qui... aspirait ? Était-ce bien le terme adéquat ?

— Oui, da ! Elle aspire, elle suce, elle gobe toute notre énergie ! tempêta Jaouen en parlant à voix haute avant de se replonger dans ses pensées enfiévrées.

Mais cette force monstrueuse semblait céder en intensité, car de temps en temps, les pouvoirs étaient rendus. Et s'il était possible, le temps d'une faiblesse de cette « entité », de retrouver *Miyakejima* ? De chercher Jwan ? Et de finaliser leur quête en trouvant également au bout du compte Val'Aka ?

— *Bou Diou* ! Ce serait bon ! s'esclaffa le druide avant de tirer sur sa pipe désormais éteinte. Il faudrait que la frégate soit prête à partir dès que la magie sera revenue, et ainsi, nous sauverons Jwan et le frère aîné des Croz !

Et Jaouen irait examiner cette île de plus près, histoire de savoir quel hurluberlu de dieu pouvait mettre autant de pagaille dans cette partie du monde ! Car cette force ne pouvait être émise que par un être divin !

Un peu plus loin du vieil homme, cachés derrière un autre chêne, se tenaient Clovis et Dorian, attirés par son étrange et préoccupant comportement.

— Croyez-vous qu'il soit... devenu fou ? s'inquiéta sincèrement Clovis, les yeux embués de chagrin.

Dorian le regarda de ses magnifiques iris bleu nuit

et sourit, serein.

— Non. Je suis certain qu'il va très bien, et qu'il trouvera la solution à nos problèmes.

— Oh misère ! Si c'est comme en Égypte antique, nous ne sommes pas sortis de l'auberge !

— Je te l'accorde, Clovis, il a souvent été infernal. Mais ses connaissances nous ont grandement aidés. J'ai foi en lui, tout comme en toi.

— Me… merci, monsieur Dorian.

Et de loin, leur parvint à nouveau la voix de Jaouen, entrecoupée d'un rire gras :

— Je vais te botter le cul, dieu voleur de magie ! Ha ha ha !

— Bon, il y a peut-être, mais je dis bien peut-être, un peu de folie aussi en lui, grommela Dorian, avant d'entendre le long soupir tremblant de Clovis.

Chapitre 9

Le Sensei

Jwan regrettait de répandre une telle vague de terreur autour d'elle, au fur et à mesure qu'elle slalomait et bondissait entre les gens pour remonter la rue, vers ce qui ressemblait de plus en plus, en se rapprochant, à une vaste arche florale.

Le tremblement de terre n'avait pas réussi à effrayer les villageois, mais elle… oui ! La jeune femme, métamorphosée, souffrait réellement de leur causer un tel choc émotionnel, et les hurlements de peur des plus petits lui brisaient le cœur.

Elle aurait dû réfléchir à deux fois avant de vouloir donner une bonne leçon à Val'Aka ! Nom d'une pipe ! Elle n'était plus à Pount où tout le monde avait l'habitude de côtoyer des métamorphes !

Ici, à *Miyakejima*, tous ces hommes, femmes et enfants n'avaient jamais dû voir de guépard de leur vie, et encore moins de cette taille, car sous sa forme animale, Jwan était absolument impressionnante : tout en muscles, fourrure rayonnante, puissance, crocs et vitesse.

Laissant de côté ses remords, elle focalisa toute son attention sur son but ultime : trouver le *Sensei*. Pour ce faire, elle devait à tout prix devancer les samouraïs, et surtout l'aîné des Croz, qui la poursuivaient avec une ahurissante rapidité. S'ils parvenaient à la rejoindre, et ne sachant pas si le fauve qu'elle était devenue était dangereux ou non, il existait de fortes probabilités qu'ils la tuent avant de la découper en petits morceaux sous la lame effilée de leur katana.

Et pour une fois, la princesse rencontrait un réel problème ! Car ces fabuleux guerriers possédaient l'art du déplacement ; ils sautaient avec fluidité à des hauteurs incroyables, puis filaient avec célérité sur les toitures de chaume accolées, bondissaient dans les airs pour arriver juste derrière elle, pour bifurquer et s'élancer à nouveau quand ils l'avaient manquée… de très peu.

Tout cela déstabilisait Jwan, d'autant plus qu'en guépard, elle pouvait distancer à la course n'importe quel animal terrestre ! Seul un autre enfant des Origines du royaume de Pount, un métamorphe comme elle, et qui avait la capacité de se transformer en faucon pèlerin, pouvait la battre en volant dans le ciel. Mais au sol, elle n'avait jamais rencontré un être, ou plusieurs comme en cet instant, qui puisse l'atteindre, voire la devancer !

La jeune femme savait que le *Sensei* était devenu

son unique salut, il fallait qu'elle le rejoigne avant d'être rattrapée. Mais où se trouvait-il ? Et comment le reconnaître ? Elle persista donc à suivre la fragrance de jasmin et se précipita dans la montée des longues marches plates menant à l'arche florale. Alors qu'elle venait d'éviter de justesse la lame d'un guerrier, elle aperçut enfin la silhouette décharnée d'un très vieil homme, intégralement vêtu de gris et les yeux bandés. Un aveugle ? Était-ce lui le *Sensei* ? Elle n'avait plus le choix, elle s'élança vers lui.

Jwan se coucha à ses pieds, le souffle court et la langue pendante, tandis que les samouraïs ainsi que Val'Aka, katana dégainé, arrivaient droit sur elle dans le but évident de la mettre à mort.

Mais l'ancien intervint en levant la main, doigts écartés, et cria :

— ***Iie*[18]** !

Sa voix puissante résonna de mille échos et, les mains sur les oreilles, les corps tordus de douleur, les guerriers stoppèrent net. Le vieillard – à n'en pas douter un magicien de sang – venait d'utiliser un redoutable pouvoir que très peu d'enfants des dieux, ou des Origines, employaient, car très délicat à maîtriser si l'on voulait seulement déstabiliser les gens et en aucun cas les tuer.

Le patriarche baissa ensuite son visage ridé sur le

---

18 *Iie : Non (simple), en japonais romaji.*

magnifique fauve essoufflé qui s'était lové contre ses jambes. Puis, comme s'il pouvait voir l'animal au travers de son bandeau, il ôta son long manteau gris à manches larges, et le drapa sur le corps du guépard, juste avant que Jwan ne reprenne sa forme humaine.

— Elle est exceptionnelle, vous ne devez en aucun cas la blesser, murmura du bout des lèvres l'ancêtre, sans plus utiliser la magie.

Sa voix... on dirait celle d'un jeune homme, le timbre est rauque, riche, bien plus intense que celui d'une personne âgée ! remarqua Jwan in petto.

Elle ? Comment pouvait-il savoir qu'il avait affaire à une femme ? Comment avait-il deviné qu'elle était en danger ? De quelle manière lui, apparemment un aveugle, avait-il pu simplement voir tout ce qui s'était produit ? La princesse avait beau avoir du mal à récupérer de sa course effrénée, elle n'en avait pas pour autant perdu l'esprit !

— *Hai ! Sensei ! Moushiwake gozaimasen !*[19] souffla à son tour Val'Aka, après s'être plus ou moins remis du charme des « mille voix ».

Il s'agenouilla vivement à quelques pas du doyen et de Jwan, imité par les autres samouraïs, et courba respectueusement le torse ainsi que la tête, avant de placer son katana rengainé à l'horizontale devant lui.

---

19 *Hai ! Sensei ! Moushiwake gozaimasen !* : Oui ! Maître ! Je suis désolé ! *En japonais romaji.*

— Habillez-vous de mon manteau, petite, et redressez-vous. Je vous attends depuis si longtemps !

— *Sensei* ? demanda-t-elle après un moment d'hésitation et en suivant ses consignes.

— *Hai* ! C'est ainsi que l'on me nomme à *Hanakotoba*. C'est celui que je suis pour tous ces hommes, femmes et enfants. Et pour vous, qui suis-je ?

La princesse resserra les larges pans du manteau sur son corps nu et noua les petites lanières sur le côté. Elle contempla ensuite le *Sensei* avec plus d'attention : il avait l'apparence d'un homme extrêmement âgé, le dos voûté, était habillé à l'identique des samouraïs, mais en gris et blanc. Il portait également un somptueux katana au manche crème et couvert de symboles plus runiques que japonais. Ses cheveux neigeux étaient tirés en un chignon à l'arrière de la tête et son visage ridé barré de ce large bandeau qui lui cachait les yeux. Mais ce que nota surtout Jwan, c'est cette forte odeur de jasmin qui émanait de sa personne. Comme s'il était la fleur lui-même, et c'était exactement… la fragrance que véhiculaient… les déités quand elles apparaissaient, évanescentes, dans les Cercles des dieux.

— Vous êtes un dieu ! affirma-t-elle en retour à sa question.

— *Hai* ! Certains m'ont autrefois nommer ainsi. Et toi, tu es une enfant des Origines, très éloignée de ton époque, prête à aider un inconnu et à le sauver d'une malédiction.

— Oui... c'est plus ou moins ça, souffla Jwan, infiniment intimidée de se tenir devant un être céleste, mais qui était encore constitué... de chair et d'os !

Comment était-ce possible ? Toutes les déités avaient pourtant fait leur *Élévation*[20] il y avait de cela des millénaires !

Jwan se détourna du *Sensei* et croisa le regard ahuri de Val'Aka. Il avait pâli, ses magnifiques traits s'étaient figés, et il la dévisageait comme s'il la voyait pour la toute première fois. C'était le cas... d'une certaine manière.

Le vieil homme s'avança d'un pas lent vers les samouraïs et la foule qui s'était agglutinée au bas des marches plates menant à l'arche florale.

— Le temps presse, poursuivez vos préparatifs pour le départ. Il faut que vous soyez tous en mer demain matin.

Les villageois se dépêchèrent, certains pour retourner à leur demeure, d'autres pour porter de lourds paquetages vers la sortie du hameau.

— Akirō ! héla encore le *Sensei*. Assure-toi que tout le monde ait quitté l'île aux premières lueurs du jour et laisse une embarcation dans la baie.

---

20 *Élévation : Moment où les divinités ont quitté leurs corps terrestres pour rejoindre le monde des Sidhes (Tertres Enchantés, monde parallèle).*

— *Hai* ! Il sera fait selon vos souhaits, *Sensei* !

Jwan assista à la scène du départ des guerriers et au mouvement des habitants, comme si tout se déroulait au ralenti. Elle ne comprenait plus du tout ce qui se passait. Trop de questions la taraudaient.

De loin, la belle Akiha lui fit un signe de main, une salutation de la tête, et s'en alla elle aussi vers sa maison, avant de disparaître dans la cohue.

— Venez, tous les deux ! ordonna le *Sensei* au couple, avant de faire doucement volte-face et de marcher lentement vers un pan entier de vigne vierge aux couleurs automnales.

La princesse lui emboîta le pas, puis s'arrêta en constatant que l'aîné des Croz restait en arrière, figé, le regard dans le vide et un muscle battant nerveusement sur sa mâchoire.

— J'en suis au même point que vous, Val'Aka, murmura gentiment Jwan. Peut-être un peu moins perdue, car je suis une enfant de sang mêlé, mi-humaine mi-déité. Néanmoins, si cela peut vous rassurer... mon esprit bouillonne de questions qui appellent urgemment des réponses.

— Vous... vous transformez en guépard... pour redevenir... une femme, et ce, à volonté. Vous avez la possibilité de contrôler votre... monstre.

— Monstre ? Vous voulez dire « être malveillant » n'est-ce pas ? Mon familier n'en a jamais été un ! coupa vivement la princesse qui commençait à bien cerner ce qu'était un « monstre » et la peur que ce mot véhiculait.

— Mais qu'êtes-vous donc, à part une créature monstrueuse ? cracha Val'Aka en fronçant les sourcils et en serrant les poings à en faire blanchir ses phalanges.

Sous son regard dur et accusateur, Jwan se sentit blessée. Elle était à l'écoute de sa souffrance, mais lui ne cherchait qu'à la juger et non à la comprendre.

— Je suis une métamorphe. Le guépard est moi et je suis lui. Nous sommes indéfectiblement liés. Cependant, quand je suis l'animal… ce n'est que de corps, car l'esprit qui le guide reste le mien. Vous saisissez ? Nous ne faisons qu'un !

— Le… *Sensei*… vous avez dit…

—… c'est un dieu ! termina-t-elle comme Val'Aka semblait s'être tétanisé à nouveau, les mots refusant de franchir ses belles lèvres.

— Il est l'heure ! les appela le patriarche, debout devant le pan de vigne qui s'écarta de lui-même, tel un rideau de théâtre.

— S'il vous plaît, chuchota la princesse en tendant une main au jeune homme, le cœur battant, craignant de le voir prendre la fuite.

Il tourna son noble visage vers le village, ses longs cheveux noirs glissant dans son large dos et voltigeant au vent. Puis il refit face à Jwan, et plongea ses yeux ambrés dans les siens.

De la colère, il était passé à la détermination. En quelques pas il la rejoignit pour lui saisir les doigts et scruta ensuite l'endroit où le *Sensei* avait disparu : une sorte de gigantesque grotte illuminée par des torches et auparavant dissimulée par les végétaux.

— Allons-y !

Chapitre 10

Dans l'antre du dragon

— Vous n'étiez jamais venu ici ? s'étonna Jwan en resserrant ses doigts sur ceux, très nerveux, de Val'Aka.

— Jamais, marmonna-t-il, encore plus sombre que d'habitude, tandis que ses yeux ambrés allaient des torches aux pans rocheux du tunnel qu'ils empruntaient, avant de se poser sur la silhouette voûtée du *Sensei* à quelques mètres devant eux.

Le jeune homme se mura à nouveau dans le silence et la princesse respecta son souhait, rassurée qu'il ne l'ait pas repoussée, et singulièrement troublée de sentir sa peau contre la sienne.

Il y avait d'étranges ondes qui circulaient entre elle et lui. Les ressentait-il également ? Pour sa part, elle n'avait jamais connu des sensations aussi fortes, pas même envers son jumeau, Faiz, alors qu'ils avaient été si fusionnels du vivant de celui-ci. Enfin… pendant un temps.

— Pourquoi... cette larme ? chuchota l'aîné des Croz avec une douceur inattendue, en la retenant pour qu'elle se tourne vers lui, puis en cueillant du bout de son doigt la goutte cristalline qui coulait sur sa joue.

— Mon frère, souffla-t-elle en resserrant ses doigts autour des siens. Bizarrement et malgré le fait que vous ayez essayé de me tuer tout à l'heure... je ressens un lien tellement fort entre vous et moi, que cela m'a fait penser à lui. Avec tout ce que j'ai vécu ces derniers mois, je n'ai pas eu le temps de me rendre compte à quel point... Faiz me manque. Oui... il me manque terriblement.

Jwan baissa le visage, la gorge nouée de chagrin, et Val'Aka l'attira contre lui pour la serrer doucement. Il posa son menton sur le haut de sa tête et resta à nouveau silencieux. Mais c'était tout ce dont avait besoin la princesse, d'une simple communion, d'un soutien, de chaleur, et de beaucoup de tendresse.

Quelques instants plus tard, il lui caressa lentement les bras à travers le tissu des larges manches de sa veste et se pencha pour se trouver nez à nez avec elle, avant de murmurer :

— En guépard, oui, vous représentiez une menace pour tous, et oui, je vous aurais tuée sans aucun doute. Quant à Faiz, votre frère, vous me parlerez de lui, vous me raconterez toute son histoire. De cette façon, il sera avec nous, ici, à *Miyakejima*.

— Oui, approuva Jwan, touchée par sa franchise et sa bienveillance.

— Mais rejoignons le *Sensei*, il semble s'impatienter, car je ne l'ai jamais vu taper ainsi le sol du pied. D'ailleurs, je ne l'ai jamais connu autrement que maître de tous ses gestes.

Ils s'écartèrent sans désunir leurs mains, puis avancèrent vers le patriarche qui reprit sa lente marche pour s'enfoncer plus encore dans la montagne. Au fur et à mesure qu'ils poursuivaient leur chemin, la chaleur autour du couple augmentait, et pour finir, l'atmosphère devint pratiquement irrespirable.

— Nous allons griller comme des poulets ! gronda Val'Aka en sueur tandis que le tunnel s'illuminait peu à peu d'une forte lueur jaune orangé. On dirait qu'il nous conduit tout droit dans la lave ! ajouta-t-il encore sur le même ton.

Jwan se demanda instantanément si c'était bel et bien la volonté de l'étrange dieu. Voulait-il se débarrasser d'eux en les faisant disparaître dans... quoi ?

— De la... *lave* ? Qu'est-ce que c'est ?

L'aîné des Croz eut un sursaut de surprise et replongea son magnifique regard dans celui de la jeune femme :

— Vous n'en avez aucune idée ?

Elle fit non d'un mouvement de tête, tout en

passant les doigts sur son visage pour effacer les gouttes de sueur qui sillonnaient en filets sur sa peau.

— Dans l'antiquité gréco-romaine et ses mythologies, les montagnes de feu étaient associées à des dieux, Héphaïstos et Vulcain...

— ... je ne connais pas ces déités, coupa Jwan en fronçant les sourcils, interloquée.

— Laissez-moi poursuivre ! s'amusa spontanément Val'Aka. Par la suite, les philosophes grecs attribuèrent l'activité volcanique à des incendies souterrains. Cette thèse a perduré deux millénaires, mais toujours combinée à l'histoire des « feux de l'enfer ». Et puis la géologie est née, une science pour laquelle je me suis passionné pendant des années et qui m'a fait voyager dans le monde entier... un peu à l'instar de mon frère Kalaan. À la différence près que lui chassait les fantômes de l'antiquité égyptienne, et que moi, je courais après les montagnes de feu en activité. Bien qu'à Pompéi, une très ancienne et grande cité romaine... je n'aie pu que constater les cruelles conséquences de sa destruction totale à cause d'un volcan, le Vésuve. Ce dernier est entré en éruption – *a craché son feu* –, reprit-il comme Jwan fronçait à nouveau ses sourcils d'incompréhension, il y a de cela mille sept cent cinquante-neuf ans, d'après une lettre laissée par un sénateur romain du nom de Pline le Jeune.

— Ce feu... c'est ce que vous appelez de la lave ?

— Oui.

— Et les volcans sont donc... des nids à... lave ?

— Ces dômes, ou montagnes, sont nés de l'amoncellement de couches de magma, celui-ci étant en réalité de la terre en fusion. Pour mieux vous expliquer, prenons un forgeron : il transforme son métal, grâce à une forte chaleur, en liquide rougeoyant. Vous suivez ? Eh bien la lave, c'est du pareil au même, si ce n'est qu'à la place du métal, c'est un mélange de roches, de cristaux, de gaz et de tas d'autres composants qui porté à de vives températures, forme cet épais fleuve de flammes.

La princesse le dévisageait avec ahurissement. Toute cette histoire était fascinante. Pourquoi son peuple n'était-il pas au courant de tout cela ? Y avait-il eu des volcans à Pount ? Peut-être bien que les monts Taka – ensemble de cinq montagnes qui s'élevaient au cœur du royaume –, en étaient ?

Val'Aka sourit et poussa des doigts sous le menton de la jeune femme pour lui fermer la bouche, puis ses yeux se posèrent sur ses lèvres roses et luisantes, et il se pencha comme pour l'embrasser, avant de se ressaisir et de reculer rapidement en lui lâchant la main.

Il se racla la gorge, et termina son histoire :

— En réalité, les géologues ont fait une immense avancée dans leurs recherches en 1797, en découvrant que les laves proviennent de zones très profondes et chaudes de la terre, et que celle-ci ne serait qu'une mince croûte solide sur une mer de feu[21].

Jwan baissa prudemment le regard vers le sol rocheux sur lequel ses pieds nus souffraient de plus en plus de la chaleur. La Terre nourricière allait-elle s'ouvrir et les aspirer dans cet océan de flammes ?

— Il n'y a donc pas de géant dans cet antre, et encore moins de dragon, se rendit-elle à l'évidence et avec une pointe de dépit dans la voix. Je n'ai malheureusement pas pu voir celui qui se trouvait dans les Highlands, à mon arrivée chez les Saint Clare. Il s'agissait d'un Gardien des Éléments avec de magnifiques écailles opalescentes, d'après Isabelle, votre sœur. Le dernier de sa lignée.

— Un dragon… dans les Highlands ? bafouilla Val'Aka. Vous étiez donc… sincère ?

— Oui, et vous ? L'étiez-vous quand vous m'avez parlé de ces chevaux blancs qui possèdent une unique corne sur le front et qui pètent des arcs…

— Non ! coupa le jeune homme avant de rire. Mais en réalité, avec tout ce qui se produit autour de moi depuis quelque temps, peut-être bien que ces animaux légendaires existent.

— Les licornes ne sont plus là depuis des millénaires, intervint la voix rauque du *Sensei*, lequel se tenait en retrait depuis un petit moment, les écoutant en

---

21 *Idée largement revue de nos jours.*

silence. Elles ont rejoint le monde des Sidhes en même temps que les déités lors de l'*Élévation*. Comme tous les dragons de notre cité sacrée de Galéa. Je suis néanmoins heureux d'apprendre qu'un Gardien des Éléments est resté sur terre. Bien que je me demande comment il a fait pour survivre au fil des siècles.

— Je peux vous raconter son histoire, les Saint Clare m'en ont parlé ! proposa gentiment Jwan.

— Nous n'en aurons malheureusement pas le temps, mon petit, soupira tristement le patriarche, toujours de cette voix jeune et rauque. Je n'ai plus assez de force pour contenir le souffle du dragon et, *tut tut...* ce n'est que par nostalgie de mon ancien monde que j'ai nommé ainsi l'éruption imminente de cette montagne ; je confirme, il n'existe aucune trace de reptile volant géant ici. J'en suis tout autant désappointé que vous.

— C'est parce que ce « souffle » va tout détruire que vous poussez les villageois au départ ? Pour les mettre à l'abri ? Et vous ? Et nous ? s'enquit Jwan, presque en rafale, et alors qu'une puissante décharge d'adrénaline fusait dans ses veines à la pensée de la mer de feu qui allait se déverser en ces lieux.

— Voilà ce pour quoi j'attendais votre venue, murmura le *Sensei* en défaisant lentement son bandeau, puis en relevant le visage pour contempler le jeune couple de ses magnifiques yeux couleur améthyste, teinte uniquement dévolue aux déités.

— Vous n'avez... jamais été... aveugle, souffla Val'Aka, interdit.

— Non, répondit simplement le *Sensei*. Je devais dissimuler mes yeux, car leur couleur unique aurait pu me trahir à un moment où un autre, au fil des siècles. Aucun enfant des dieux ou des Origines ne devait apprendre mon existence... mais désormais, cela n'a plus grande importance.

Puis il reprit :

— Les villageois, en prenant la mer, seront en sécurité ; quant à moi, je vous raconterai mon histoire plus tard, mais il se pose un problème de taille que je ne peux résoudre. Ce problème se nomme... Val'Aka, et vous êtes la seule qui pourrait le faire changer d'avis. Car, voyez-vous, cet être insensé que je considère comme mon fils ne veut pas quitter cette île, et souhaite périr ici pour mettre fin à la malédiction qui le frappe.

Jwan poussa un cri horrifié et fit volte-face en direction de Val'Aka.

— Non ! hurla-t-elle, son cri faisant écho sous la voûte rocheuse.

Encore une fois, l'aîné des Croz semblait déterminé, sombre, le regard dur et les poings serrés.

— C'est ma volonté, Jwan ! annonça-t-il froidement. Je tiens à ce qu'elle soit respectée. Vous partirez avec les villageois et je resterai... avec celui que je considère également comme un père, jusqu'à ce que le volcan explose. Ma mort sera rapide, je n'aurai pas le temps de souffrir... si cela peut vous rassurer.

— Que d'idioties ! lui retourna-t-elle avec fougue. Il existe certainement d'autres solutions !

Le jeune homme afficha un sourire d'une brusque et infinie tristesse.

— Non. C'est ma punition pour avoir exterminé ma famille à Londres et je dois en payer le prix.

Chapitre 11

Tant de souffrance

— Mais... vous ne pouvez pas... payer pour les horreurs commises par cette bête, car c'est bien d'elle qu'il s'agit... n'est-ce pas ? bégaya Jwan, totalement dévastée par la révélation de Val'Aka. Vous n'avez pas le droit de vous sacrifier pour des actions que vous ne maîtrisiez pas ! finit-elle par crier alors qu'il ne lui répondait pas.

— J'ai eu beau tenter de lui faire entendre raison, lui dire que c'était la bête en lui qui avait tué ses proches, rien n'y a fait, murmura le *Sensei,* avant de baisser misérablement la tête comme accablé d'une immense fatigue. Nous avons besoin de vous, petite, reprit-il sur le même ton.

— Je n'ai, désormais, plus besoin de personne ! répliqua le jeune homme avec animosité. Je baigne dans le mensonge depuis ma naissance. J'avais cru laisser tout cela derrière moi quand je vous ai rencontré, *Sensei*. Je vous ai vu comme un maître et un guide, avec toutes les qualités morales afférentes à un sage ! Vous avez fait de moi un samouraï, vous m'avez enseigné l'art du combat pour sauver des vies, toujours avec honneur, vous m'avez inculqué la magnanimité, grâce à vous j'ai trouvé la paix et la foi en l'avenir ! C'est encore vers vous que je suis revenu, après avoir été mordu par le loup-garou, en sachant au fond de moi que s'il existait une personne au monde sur qui je pouvais compter… c'était bien vous ! Votre ouverture d'esprit à l'égard de tout ce qui touchait au surnaturel, comme vos connaissances des mythes et légendes du Japon me confortaient en ce sens ! En outre, vous n'avez pas frémi quand je suis arrivé il y a de cela quelques mois, après vous avoir informé de la malédiction qui me rongeait, et de ce que j'avais fait sous la forme du monstre. Même Akirō, mon ami de longue date, paraissait confiant… Car lui, il était au courant de votre véritable identité ! Comme Akiha, ainsi que tous les villageois, n'est-ce pas ?

— Valéry, essaya de tempérer le vieil homme en levant une main tremblante et en prononçant en entier et pour la première fois le prénom de l'aîné des Croz.

— Ne m'appelez pas ainsi ! gronda celui-ci en avançant d'un pas menaçant. Valéry Nabokou Fitzduncan a disparu il y a des années ! En même temps que le lâche qui se faisait passer pour mon père, le comte russe

Alexey Nabokou, et qui a préféré se mettre une balle dans la tête plutôt que d'avouer à ma mère l'imposteur qu'il était ! Je suis devenu Val'Aka en apprenant que j'étais le fils de Maden de Croz ! J'ai beau être anglais, ce fier corsaire breton était une légende pour moi, et je voulais me montrer à sa hauteur en devenant un homme meilleur ! Et puis soudain, je me suis rendu compte que j'étais un frère aîné, et j'ai trépigné d'impatience de rencontrer mes cadets, Kalaan et Isabelle. Ce que j'ai pu faire, sans toutefois parvenir à leur révéler ma réelle identité. J'attendais le bon moment. Moment qui ne se concrétisera jamais, car je dois disparaître pour les sauver du monstre que je suis, souffla-t-il en faisant volte-face, masquant ainsi son intense chagrin au *Sensei* et à Jwan.

Cette dernière pleurait en silence. Il y avait tant de souffrance en lui, que cela lui déchirait le cœur. Pourtant, quelque chose lui disait qu'il avait la capacité de surmonter tout cela.

— Val'Aka ! l'interpella-t-elle. Souvenez-vous, je vous l'ai déjà fait comprendre, les vôtres savent désormais qui vous êtes, et la bête qui sommeille en vous ne les effraye pas ! Ils n'ont eu de cesse, depuis plus de trois mois, de vous retrouver pour vous secourir, tout comme moi ! N'oubliez pas, je suis là ! lança-t-elle encore en tendant la main vers lui, dans l'espoir qu'il se tourne vers elle, qu'il puise au fond de son regard toute la force dont il avait besoin pour renaître, encore une fois.

Mais l'aîné des Croz resta de dos et reprit, lugubre :

— Le *Sensei* disait qu'un être exceptionnel allait venir m'aider. Je l'ai cru, car j'avais déjà été témoin de ses prédictions divinatoires et de leur réalisation. Il avait ainsi annoncé l'arrivée d'un groupe de guerriers, vos fameux traqueurs Saint Clare, et cet évènement... s'est produit. À cet instant-là, j'ai accepté le fait que des êtres surnaturels pouvaient exister, puisque j'en étais devenu un contre ma volonté. Néanmoins, je penchais surtout pour de la sorcellerie, ou de la magie noire, mais j'étais loin de penser que cette île était sous l'autorité d'un... dieu.

— Je ne suis pas un dieu, Val'Aka ! intervint le *Sensei*. Ai-je participé à la création de ce monde ? *Hai* ! Ai-je des pouvoirs extraordinaires du point de vue des humains ? *Hai* ! Suis-je âgé de plusieurs centaines de millénaires ? *Hai* ! Cependant, tout cela ne fait pas de moi une déité ! Je n'ai jamais souhaité être vénéré, idolâtré. Celui que tu as toujours connu, ce vieillard aux goûts simples, c'est réellement moi. C'est pourquoi j'ai refusé l'*Élévation* qui m'aurait fait vivre dans un monde parallèle. Cette terre est ma maison, et les humains sont mes enfants. Je ne suis qu'un patriarche bienveillant et je ne supporterai pas de voir mon fils de cœur se donner la mort alors qu'il y a d'autres solutions. Solutions qui m'échappent, car mon corps terrestre ne me permet pas de contenir les souvenances de mes millénaires d'existence... et c'est là que vous intervenez, chère Jwan, princesse du royaume de Pount.

— Ne voulez-vous donc pas me comprendre ? Il est vain d'essayer de m'aider, car je ne pourrai jamais m'absoudre de l'horreur de mes actes ! s'entêta durement le jeune homme en se tournant à nouveau vers eux. Je me suis réveillé au petit matin de la nuit qui a suivi ma première transformation, baignant dans le sang de ma mère ! J'ai croisé son regard vitreux, figé dans la mort et marqué par la terreur... et j'ai su, en voyant les griffures comme les morsures sur son corps... que cela ne pouvait être que moi, le monstre, qui avais causé sa perte, comme celle des personnes qui travaillaient pour nous dans notre demeure de Londres. Ils ont tous été déchiquetés, mis en pièces... par moi. J'accepte d'en payer le prix de ma vie, je resterai donc sur l'île lors de sa destruction, et je vous demande de respecter ma volonté !

Jwan détacha ses yeux du beau visage sombre de Val'Aka et s'approcha du doyen. Malgré la forte chaleur environnante, son corps entier était transi de froid. Un flux glacial avait remplacé le sang chaud dans ses veines.

Que pouvaient-ils opposer, le *Sensei* et elle, au souhait funeste du jeune homme ? Comment aurait-elle réagi, à sa place, si elle avait perdu la maîtrise de son guépard et si ce dernier avait exterminé sa famille ? La princesse n'en avait aucune idée… Peut-être aurait-elle également décidé de se supprimer et de faire d'une pierre deux coups en éliminant l'animal en même temps. Oui, à y réfléchir, c'est certainement ce qu'elle aurait choisi.

Néanmoins, elle ne supportait pas la pensée que Val'Aka meure sur cette île. Elle ne voulait pas qu'il disparaisse de cette terre ! Rien que d'y songer, c'était comme si un sombre voile se posait sur tout ce qui l'entourait. Sans lui, la vie ne serait plus comme avant, elle serait à jamais terne et sans saveur.

— Par les dieux, souffla-t-elle en ouvrant de grands yeux tandis qu'elle réalisait où ses réflexions la menaient.

Elle ne connaissait cet homme que depuis quelques heures, mais c'était comme s'il avait fait partie de son existence depuis… toujours !

— Les âmes-sœurs, chuchota le *Sensei* en se penchant vers elle.

Jwan hoqueta de surprise à ses paroles, et fit un énergique signe de négation de la tête.

— Non ! Vous devez vous tromper !

— Sur quoi le *Sensei* se tromperait-il ? interrogea Val'Aka qui s'était également approché d'eux en fronçant ses sourcils noirs.

— Je disais à l'instant à la petite que nous devions

accepter ton choix, inventa avec aplomb le doyen, avant de reprendre sa marche dans la grotte.

Jwan émit un nouveau hoquet et avança telle une somnambule dans les pas de l'ancien, talonnée de près par l'aîné des Croz qui paraissait désarçonné par leur soudain revirement.

— Il ment !

— Han han... souffla-t-elle de nouveau.

— Dois-je vous soutirer la vérité par la torture ?

— En seriez-vous capable ?

Val'Aka fit une halte et plongea son regard sombre dans le sien :

— Peut-être, répondit-il d'un air énigmatique.

— Sachez que je n'ai jamais parlé sous les coups, je suis bien plus résistante que vous ne le croyez.

— Qui a osé lever la main sur vous ? s'emporta le jeune homme en la saisissant assez rudement aux bras pour la retenir.

— Si je vous le dis, vous allez encore me traiter de menteuse, marmonna-t-elle en réussissant à se dégager, plus parce qu'elle était troublée par le contact de ses doigts qu'autre chose.

Ils se remirent à marcher, et la chaleur dans la grotte devint au sens propre insupportable, tandis que la luminosité se faisait plus intense. Non loin d'eux, un monstrueux bruit de frottements et de succions se fit entendre.

Le couple marqua un arrêt, puis décida courageusement et de concert, de suivre le *Sensei* qui venait de disparaître dans un coude virant à quatre-vingt-dix degrés sur la gauche.

— Dites-moi quel salopard vous a touchée ! persista Val'Aka en essuyant son visage ruisselant à l'aide de sa manche.

— Bien, puisque vous le demandez aussi gentiment... il s'appelait Amenemheb, c'était un prêtre égyptien qui voulait que je lui révèle sur un plan où se trouvait le royaume de Pount. Il m'a frappée, mais j'ai réussi à lui échapper. Il avait agi sans le consentement de la reine-pharaon Hatchepsout, en pensant qu'il gagnerait son estime s'il parvenait à lui montrer la route de cet inaccessible pays. Je n'avais que douze ans.

— Salopard ! Mais, je n'ai jamais entendu parler d'une reine-pharaon...

— ... c'est normal, coupa Jwan avec un sourire en coin. Cela s'est passé il y a plus de trois mille cent quatre-vingt-dix-sept ans.

Le jeune homme se figea instantanément en arrondissant de surprise ses beaux yeux d'ordinaire légèrement en amande.

— Vous vous moquez encore de moi !

— Je vous l'avais dit, je savais que vous ne me croiriez pas ! lança Jwan avant de retenir son souffle et de bifurquer à son tour dans la grotte.

Le *Sensei* les conduisait au trépas, il n'y avait plus aucun doute pour la princesse. Ils ne pourraient survivre longtemps à la fournaise qui les enveloppait. Ainsi la volonté de mourir de l'aîné des Croz serait respectée... quant à elle... à son grand étonnement, seul un regret envahit ses pensées : ne pas avoir eu le temps de connaître mieux encore Val'Aka.

L'instant suivant, tous deux poussèrent un cri unique qui se perdit sous les voûtes de la grotte, dégoulinantes de lave.

Chapitre 12

Là où je meurs, là où je nais

Ces vagues de lave ne les atteignirent jamais, et le cri unique qu'avaient poussé Val'Aka comme Jwan n'était rien d'autre qu'une manifestation d'intense surprise. Car en une seconde, alors qu'une chaleur cuisante leur léchait la peau et les incitait à retenir leur respiration pour ne pas avoir les poumons brûlés… tout cessa. Une atmosphère nettement plus propice à la vie et presque fraîche se déploya in extremis tout autour d'eux.

— Bienvenue en ma demeure ! les accueillit le *Sensei* de sa voix étonnamment jeune et avec une joie évidente qui se propagea jusqu'à ses yeux améthyste.

— Où sommes-nous ? souffla Val'Aka avec effarement et n'osant plus bouger, tandis que son regard se posait partout à la fois.

— Dans un Cercle des dieux, lui répondit Jwan en affichant un léger sourire avant de s'esclaffer tant elle était heureuse de ce qu'elle découvrait.

Elle qui avait cru qu'ils allaient mourir ! Et voilà qu'elle observait avec émerveillement l'une des plus belles créations des déités : un Cercle sacré ! Ce dernier, qui était à n'en pas douter le plus prodigieux que la princesse ait jamais vu, répandait sa magie tout autour d'eux en un bouclier qui refoulait la fournaise infernale. C'était comme se tenir dans une bulle de savon et contempler l'enfer en étant totalement protégé !

La lave incandescente, retenue par une barrière invisible, formait de fabuleux dessins aux couleurs scintillantes allant du rouge vif à l'orange, puis au jaune or, avec quelques marbrures plus sombres. Et c'était cette poche magmatique qui, en se déplaçant le long de la paroi indétectable, émettait ces bruits de frottements et de succions perçus un peu plus tôt. C'était spectaculaire !

Les immenses et larges menhirs du cromlech étaient quant à eux totalement constitués de quartz noir et largement sillonnés par des veines luminescentes de... *Lïmbuée*[22] ?

— Il y a du *Lïmbuée* en profusion dans ces pierres ! ne put s'empêcher de s'exclamer Jwan. D'après les Saint Clare, il n'en existe plus depuis des siècles. Une magicienne de ce clan a même dû remonter le temps pour en chercher à une époque très éloignée que l'on

---

22 *Lïmbuée : Souffle des dieux emprisonné à l'état liquide dans les pierres des Cercles sacrés lors de la conception du monde. Vecteur de fabuleux pouvoirs.*

nomme ère *Céleïniale* !

— C'est exact, et je m'en souviens très bien ! répondit le *Sensei* en hochant la tête. Elle s'appelait Eloïra Saint Clare et c'est grâce à elle que la grande majorité des miens a survécu.

— Oui, en faisant naître le guerrier suprême de la mort, ce qui a ouvert les mondes parallèles et a permis l'*Élévation* des déités qui auraient disparu dans le cas contraire ! Mais je ne connais pas toute l'histoire d'Eloïra, j'ai juste retenu le plus important, et aussi le fait qu'elle était une métamorphe, comme moi. Une louve rouge de toute beauté d'après les récits de sa famille.

Leur attention fut soudain attirée par un grognement provenant de l'endroit où se trouvait Val'Aka. Ce dernier, dépassé par tout ce qu'il voyait et entendait, s'était laissé tomber par terre et tenait sa tête entre ses mains comme s'il souffrait le martyre.

— Val'Aka ! s'inquiéta la jeune femme avant de s'élancer vers lui.

— Ne m'approchez pas ! hurla-t-il avant de pousser un sourd gémissement, le visage masqué par ses bras et le tissu sombre des manches de sa veste.

— Serait-ce la bête… qui s'éveillerait ? balbutia la princesse à l'adresse du *Sensei*.

— Non, petite. L'esprit de mon fils de cœur est malheureusement arrivé à saturation. J'aurais dû le préparer à la vérité, lui en dire plus, mais le temps me manquait et en ce moment, c'est davantage le cas.

— *Rahhh* ! gronda l'aîné des Croz en redressant le visage, et en lançant sur eux un regard furibond. Ne parlez pas de moi comme si j'étais un fou ! Si je l'étais, je ne subirais pas ainsi les tortures de mon esprit, mais je glousserais plutôt tel un oison bridé[23] avec de la bave filant du coin de ma bouche à mon menton !

Jwan eut l'envie inopinée de rire et se mordit les lèvres tout en croisant les bras sur sa poitrine pour se donner une contenance. Elle essaya du moins... car le rire lui échappa bel et bien

— Moquez-vous, femme cruelle ! s'énerva d'autant plus Val'Aka.

— Il y a de quoi, ne trouvez-vous pas ? rétorqua-t-elle en se calmant et en souriant en coin. Voilà des mois que l'on me parle de vous avec tant de déférence, que dans ma tête, je vous avais presque placé au même niveau que certains héros de mon époque, voire des dieux eux-mêmes. Et je me retrouve certes face à un charismatique guerrier, mais qui chouine comme un gamin à la moindre contrariété ! Imaginez ma désillusion ! Ne pensez-vous pas qu'il y a une couille dans l'pâté ? Secouez-vous, crénom de Dieu ! Euh... pardon ! ajouta-t-elle sur un ton d'excuse en direction du *Sensei* qui avait écarquillé les yeux, effaré de l'entendre s'exprimer ainsi.

---

23 *Oison bridé : (Vieux) Personne niaise et docile.*

— La voilà qui recommence à imiter P'tit Loïk et ma sœur, grommela le jeune homme en se remettant sur pied d'un bond et en s'avançant rageusement vers la princesse. Je ne chouine pas, d'abord ! l'invectiva-t-il ensuite en levant un doigt menaçant sous le nez de la donzelle.

— Non ? s'enquit-elle en haussant un sourcil moqueur et en repoussant une longue mèche de ses cheveux roux derrière l'oreille. Que faisiez-vous alors ?

— Je... eh bien... je... ça ne vous regarde pas ! tempêta Val'Aka visiblement désarçonné, avant de la contourner et de se placer devant le *Sensei*. Je vous écoute ! Racontez-moi toute votre histoire, que l'on en finisse une bonne fois pour toutes. Après quoi je pourrai enfin retourner dans ma prison !

De son côté, Jwan souffla longuement et de façon inaudible tout en fermant les paupières de soulagement. Sa ruse avait fonctionné. Val'Aka était bien un Croz, car il avait suffi de se moquer de lui pour que son caractère belliqueux et volontaire, si propre aux siens, reprenne le dessus sur le reste.

Doucement, elle pivota sur elle-même et fit un pas de côté pour croiser le regard du *Sensei*, auparavant caché par la haute stature du jeune homme. Les yeux améthyste du doyen s'illuminèrent de joie l'espace d'un centième de seconde, puis se posèrent sur Val'Aka, sans plus rien afficher d'autre qu'un reflet de sérénité.

— Je ne peux pas tout te raconter, juste essayer de te faire un condensé de mon histoire, proposa-t-il à l'aîné des Croz.

— Ça me va, maugréa ce dernier.

— Bien. Je suis né du *Chaos*[24] et je suis bien plus vieux que le monde. Après que l'on eut créé cette planète avec mes congénères, j'ai d'abord vécu sous les mers, puis sur terre quand l'atmosphère s'est chargée en air respirable. J'étais de chair et de sang... ce que je suis toujours, à l'inverse des miens qui ont dû procéder à l'*Élévation* pour survivre et ne sont plus que des êtres éthérés. Puisque je ne voulais pas rallier les Sidhes, ce qui me condamnait irrémédiablement au trépas, j'ai dû découvrir une solution pour subsister dans ce monde. C'est ainsi que j'ai rejoint Yonaguni, l'une des premières cités des Origines, érigée sous la mer, où j'ai résolu mon problème grâce à d'anciens rituels magiques. J'ai dû réaliser plusieurs essais pour concrétiser mon projet, et de ces tentatives est né l'archipel d'Izu dont fait partie notre île de *Miyakejima*.

— Pardonnez-moi, *Sensei*, mais l'île de Yonaguni se situe à des milles marins de *Miyakejima* ! intervint Val'Aka, ce qui ébahit Jwan, car le jeune homme ne semblait préoccupé que par l'importante distance qu'il y avait d'un point à un autre, et non par l'effarante histoire

---

24 *Chaos* : *Création de l'univers et naissance des êtres qui ont façonné la vie.*

du doyen.

— La cité a toujours été sous la mer, et j'ai utilisé son cœur, le cromlech où nous nous tenons en ce moment même, pour mes expériences. Il est mon cocon vital et je suis la créature qu'il doit protéger. À chaque résurrection et au fur et à mesure des millénaires, la force du magma l'a déplacé en créant au passage les îles de l'archipel d'Izu.

— Résurrection ? s'exclama à son tour Jwan. Comment… avez-vous fait ?

— Connaissez-vous l'histoire du Phœnix ?

— Oui ! fit Val'Aka.

— Non ! dit en même temps Jwan.

Les jeunes gens se dévisagèrent en fronçant les sourcils, agacés par la divergence de leurs réponses.

— Pour une femme âgée de plus de trois mille ans, ne pas être au courant de ce récit légendaire est tout à fait consternant ! persiffla l'aîné des Croz.

— J'aurais pu l'être, si j'avais effectivement vécu durant trois mille ans ! contre-attaqua la princesse en haussant le menton d'un air bravache. Cependant, je n'ai fait que passer d'une époque à l'autre en voyageant dans le temps ! En réalité, j'ai seulement dix-neuf ans !

Val'Aka écarquilla ses beaux yeux ambrés et pinça les lèvres, comme s'il se retenait de pousser plus loin leur échange. Ce que sa posture nerveuse confirmait ô combien !

Le *Sensei* décida de reprendre la main :

— Bien sûr que si, petite, vous connaissez également l'histoire du Phœnix. Dans votre époque, les Égyptiens le nomment : *Bénou*.

— Oh, oui ! s'écria-t-elle. Il est l'âme de Rê et le précède dans la barque solaire ! *Je suis l'Oiseau Bénou, l'âme de Rê, le guide des dieux vers la Douât*[25], récita-t-elle encore. La légende dit qu'il meurt et renaît dans les flammes tous les cinq cents ans.

— C'est cela, confirma le *Sensei* en hochant la tête. Le Phœnix est le nom que les Grecs lui ont donné de nombreux siècles plus tard. Mais il a également existé dans bien d'autres civilisations ; en Perse, il était le Simurgh, plus récemment en Chine c'est le Fenghuang, chez les Amérindiens on l'appelle Oiseau-tonnerre, et les Aborigènes l'ont baptisé Oiseau Minka. Ce ne sont que des exemples, puisque différents peuples font référence dans leur culture à l'Oiseau de feu qui ressurgit de ses cendres. Ce qui est tout à fait normal, car tous sont les descendants des premiers enfants des dieux. Cependant, aux Origines, ce mythe est né d'un puissant sort de magie blanche lié aux pouvoirs des Éléments. Il fut inscrit dans la pierre de la cité de Yonaguni, et alors que

---

25 *Douât : Lieu de passage de Rê pendant les heures de la nuit, quand il voyage quotidiennement d'ouest en est : c'est là qu'il doit lutter contre Apophis qui incarne le chaos primordial pour pouvoir se lever chaque matin et ramener la lumière et l'ordre sur la terre.*

la légende de l'Oiseau faisait son apparition et perdurait, le but réel pour lequel ce charme avait été créé fut totalement oublié de tous... sauf de moi.

— Et... quel est ce... but ? balbutia Jwan.

— Il est d'une extrême simplicité : le sort apporte l'immortalité ! lui répondit le *Sensei* avec beaucoup d'émotion.

Durant quelques instants, ne régna plus dans la bulle de magie que le frottement de la lave sur la paroi invisible. Les jeunes gens étaient totalement perdus dans leurs pensées, tandis que le patriarche les observait avec une certaine bienveillance.

— Mes enfants, reprit-il, ce cromlech est l'endroit où je meurs et où je nais depuis des millénaires. À la longue, mon corps de chair et de sang se détériore de plus en plus vite, car il ne supporte plus les fortes ondes provenant de mes redoutables pouvoirs, et mon cerveau est peu à peu annihilé à cause du poids de mes souvenances. Pour que je puisse continuer de vivre en tant qu'humain, et rester maître de mes pensées comme de mes actes, tous les trente à quarante ans je procède au sort de la résurrection dans ce Cercle pour recouvrer un corps jeune et résistant. La puissante magie dissocie mon esprit de mon corps, ce dernier se transforme en cendres au moment même où le volcan crache sa fureur sur *Miyakejima* en détruisant tout à sa surface, puis mon individu se reforme intégralement grâce aux flammes, avant que ma conscience ne le réintègre. Après cela, je fais renaître la flore comme la faune, et la vie reprend ses droits jusqu'au prochain cycle. C'est un procédé fastidieux, extrêmement douloureux, mais auquel je ne peux en aucune façon me soustraire.

— D'une certaine manière, me voilà rassuré, car je serai le seul à réellement mourir sur cette île ! ironisa Val'Aka en passant une main nerveuse dans sa chevelure.

— Si c'est tout ce que vous avez retenu de la révélation du *Sensei*, alors sachez que non, nous serons deux, car je vous suivrai dans cette stupide volonté de disparaître, à moins que vous ne changiez d'avis ! gronda rageusement Jwan.

— Je vous interdis de prendre une telle décision ! tempêta le jeune homme.

— Et comment allez-vous m'en dissuader ?

— En vous assommant et en vous jetant dans le premier bateau que je trouverai demain matin ! aboya-t-il, avant d'ouvrir de grands yeux, comme sous le coup d'une subite révélation, pour ensuite s'adresser au patriarche. Mais j'y pense, n'avez-vous pas dit, *Sensei*, que vous pouviez ressusciter la faune et la flore ? Dans ce cas, vous me ferez certainement revenir à la vie ?

Le doyen fit non de la tête, avant de lui expliquer :

— C'est impossible, car l'âme de l'être humain s'élève tout de suite vers le *Chant* après sa mort. Pour la mienne il en va différemment, car le bouclier magique du

Cercle la retient. Tandis que pour les animaux et les insectes, ce processus et infiniment plus long à s'accomplir, ce qui m'offre ainsi tout le temps nécessaire pour leur recréer une enveloppe corporelle qu'ils réintègrent aussitôt la reproduction achevée. Et ne me demandez surtout pas la raison d'une telle différence dans le processus, car je n'en ai aucune souvenance !

Le visage de Val'Aka s'assombrit, ses lèvres formèrent une grimace pleine d'amertume, puis il murmura :

— Le *Chant*, c'est certainement un autre nom pour désigner le Paradis ?

— En quelque sorte, lui répondit le *Sensei*. Val'Aka... si d'ici à demain matin, la princesse ici présente venait à te libérer de la bête, resterais-tu buté sur ton choix ?

L'aîné des Croz les dévisagea tour à tour. Il semblait peser le pour et le contre et avait les traits tirés. Cependant, l'espace d'une seconde, Jwan put voir passer dans son regard un infime éclat d'espoir.

— Cette morsure est en réalité un don, mais pas pour les profanes, poursuivit le doyen. Ce n'est pas une malédiction, mais une transmission de pouvoirs. Toutefois, si ce pouvoir est octroyé d'une quelconque manière à un humain qui n'est en aucun cas un descendant d'enfants des dieux, celui-ci ne peut le contrôler.

Jwan hocha vivement la tête, et fut soudain prise d'une illumination :

— Avez-vous un tatouage ? Une marque de naissance ?

— Non, rien des deux, lui répondit l'aîné des Croz. Pourquoi ?

— Comme vous le savez maintenant, je suis une sang-mêlé, métamorphe, et je porte un tatouage de naissance, une marque des dieux, qui me permet de fusionner avec mon animal.

Tout en parlant, la princesse avait défait les liens de sa longue veste dont elle laissa tomber le haut, et sa poitrine ronde apparut, nue, sous le regard éberlué de Val'Aka ; puis elle se tourna pour lui présenter son dos élancé où était dessiné un magnifique guépard.

— Mais bien sûr ! s'écria le *Sensei* en applaudissant. Mon fils, il te faut la marque des dieux : un tatouage ! Ce dernier te permettrait de maîtriser ton loup !

— C'est… aussi simple que cela ? Mais, cette bête ferait toujours partie de moi ?

— N'oublie pas ce que je t'ai dit un peu plus tôt, lui retourna le doyen. Cette morsure est un don, non une malédiction. Quand tu fusionneras avec l'animal, tu t'en rendras pleinement compte.

— Hum… marmonna Jwan. Il existe néanmoins un problème de taille. Val'Aka n'est pas né avec la marque, et ce n'est pas un sang-mêlé mi-humain mi-déité, alors… quelle est la solution ?

— Rien de plus élémentaire, je vais véritablement faire de lui mon fils de sang ! décida tout de go le *Sensei*.

Chapitre 13

De mon sang, peut-être ta délivrance

— Par quel miracle... comptez-vous faire de moi... votre fils de sang ? s'étouffa presque Val'Aka.

Aux côtés de ce dernier, Jwan paraissait tout aussi interloquée, car elle n'avait jamais entendu d'histoire, même ancestrale, se rapportant à de telles pratiques.

— Par le mélange de nos flux vitaux ! répondit le *Sensei*, comme si c'était une évidence. On a déjà eu recours à ce procédé il y a très longtemps. Mais je ne me souviens plus si l'humain a survécu ou pas.

— Pardon ? se récria l'aîné des Croz.

— Je vous ai prévenus, tous les deux. Ma mémoire me joue des tours et...

—... non ! Je m'insurgeais seulement d'apprendre que le pauvre gars en était peut-être trépassé ! coupa le jeune homme.

— D'une manière ou d'une autre, quelle différence cela ferait-il pour vous ? Puisqu'au final, vous avez décidé de mourir ! intervint Jwan, finaude.

Elle crut qu'il allait à nouveau se mettre en colère, mais fut désarçonnée en le voyant sourire de manière triomphale.

— Échec et mat ! lança-t-il. Dorénavant, je sais que vous respecterez mon choix ! Bien ! Dans ces conditions, j'accepte ! ajouta-t-il encore en direction du doyen.

Le filou ! Il venait de la prendre à son propre jeu et s'en délectait visiblement ! Et d'ailleurs… qu'avait-il voulu dire par « échec et mat » ? Peu importe... cela n'avait plus d'importance, car désormais Jwan ne pouvait plus s'opposer à lui.

— Commençons tout de suite ! proposa le *Sensei* en faisant apparaître grâce à la magie deux coussins plats sur une sorte de dalle centrale que les jeunes gens n'avaient pas aperçue en arrivant. Jwan, vous resterez en retrait pour nous assister. Ne parlez pas, et ne faites aucun geste, mais si vous le voyez se transformer en loup-garou lors de notre fusion… tuez-le !

La princesse hoqueta d'effroi et croisa le regard dur de Val'Aka.

— Souvenez-vous, Jwan, murmura-t-il d'un ton sec, je n'aurais pas hésité un instant à vous découper en morceaux lorsque vous évoluiez sous la forme du guépard. Un guerrier se doit d'agir rapidement quand d'autres vies sont en danger ! Dans ce cas précis, ce serait vos vies. Prenez mon katana… et faites-en bon usage !

Le patriarche acquiesça de la tête et la jeune femme, le cœur au bord des lèvres, leva une main tremblante vers le pommeau de l'épée que lui tendait l'aîné des Croz. Les deux hommes s'agenouillèrent ensuite face à face sur les coussins, puis baissèrent le visage en fermant les paupières, comme s'ils priaient de concert.

Là encore, cela ne dura guère, et ils se dévisagèrent à nouveau, avec une émotion palpable, car une grande connivence était née entre eux tout au long des années passées.

— Lève tes mains, mon fils, paumes vers le ciel, ordonna gentiment le *Sensei*.

Une fine dague dont on aurait dit la lame de verre ou de glace apparut entre les doigts du doyen, et de la pointe, il incisa la peau de Val'Aka avant de faire pareil sur lui. L'aîné des Croz ne put alors retenir une exclamation de surprise : si de ses plaies à lui coulaient des sillons rouges, il n'en allait pas de même pour le *Sensei* dont le sang était… d'or liquide.

Quelque peu dérouté, le jeune homme lança un bref regard en direction de Jwan qui, en retour, lui sourit avec confiance. Oui, les déités possédaient de nombreuses similitudes physiques avec les humains, leurs créations ; néanmoins, d'un point de vue physiologique, il existait entre eux d'importantes différences.

— Maintenant, détends-toi, et mêlons nos flux, murmura le doyen.

Val'Aka marqua une légère hésitation et finit par joindre ses mains aux siennes, paume sur paume, après quoi il ferma fortement les yeux et se mit à trembler violemment.

De son côté, Jwan crispa les doigts sur le pommeau de l'épée, tout en serrant les dents, car elle compatissait à son évidente souffrance. Puis, elle fit un pas en arrière pour se protéger des puissantes ondes magiques naissantes et qui s'intensifiaient rapidement entre les deux hommes.

Alors que le visage du *Sensei* restait paisible et concentré, celui de Val'Aka se mit à afficher clairement tout ce qu'il éprouvait... ou voyait dans son esprit. D'ailleurs, il commença à parler d'une voix déformée, qui donnait l'impression de venir de très loin :

— Je... je suis dans... les étoiles ! C'est... magnifique, et il y a... des explosions de lumière partout ! Attendez-moi !

Qui donc devait l'attendre ? se demanda in petto Jwan qui se rendit compte qu'elle ressentait une certaine frustration à ne pouvoir partager les visions du jeune homme.

— C'est... notre planète ! Elle est en train de naître ! *Ohhh*... nous plongeons... une cité blanche sous la mer et la glace... le soleil... il me brûle les rétines... des plaines vertes et fertiles ! Il y a des monstres gigantesques, avec des crocs et des écailles ! Non... la terre est en feu ! *Tout va trop vite !*

Val'Aka semblait soudain souffrir le martyre, sa respiration était oppressée, et sous ses paupières fermées, les yeux du jeune homme s'agitaient en tous sens. Une seconde plus tard, un filet de sang sillonna de son nez.

Jwan aurait accouru pour le secourir, le sortir de sa transe, si la voix forte et jeune du *Sensei* n'avait pas explosé sous son crâne, lui intimant avec fermeté de se tenir à distance.

De furieuses rafales de vent, nées du mouvement du tourbillon magique, s'abattirent sur elle, plaquant le tissu de sa veste sur son corps, et faisant voler ses longs cheveux dans les airs. Elle dut plisser les paupières pour se protéger de la violence du souffle, ainsi que de la poussière, et mit la main devant son nez afin de pouvoir respirer correctement. Pour un regard extérieur, l'ensemble de la scène aurait été spectaculaire à regarder ; car le trio se tenait au centre d'une bulle de tempête cernée par un flot de feu liquide.

Malgré tout cela, Jwan perçut clairement la suite

du monologue de Val'Aka :

— Je vois des dragons... ils volent... au-dessus d'une cité blanche érigée au pied de gigantesques montagnes neigeuses... *Nonnn !* se mit-il à hurler. *Le monde change trop vite !* Je suis de nouveau sous la mer... je brûle... je renais... *j'ai mal !*

À ce moment-là, des larmes rouges coulèrent de sous ses paupières closes et la princesse hoqueta de chagrin comme de peur. Sa souffrance était la sienne, elle la partageait, car elle comprenait enfin le sens de ses visions. Il revivait une grande partie de l'existence de son père de cœur, il fusionnait bel et bien avec celui-ci. Et oui... cela pouvait le tuer à tout instant !

— Depuis une centaine de décennies, j'accueille des *rōnins*[26] exclus de la société japonaise, ainsi que leurs familles sur *Miyakejima*... Sous mon aile, les guerriers sont à nouveau d'honorables samouraïs et je suis leur *Sensei*... ils acceptent qui je suis... je les protège comme ils le font pour moi ! Val'Aka vient à son tour... il est le fils que je n'ai jamais eu...

La princesse retint son souffle sous l'effet de la surprise. Car c'était bien le jeune homme qui parlait, mais il traduisait le vécu du doyen, comme s'il était devenu ce dernier ! Que se passait-il ? Y avait-il eu un transfert de consciences entre eux ?

— Les traqueurs sont là... ils semblent perdus...

---
26 *Rōnin : Samouraï sans maître dans le Japon médiéval.*

ils ne comprennent pas pourquoi leurs pouvoirs ont disparu ! Le *Sensei* aspire leur magie, comme toute autre énergie surnaturelle entourant l'île... il en a besoin pour maintenir le souffle du dragon... *il nous protège encore !* s'écria Val'Aka qui s'exprimait à nouveau de son propre point de vue.

Il rajouta :

— Les traqueurs sont capturés... puis conduits auprès du *Sensei*. Ces enfants des dieux reconnaissent l'odeur du jasmin dévolue aux déités... ils sont effarés, mais suivent de leur plein gré le vieil homme qui les attire dans le cœur de la montagne ! *Ils disparaissent dans le Cercle !*

Ce hurlement déchirant brisa quelque chose en Jwan, car il était évident que l'aîné des Croz ne comprenait pas ce qu'il était advenu des membres de la confrérie Saint Clare. Pour lui, ils avaient été tués, et le sang s'échappant du creux de ses oreilles confirma les craintes de la jeune femme : quand les visions étaient effrayantes ou douloureuses, Val'Aka en était réellement blessé dans sa chair.

Elle aurait aimé lui parler, le rassurer, mais là encore, la voix du *Sensei* résonna dans son esprit pour le lui interdire.

Mais il va mourir si vous n'interrompez pas cette fusion ! hurla-t-elle intérieurement.

Il est fort, faites-lui confiance, tout sera bientôt

terminé, lui répondit le doyen par la pensée.

— Ils ont voyagé à travers le Cercle ! reprit l'aîné des Croz dans une exclamation. Oui... le *Sensei* les a renvoyés chez eux... dans les Highlands ! Le cromlech... est en fait une porte qui conduit à un chemin magique, mais... c'est aussi un vortex ! Il permet de se déplacer dans le temps... comme l'a fait Jwan !

Le corps de cette dernière fut parcouru de frissons quand le jeune homme prononça son prénom. Ce n'était pas la première fois qu'il le faisait, mais jamais il n'y avait mis autant d'affection.

— Mère ? s'écria-t-il soudain. Comme vous êtes belle ! Je suis terriblement désolé pour ce que je vous ai fait... Vous ne méritiez pas une telle mort... Maden ? Je suis fier d'être votre fils, j'aurais tant voulu vous le dire de votre vivant ! Que... que faites-vous là tous les deux ? Ensemble ? Il y a tant de lumière derrière vous... vos visages s'effacent dans l'ombre ! Mère ? Père ? *Attendez !*

— Assez ! cria soudain la voix du *Sensei*, tandis que la tempête comme le tourbillon magique s'évanouissaient d'un coup et que l'on entendait plus que le bruit du magma.

La princesse s'élança en direction de Val'Aka qui s'affaissait dangereusement vers le sol rocheux. Avec l'aide du vieil homme, elle le retint et commença à tamponner de ses manches le sang coulant sur son visage.

— Est-il trop tard ? souffla-t-elle, la gorge nouée d'angoisse.

— Non, la rassura le *Sensei*. Mais ça a été de justesse, car son esprit se dirigeait tout droit vers le *Chant*. Néanmoins, il faudra attendre qu'il reprenne conscience pour savoir s'il n'est pas...

—... devenu fou ?

— *Hai* !

— Savez-vous au moins s'il est désormais votre fils de sang ? S'il a bien...

— ... le tatouage ? Il l'a, je l'ai dessiné sur sa peau par la pensée tandis qu'il voyageait sur la vague de mes souvenirs. Le loup est gravé sur son épaule et se déploiera quand mon fils, oui, *mon fils* et lui ne feront qu'un. Mais, petite, sachez une chose : cette marque ne servira à rien s'il ne se soumet pas à un long apprentissage. Malheureusement... soupira-t-il, je ne peux vous octroyer à tous les deux au maximum que deux mois. Après cela, je devrai mourir pour renaître, et ce faisant, le volcan détruira tout.

— *Sensei*, nous y arriverons ! lui assura la princesse avec conviction. Je lui enseignerai toutes mes connaissances et la manière de contrôler sa bête.

— Je savais pouvoir compter sur vous, enfant des Origines, sourit avec tendresse le vieil homme. Alors, et désormais, je vous confie *mon* fils ! Quant à moi, dès demain et après le départ des habitants de *Miyakejima*, je m'isolerai ici, dans le Cercle, pour retenir le souffle du dragon. Il sera de ce fait impossible de me revoir ou de me demander des conseils. Vous serez... livrés à vous-mêmes, Val'Aka et toi.

— Tout se passera bien ! certifia à nouveau la princesse de Pount, qui sentit tout de même, au fond d'elle, monter une vague d'angoisse.

Chapitre 14

Face-à-face

Le *Sensei* fit appel à quelques hommes pour aider à transporter Val'Aka, toujours inconscient, hors de la grotte. Puis il leur demanda de le conduire dans la maison d'Akiha où cette dernière prodiguerait tous les soins nécessaires à l'aîné des Croz pour qu'il se remette au plus vite.

— Dépêchez-vous ! leur ordonna-t-il encore, avant de se tourner vers Jwan pour lui prendre les mains et les serrer tendrement. Et vous, ma petite, reposez-vous également. Car dès ce soir, vous serez fixée sur la tâche qui vous attend. Je prends congé de vous ici, devant l'entrée de ma demeure ancestrale.

Le vieil homme s'en allait déjà vers l'intérieur de la grotte, quand il fit à nouveau volte-face, les traits de son visage parcheminé soudain tendus :

— Jwan... si jamais mon fils s'entête dans sa folie

de payer de sa vie pour ses crimes... promettez-moi de fuir ! Il vous suffira de prendre la jonque qui vous attendra dans la baie, et de partir le plus loin possible de l'île. Promettez-le-moi ! répéta-t-il plus durement comme elle détournait le regard.

— Vous vous doutez bien que je ne peux vous faire une telle promesse. Cependant, j'y songerai.

— Dans ce cas... nous nous reverrons, je l'espère, au cycle prochain.

— Oui, je le souhaite de tout cœur, murmura la princesse en inclinant la tête devant le *Sensei* avant qu'il ne disparaisse dans la montagne.

Elle s'éloigna alors de l'arche verdoyante, puis rejoignit les villageois qui portaient Val'Aka sur une civière de roseaux en direction du bas du hameau, chez Akiha.

La journée s'éternisa dans l'attente du réveil du jeune homme. Huit heures s'écoulèrent durant lesquelles celui-ci ne cessa de se montrer extrêmement agité, tout en baragouinant des paroles incompréhensibles de tous. C'était comme s'il subissait les affres d'un cauchemar sans fin, et ce, sans jamais reprendre connaissance.

Jwan, après s'être lavée et changée à leur arrivée dans la demeure, s'était ensuite tenue à son chevet, dans la chambre d'amis, pendant tout ce temps. Elle lui épongeait régulièrement le front à l'aide d'un linge humide, le rassurait par ses murmures, ou des chants appris à Pount. Akiha et son frère, de leur côté, faisaient des voyages de la maison vers la baie, où étaient amarrés les bateaux en vue de leur départ. Ils emportaient avec eux du mobilier, des vivres, et tout ce qui leur était cher ou utile. Tout ce qu'ils ne voulaient pas voir disparaître dans le « souffle du Dragon ».

C'est ainsi que, petit à petit, Jwan réalisa qu'elle ne les reverrait peut-être plus jamais... si l'aîné des Croz, après être revenu à lui, s'entêtait dans son funeste projet.

Mais bientôt, après un léger repas de fin d'après-midi, ce fut Akirō qui, l'ayant rejointe, souleva un épineux problème :

— La nuit ne va pas tarder à tomber. C'est soir de pleine lune. Et il se métamorphosera ! jeta-t-il en pointant du menton Val'Aka, toujours alité sur son futon.

— Le *Sensei* a fait de lui son fils de sang et l'a marqué d'un tatouage divin ! répondit Jwan. Il ne devrait donc plus se transformer en monstre.

Cette nouvelle ne sembla guère rassurer Akirō, et encore moins sa sœur qui venait d'apparaître près de lui à l'entrée de la chambre.

— Nous ne sommes sûrs de rien, marmonna le samouraï de sa voix saccadée et rude. Par sécurité, nous allons le déplacer dans sa cage. Maintenant !

La jeune femme n'eut pas le temps de dire « ouf », qu'il aboyait déjà des ordres aux guerriers restés à l'extérieur. Ceux-ci surgirent l'instant d'après dans la petite pièce et emportèrent Val'Aka vers l'extérieur.

— S'il vous plaît ! Il est bien trop mal en point pour qu'on le jette dans cette geôle ! s'exclama Jwan, indignée, en se levant et en courant après les hommes jusqu'à la terrasse, où tous s'étaient arrêtés pour remettre leurs sandales.

Ce qu'elle fit également, et machinalement, pour continuer de les suivre vers la sortie d'*Hanakotoba*. Mais Akiha la retint par la main et plongea son regard apeuré dans le sien.

— Jwan-*sama* ! Il y a trop d'incertitudes, et si Val'Aka était en état de nous parler, il souhaiterait, à n'en pas douter, être conduit dans cette cage !

La princesse de Pount dut admettre que ses nouveaux amis n'avaient pas tort, et ses yeux se posèrent sur des enfants qui jouaient encore dans la rue, en profitant de la belle clarté orangée du soir. Si effectivement l'aîné des Croz se transformait malgré tout en cette chose... ce loup-garou... ces petits risquaient fort de devenir ses prochaines victimes.

— Vous avez raison, Akiha. Mais je vais le rejoindre. Mon devoir est d'être à ses côtés et de lui apprendre à contenir sa bête.

— *Hai* ! acquiesça la Japonaise en baissant la tête et en la relevant aussitôt, pour ensuite afficher un sourire tremblant.

La seconde d'après, elle prenait Jwan dans ses

bras et la serrait avec force. Puis elle la relâcha tout aussi rapidement et se détourna pour courir à petits pas dans sa robe-tube en direction de sa maison.

La princesse de Pount avait eu le temps de voir une larme glisser sur sa joue de porcelaine… et fut très émue du geste fort et spontané de son amie. Cette dernière avait cassé le code de conduite japonais pour la tenir contre elle. Comme si… c'était… un adieu ?

Jwan en eut le souffle coupé. Car oui, c'était bien ça ! Akiha lui disait adieu à sa manière. La Japonaise était-elle donc si persuadée qu'elle et Jwan ne se reverraient jamais ? Le cœur triste, la princesse se dirigea vers le magnifique *torii* en pierre, le franchit, et suivit le sentier jusqu'aux deux autres passages sacrés, avant de s'arrêter au pied de la prison encastrée dans la roche.

Val'Aka y était déjà allongé, mais les samouraïs lui avait enlevé son katana. Bizarrement, ces guerriers et amis paraissaient beaucoup plus sur leurs gardes que la dernière fois qu'ils l'avaient retenu en ce même lieu.

— Qu'est-ce qui vous effraie autant ? voulut savoir la princesse tandis qu'Akirō donnait un ultime tour de clef dans l'imposant cadenas.

Elle sursauta quand les hommes lui répondirent par des grognements hargneux, tout en affichant des mines patibulaires. Ils étaient en colère ? Pourquoi ?

— Le samouraï n'a peur de rien ! gronda le frère d'Akiha, avant de faire un pas menaçant vers elle et de lui flanquer la clef dans la main.

Il reprit :

— Dès ce soir, vous serez sa gardienne. C'est le vœu du *Sensei* !

— Je comprends et j'en serai digne, murmura-t-elle alors que le groupe de guerriers la dépassait et s'en repartait visiblement au village. Je prendrai soin de lui ! cria-t-elle encore, tandis qu'ils s'approchaient du premier *torii*.

Akirō se tourna de profil pour lui lancer un dernier regard, et hocha la tête assez bas, comme pour la remercier. Puis il reprit sa marche.

— De... l'eau... gémit soudain la voix de Val'Aka.

Jwan fit vivement volte-face, s'élança... et se cogna aux barreaux de la prison. Bon sang ! L'espace d'un instant, elle les avait oubliés, ceux-là !

— Val'Aka ? Vous m'entendez ? le héla-t-elle.

— Je n'entends que... vous, se plaignit-il, toujours allongé sur le sol caillouteux, et en posant une main sur son front. De grâce... ne criez plus ! Votre voix... me fracasse le... crâne, soupira-t-il encore.

— Toujours aussi cordial, marmonna la jeune femme en frottant également son front, qui avait heurté une barre métallique.

— De l'eau...

Jwan se dépêcha d'ouvrir le cadenas, poussa la lourde porte qui céda en couinant à son passage, et s'agenouilla près de l'aîné des Croz, visiblement mal en point.

— Mortecouille ! Je n'ai pas de gourde sous la main, seulement des habits pour vous et quelques fruits, d'après l'odeur sucrée.

— *Mortecouille...* grommela-t-il en grimaçant un sourire et la main cachant ses yeux, je vais apprendre à... P'tit Loïk... à tenir sa langue. Les fruits... feront l'affaire.

Elle saisit une boule rouge dans le paquetage abandonné par les samouraïs à l'intention de Val'Aka, et la porta à la bouche du jeune homme.

— Hummm... un kaki[27], soupira-t-il de contentement sans avoir ouvert les paupières, reconnaissant le mets juste à l'effluve.

Il croqua dans la peau et le jus coula de part et d'autre de ses lèvres avant de sillonner sur ses joues, dans son cou, puis dans ses longs cheveux noirs épars sur le sol. Jwan l'aida à redresser la tête pour éviter qu'il ne s'étouffe tandis qu'il dévorait goulûment la chair du kaki.

Mais en l'espace de quelques secondes, il parut suffoquer et se releva brutalement en position assise, avant de se pencher sur le côté, pour recracher tout ce qu'il venait d'avaler.

— Êtes-vous sûr que c'était un kaki ? s'inquiéta-t-elle en lui frottant le dos au travers de sa veste noire. Ne

---

27 *Kaki : De couleur rouge, espèce à chair astringente.*

serait-ce pas plutôt un fruit de mancenillier bien mûr ?

— Arrêtez… de crier, gronda Val'Aka.

— Mais enfin ! Je ne crie pas ! s'insurgea Jwan.

— Et… déguerpissez… de… cette cage… **maintenant** ! hurla-t-il soudain, avant que son corps ne soit saisi de soubresauts, et qu'il se mette à se tordre de douleur.

Jwan se redressa lentement, livide. Elle ne pouvait pas le laisser souffrir ainsi, elle voulait l'aider ! Mais en même temps que l'aîné des Croz semblait subir un martyre, les sons s'échappant de sa bouche parurent changer. Sa voix avait disparu, des grognements, des jappements sinistres, ainsi que de brefs et rapides halètements l'avaient remplacée.

— Par les dieux, souffla la jeune femme, incrédule, en reculant doucement vers la sortie, tous ses sens réagissant violemment à l'approche du danger.

Même son guépard feulait intérieurement, comme pour la prévenir d'une forte menace. Et cette menace… n'était autre que Val'Aka !

En réalité, ce n'était plus lui qui se trouvait dans cette geôle, mais une chose qui grandissait, déformait son corps en déchirant ses habits, et qui se couvrait d'une fourrure noire et luisante… sous les éclats de la lune.

— Bon sang ! s'écria Jwan en jetant un coup d'œil vers le ciel étoilé où l'astre blanc, rond et scintillant, paraissait irradier la nuit. Il se transforme malgré la protection du tatouage divin ! lança-t-elle encore, estomaquée.

Akiha et son frère avaient vu juste !

D'un dernier bond, Jwan s'extirpa de la cage, tandis que les grognements se faisaient plus féroces. Elle tira de toutes ses forces sur la porte en fer, laissa tomber sa clef au sol dans l'affolement, et pesta en s'agenouillant pour la ramasser. Elle devait se concentrer, et se retenir de lever les yeux vers la titanesque forme sombre qui commençait à se mouvoir dans la prison.

Son cœur battait à tout rompre, son souffle se fit haché. Une peur incommensurable s'était abattue sur elle. Elle n'avait jamais ressenti cela, jamais !

Elle trouva enfin la clef, à moitié cachée sous un rebord métallique, et se redressa pour l'enclencher dans le cadenas, au moment même où l'énorme masse à la forte odeur de canidé se jetait contre les barreaux, et que des crocs saillants essayaient de mordre dans la chair tendre de son visage.

De terreur, Jwan se jeta en arrière et tomba à la renverse. La porte était verrouillée, mais la clef était restée dans la serrure ! Cette chose... qu'était devenu Val'Aka... avait-elle l'intelligence pour faire fonctionner le mécanisme afin de se libérer ?

— Mère, père, frère, mon esprit est en paix si je dois vous rejoindre, souffla-t-elle dans une prière et en déglutissant avec peine, ses yeux fixés sur la colossale et monstrueuse créature.

Cette dernière se jeta à nouveau sur la porte, passa à travers les barreaux ce qui ressemblait à la fois à un bras et à une patte de loup aux terrifiantes griffes tranchantes. De son museau démesuré, aux dents blanches et crochues, coulait de la bave en abondance. Les longues oreilles effilées, couvertes de poils sombres, se couchaient ou se redressaient selon les mouvements de la bête. Et ses yeux... étaient aussi noirs qu'un puits sans fond. Sans âme, sans vie... vides.

L'être abominable se mit à courir en rond dans le petit réduit, à la manière d'un bipède, puis il se précipita encore contre les barreaux d'acier en faisant claquer ses crocs et en grognant furieusement. Comme le chambranle ne cédait pas, la chose recula sur ses quatre pattes affreusement déformées en jappant férocement, tout en retroussant monstrueusement les babines, puis s'accroupit. Elle leva ensuite sa gigantesque gueule vers la pleine lune pour pousser un sidérant et effrayant cri de loup.

Dans ce hurlement à glacer le sang, Jwan put percevoir cependant le léger timbre d'une voix d'homme : celui de Val'Aka. Ainsi donc était venue l'heure du face-à-face.

Le face-à-face entre la princesse des temps antiques et le premier monstre de sa vie. Car, désormais, elle savait ce que désignait réellement le mot « monstre ».

Chapitre 15

Une lueur dans ses yeux

Grâce à sa vision nocturne, Jwan jeta un rapide coup d'œil aux alentours, tendit ensuite l'oreille en s'efforçant d'ignorer les bruits atroces qu'émettait le loup-garou, et en arriva à cette conclusion : elle était isolée avec le monstre.

Les samouraïs ne s'étaient pas dissimulés à quelques pas dans les bois, prêts à lui porter assistance en cas de besoin. Non, ils avaient respecté la volonté du *Sensei*, à savoir que seule la princesse s'occuperait désormais de Val'Aka.

Le dieu avait-il réellement cru, comme elle d'ailleurs, que le tatouage suffirait à canaliser l'horrible chose qui sommeillait en l'aîné des Croz ? Tous deux n'avaient-ils pas sous-estimé l'ampleur de la tâche dévolue à la guerrière des temps antiques ?

Celle-ci n'avait jamais eu à faire face à une telle

abomination ! Car un vrai métamorphe évoluait soit en humain, soit en animal, mais certainement pas en un amalgame des deux ! Et quel amalgame ! C'était comme si on avait pris au piège dans une grande boîte Val'Aka et un immense canidé noir, que cette boîte avait été vivement secouée dans le but de faire fusionner ces deux êtres, pour donner au final... un loup-garou.

Au fait, pourquoi avoir baptisé cette chose « loup-garou » ? Le mot *garou* signifiait effectivement à lui tout seul, en bas francique, « homme-loup » ! Jwan se souvint également qu'Isabelle, Virginie, et le laird Keir Saint Clare avaient encore appelé cette aberration du nom de lycanthrope, ou de lupus. Tout cela ne démontrait-il pas de leur part une certaine forme d'ignorance du sujet ? D'ailleurs, la jeune femme aurait mis sa main à couper qu'aucune des personnes qu'elle connaissait n'avait jamais rencontré ou vu un tel monstre !

Jwan avait soudain l'impression que son esprit allait exploser, tant tout cela défiait l'entendement, et si elle n'avait pas assisté à la transformation de Val'Aka, elle aurait même décidé d'exterminer cette horreur par tous les moyens possibles. Comme, par exemple, à l'aide de ce katana oublié sur le sol, à quelques pas d'elle : la lame avait glissé de l'étui et, libérée de sa gangue, luisait d'un appel argenté et meurtrier.

La princesse de Pount tendit lentement les doigts vers le pommeau, sursauta quand le loup-garou poussa un grognement féroce, avant de hurler, et de se remettre à courir en rond. Puis elle suspendit son geste en réalisant son intention : celle de tuer la bête.

Car en faisant cela, elle donnerait également la mort à Val'Aka !

— Comment suis-je censée l'aider ? gémit-elle en prenant sa tête entre ses mains et en se balançant d'avant en arrière, comportement qui attira à nouveau l'attention du monstre sur elle.

Il se jeta sur la porte, puis reprit sa course, et s'élança encore, et encore... toujours avec plus de hargne et de rage.

— Réfléchis, ma fille, s'admonesta-t-elle dans un souffle haché. Trouve... une solution.

Il y avait peut-être cette très vieille méthode apprise dans son royaume, lorsque de jeunes métamorphes avaient du mal à fusionner avec leur animal au moment de leur première mutation, vers l'âge de deux ou trois ans. Certes, certains de ces enfants avaient été victimes de déformations corporelles – aucunement comparables à celles de Val'Aka quand il s'était transformé en loup-garou – et en étaient morts... mais beaucoup d'autres avaient réussi la mue, même si cela avait été au prix d'une incommensurable souffrance.

— Il ne me reste plus qu'à essayer, murmura la princesse en se mettant debout pour ensuite se poster à quelques pas de l'entrée de la cage.

Avec des gestes lents, et en se forçant à respirer doucement pour reprendre un rythme cardiaque normal, beaucoup moins excitant pour le monstre, elle enleva un à un les vêtements qui composaient la tenue de samouraï qu'Akiha lui avait gentiment rendue au retour de sa « visite » chez le *Sensei*. Une fois nue, elle ferma les yeux, puis écarta les doigts pour sentir le souffle léger du vent humide créé par le puissant mouvement des cascades en action, à une dizaine de mètres de là, et elle laissa la magie ancestrale opérer.

En quelques secondes, le beau corps féminin céda la place à la silhouette élancée et féline du guépard. Aussitôt, dans la cage, le monstre marqua un arrêt brutal, huma l'air comme un possédé, avant de pousser une longue plainte poignante. Il renifla encore en s'approchant des barreaux, finit par glapir plusieurs fois de dépit, puis s'allongea pour poser son énorme tête entre ses pattes distordues.

Les yeux noirs de la bête se fixèrent sur ceux du guépard, verts et luisants, et Jwan fut abasourdie d'y découvrir un incongru voile de tristesse. Malgré l'atroce apparence physique de la chose, la princesse avait soudain l'impression de se tenir devant un gros chien qui avait perdu son maître, et le pleurait... ou qui pleurait, plutôt, la perte de sa proie !

Elle s'approcha en zigzaguant, tête basse, tout en restant à l'affût, puis colla son museau entre les barreaux.

Elle lança ensuite un léger feulement, auquel le loup-garou répondit par un nouveau gémissement abattu, avant de se lécher copieusement les babines, et de bâiller en couinant.

Le langage animalier passe entre lui et moi ! s'écria in petto Jwan qui feula encore une fois, mais de joie.

Le monstre avait senti le guépard, mais cela lui était complètement indifférent ! Sa présence semblait même le calmer ! Et c'était précisément ce que Jwan désirait.

Le lycanthrope reconnaissait le félin comme l'un des siens, et c'était exactement le but de la méthode employée à Pount pour rassurer les jeunes mutants : les anciens prenaient la forme de leur animal totem, pour que la bête tapie dans le corps des enfants des Origines ne s'affole plus face à l'odeur perturbante des humains : ainsi, la magie de la métamorphose pouvait s'accomplir sans causer le trépas des petits.

Jwan, soulagée et soudain taquine, se souleva souplement sur ses membres antérieurs, et du bout des griffes de sa patte avant, titilla la clef toujours dans le cadenas. Le loup-garou suivit son geste d'un regard avide, tout en levant vivement la tête et en dressant ses oreilles pointues vers la lune, puis émit un bref cri intéressé.

Tu veux que j'ouvre ta prison, mon gros loulou ?

s'amusa intérieurement la princesse.

Mais elle n'en fit rien et recula pour s'asseoir sagement sur son arrière-train, poussant même la malice jusqu'à lécher son pelage pour faire sa toilette, en faisant semblant d'ignorer le lycanthrope. Celui-ci pencha d'un coup la tête sur le côté et glapit d'étonnement, puis il jappa de mécontentement en comprenant que le guépard ne le libérerait pas. Après avoir copieusement grommelé, il reposa sa grosse gueule sur le sol tout en continuant de geindre ! Si Jwan avait été sous sa forme humaine, elle aurait ri aux éclats, tant l'attitude de la bête était comique !

Poussant le jeu un peu plus loin, elle se mit à ronronner comme un chat, et imita la posture du monstre. Puis elle s'allongea et rampa un peu, puis encore un peu, pour s'approcher de la porte de la cage, tandis que de son côté, le loup-garou faisait de même.

Les deux bêtes, se retrouvèrent ainsi museau contre museau, yeux dans les yeux. Mais brusquement, le guépard redressa la tête en cessant de ronronner : là, dans le puits sans fond qu'était auparavant le regard du lupus, une légère lueur venait d'apparaître. Un éclat miroitant, presque normal pour un animal chassant la nuit, mais il n'y avait pas que cela… une teinte ambrée marquait désormais l'iris par petites touches çà et là. La couleur des yeux de Val'Aka !

Ainsi, l'homme était bien présent dans le corps du

loup-garou ! L'esprit de l'aîné des Croz se frayait tout doucement un chemin sous le crâne de la chose et le cœur de Jwan se mit à tambouriner d'émotion. La magie protectrice tu tatouage fonctionnait bel et bien !

— *Vous allez y parvenir !* l'encouragea-t-elle intérieurement, avant de pousser un tendre feulement en direction de la bête, qui lui répondit par un simple gémissement ensommeillé.

Peu à peu, tous deux s'endormirent sous les rayons caressants de la lune et le chant continu des cascades argentées.

Chapitre 16

La belle et la bête

Qu'il était bon de se réveiller au chant des oiseaux, les poumons emplis de l'odeur de l'humus et de celle des fleurs, bien à l'abri sous une légère couverture !

Une couverture ?

Jwan ouvrit brusquement les paupières, les yeux braqués vers la cime des arbres où filtrait le bleu azuré du ciel. Puis elle souleva la tête, tout en passant les mains sur son buste sur lequel oui, effectivement, reposait une grande pièce de tissu coloré au toucher soyeux.

— La belle s'est enfin réveillée auprès de sa bête ? se moqua la voix rauque de Val'Aka, faisant sursauter la jeune femme. Vous avez un sommeil de plomb ! Vous serait-il possible de m'ouvrir cette satanée porte ?

— Par… pardon ? balbutia Jwan, la bouche pâteuse, tout en essayant de reprendre ses esprits.

Elle se redressa à la hâte ; le tissu glissa sur son

buste, et elle remarqua que les sublimes yeux de l'aîné des Croz, qui était assis en face d'elle, mais toujours dans la prison, s'étaient agrandis puis embrasés à la vision de sa poitrine.

— Ça recommence ! Sortez-moi d'ici... tout de suite ! gronda-t-il avec fièvre.

La jeune femme se leva vivement et s'enroula dans la couverture, qu'elle attacha ensuite à la manière d'un paréo. Puis elle se dirigea vers la geôle en tendant des doigts tremblants vers la clef. Mais au dernier moment, elle retint son geste pour dévisager Val'Aka.

— Est-ce vous qui m'avez donné ce présent ? voulut-elle savoir en fronçant les sourcils et en désignant du menton l'étoffe soyeuse et colorée.

— Non.

— Mais alors...

— C'est Akiha qui vous en a fait cadeau en passant tout à l'heure, avant de se rendre à la baie pour son départ. Elle a dû avoir pitié de moi, bien plus que de vous. Après tout, j'ai beau avoir été mordu par un monstre, je n'en ai pas moins des appétits d'homme ! Et votre joli petit corps nu, languissant, abandonné dans le sommeil, sous la lumière du jour... me rendait fou.

Tout en parlant, Val'Aka s'était redressé dans sa prison, et même s'il était redevenu humain, et qu'il s'était vêtu des habits de rechange laissés dans le paquetage par Akirō, il paraissait tout aussi dangereux pour Jwan que le loup-garou de la nuit passée.

— Pourquoi ne m'a-t-elle pas réveillée ? s'étonna-t-elle tout de même en songeant à la belle Japonaise.

— Quelle question ! Elle et moi avons bien essayé. Mais vous sembliez victime d'un sortilège d'endormissement. Elle a juste eu le temps de vous couvrir avant que tous les habitants d'*Hanakotoba* ne vous voient !

Jwan s'étant assoupie en guépard, elle ne portait plus rien sur elle au réveil. Quoi de plus normal ? Ce qui ne l'était pas, c'était ce sommeil de plomb dans lequel elle avait sombré. Mais peut-être, en tant qu'enfant des Origines, était-elle plus touchée par l'absorption des énergies permettant au dieu d'accomplir son nouveau cycle ? N'empêche que tout cela était déroutant, de même que le comportement pressant de Val'Aka qui la dévorait de son regard brûlant.

Au moins, ses yeux avaient-ils retrouvé leur couleur ambrée, c'était bien la seule chose, en cet instant, qui rassurait la guerrière des temps antiques. Car pour le reste… le charismatique jeune homme affolait ses sens.

— Ouvrez !

La princesse déglutit avec peine et se rendit compte que son corps frissonnait nerveusement. Mais que lui arrivait-il ? En outre, il n'y avait plus de clef dans le cadenas. Le lycanthrope avait-il essayé de se libérer pendant la nuit ? De toute évidence ! Et sans cette clef, de quelle manière allait-elle pouvoir répondre favorablement à la demande du prisonnier ?

— Non !

Val'Aka écarquilla les yeux d'ahurissement et repoussa ses longs cheveux noirs dans son dos. Puis il fit une pause, souffla lentement, et reprit :

— Ouvrez… s'il vous plaît ?

— Je n'ai pas confiance en vous ! s'écria Jwan en secouant la tête et en reculant d'un pas.

Loin de s'offusquer ou de se mettre en colère, l'aîné des Croz parut se tétaniser et pâlir sous son hâle.

— Vous… vous aurais-je… blessée, la nuit dernière ? balbutia-t-il.

— Non !

— Alors, vous aurais-je fait peur ?

— Oui, bien sûr ! Quelle personne saine d'esprit n'aurait pas eu la frayeur de sa vie devant le monstre que vous devenez à la pleine lune ! Mais au final, je vous rassure, tout s'est très bien passé !

Val'Aka secoua la tête, cherchant visiblement à comprendre la jeune femme, et il s'avança pour prendre les barreaux entre ses doigts.

— Eh bien, dans ce cas, pourquoi n'avez-vous pas assez confiance en moi pour me libérer ?

— Parce que là, en ce moment, tous mes sens me mettent en garde contre vous, que mon corps ne se comporte pas comme d'habitude, et que les battements de mon cœur ne se calment pas !

Le jeune homme ouvrit la bouche, puis la referma. Ses belles lèvres s'ourlèrent d'un doux sourire, tandis que ses yeux recherchaient les siens qui le fuyaient.

— Jwan, ma candide et si pure Jwan... murmura-t-il tendrement en la faisant derechef frissonner.

— Vous voyez ! s'insurgea-t-elle en reculant d'un autre pas. Rien qu'écouter le son de votre voix, me perturbe !

— Votre corps répond simplement à l'appel du mien. Cela se nomme le « désir ». C'est humain, normal, et quand le désir est partagé... on éprouve une certaine forme d'apothéose. Mais oui, d'une certaine manière, lorsqu'on ne le comprend pas, cela peut être effrayant.

C'est donc cela qu'elle éprouvait ? Et cette sensation allait grandissant, puisqu'elle l'avait déjà ressentie plusieurs fois pour lui, mais jamais avec autant de force.

— Euh... la clef, baragouina-t-elle en se détournant de lui, et en faisant comme d'habitude quand un sujet devenait par trop sensible pour elle, elle focalisait ses pensées sur autre chose.

Elle tourna lentement sur elle-même, fouilla des yeux le sol mi herbeux mi rocheux, et se dirigea vers une branche morte. Un léger éclat argenté venait d'attirer son attention, et en se penchant, Jwan put constater que celui-ci provenait bel et bien de la clef. Comment cette dernière était-elle arrivée là ? Vraiment, il y avait quelque chose d'étrange dans cette histoire de sommeil trop lourd. Généralement, en guépard, elle était constamment sur le qui-vive, et même en femme, elle aurait dû se réveiller au passage des villageois s'en allant vers la baie.

Peut-être que Val'Aka avait vu juste en parlant de sort d'endormissement ? Cela venait-il du dieu ?

— Bon, j'aimerais sortir d'ici ! Et ne vous en faites pas, je peux refréner mes ardeurs ! lança l'aîné des Croz, passablement agacé, et qui s'était mis à tourner dans sa geôle à l'instar du loup-garou la nuit passée.

Jwan se racla la gorge pour se donner une contenance, et se dirigea à nouveau vers le cadenas, puis l'ouvrit en deux fois. Pendant ce temps, le jeune homme avait ramassé les restes de ses anciens habits déchirés, son paquetage vide, et s'avançait pour pouvoir enfin s'extraire de sa prison.

— Je vous propose que nous retournions au village, lui dit-il d'une voix neutre. Là-bas nous irons chacun de notre côté, vous chez Akiha par exemple, et moi au *dojo*[28]. Nous avons tous les deux besoin de faire un brin de toilette et de nous sustenter. Cela vous convient-il ?

---

28 *Dojo : Historiquement, le dojo était la salle du temple religieux. Ses grandes salles ont aussi été utilisées par la suite pour l'enseignement des arts martiaux.*

— Bonne idée, murmura Jwan en évitant son regard, et en s'accroupissant pour saisir ses propres vêtements abandonnés.

— Je crois que je me suis trompé, lança-t-il soudain, en lui tournant le dos et en marchant vers *Hanakotoba* sans se retourner. Si moi j'éprouve du désir pour vous, ce que je n'ai aucune envie de cacher, vous, en revanche... ce n'est que du dégoût ! Vous n'osez même plus me regarder droit dans les yeux. Ne vous en faites pas, princesse, dans deux mois tout sera terminé !

Jwan en resta estomaquée. Que lui prenait-il ? Jamais elle n'avait ressenti de dégoût pour lui ! Bien au contraire ! Mais d'un autre côté, en y réfléchissant, son attitude pouvait très bien s'apparenter en effet à de la répulsion et créer un tel quiproquo.

Il était hors de question que Val'Aka continue à croire cela !

— Vous me plaisez ! cria-t-elle alors.

Le jeune homme se figea, comme frappé par la foudre.

— Vous... vous ne vous étiez pas trompé, souffla-t-elle encore en baissant lamentablement la tête. Mais... je suis une guerrière, une métamorphe... je n'ai jamais...

—...désiré quelqu'un ? murmura-t-il avec émotion, alors qu'il s'était rapproché d'elle sans qu'elle s'en rende compte.

Lentement, avec une douceur incroyable, il lui

releva le menton et posa ses lèvres chaudes sur les siennes. Du bout de la langue, il les caressa suavement, et glissa les mains de sa taille à ses reins, avant de la plaquer contre lui. La princesse se mit à haleter tant les sensations découlant de ce contact inédit la bouleversaient, et Val'Aka raffermit sa prise autour d'elle en intensifiant son baiser.

Il plongea en elle, profondément, sa langue cherchant celle de Jwan en un ballet envoûtant. Peu à peu, elle se laissa aller et lui répondit avec ferveur. Sans le réaliser, elle avait passé les bras autour de son cou et une de ses jambes était remontée le long de sa cuisse musclée pour s'accrocher à lui telle une liane.

Du feu coulait dans les veines de la jeune femme, Val'Aka l'avait allumé, et elle avait soif de lui. Ignorante des jeux de l'amour, elle se livrait avec fougue et curiosité. Voulant toujours plus. Rien ne l'effraya, même pas le fait de sentir contre son ventre la marque tangible du désir de Val'Aka ; au contraire, cela la galvanisa.

— Non, souffla-t-il en interrompant leur baiser et en posant son front sur le sien. Agissons étape par étape… car là, clairement, la novice dépasse le maître, et si vous continuez de vous abandonner à moi… je vous prends ici, sur ce sol rocheux. Et je ne veux pas que cela se passe ainsi, je souhaite ce qu'il y a de mieux pour vous.

Jwan l'écoutait, mais ne pouvait se résoudre à le

laisser se dégager ; elle le léchait, goûtait sa peau salée, puis déposait des baisers sur son torse, la veste s'étant ouverte sous la pression de ses doigts.

— Non ! répéta l'aîné des Croz, le souffle rapide et le regard fiévreux. Venez, retournons au village.

La princesse eut l'impression de se réveiller à nouveau, mais d'un mauvais songe… loin des bras et de la chaleur de son corps. Quelque chose de primitif était né en elle, quelque chose qui voulait aller jusqu'au bout, et le guépard se mit à feuler à l'intérieur de son être… ce que dut percevoir le jeune homme, car il plongea ses yeux dans les siens et grogna à la manière d'un loup.

Chapitre 17

Rencontre sous haute tension

Mikurajima, à plus de onze milles marins[29] au sud de Miyakejima

— Ils sont apparus comme par magie, capitaine ! glapit un homme d'équipage du nom de Lénaïc, en essayant d'adapter son pas aux longues foulées du comte de Croz, qui se dirigeait vers le bord de la falaise de leur île refuge.

— Comment ça, comme par magie ?

— Elouan, le jeune de vigie, a dit qu'en un clignement de paupières, les navires avaient surgi dans son champ de vision, alors qu'une seconde plus tôt, il n'y avait rien à l'horizon.

— Hummm... marmonna Kalaan en tendant la main au marin. Ta longue vue, Lénaïc !

— Oui, capitaine !

---

29 *Onze milles marins : Environ vingt et un kilomètres.*

Effectivement en ce début d'après-midi, plusieurs bateaux venant du nord paraissaient se diriger droit sur eux. Le soleil, haut dans le ciel, faisait ressortir la couleur rouge des multiples voiles « trois-quarts » bombées par un vent favorable.

— Ce sont des jonques japonaises, affirma Kalaan. J'en compte une dizaine, de taille moyenne, et il semble y avoir de nombreuses personnes à bord de chaque embarcation.

— Des pirates, capitaine ?

— Non, Lénaïc. Je pense simplement que les habitants du village abandonné de cette île rejoignent leurs pénates, et que nous allons devoir faire preuve de diplomatie pour leur expliquer notre présence chez eux.

— Croyez-vous… que… nous rencontrerons… ces fameux samouraïs, dont votre sœur parle si souvent ? bégaya le marin sans pouvoir masquer sa peur.

Kalaan haussa un sourcil amusé, et posa lourdement sa main sur l'épaule de Lénaïc, le faisant méchamment sursauter.

— Il y a de fortes chances ! répondit-il des plus sérieusement, avant de se détourner de lui, un sourire malicieux s'affichant sur ses lèvres.

C'était le moment de rendre grâce à Amélie, qui avait réussi à convaincre tout le monde que « *ce n'était pas des plus correct de s'installer dans la demeure d'autrui sans sa permission* »… Amen !

Plaisanterie mise à part, Kalaan remerciait réellement sa mère in petto. En effet, la rencontre avec les propriétaires, désormais de retour et sur le point de découvrir des intrus chez eux, aurait risqué autrement de n'être guère cordiale, voire de se transformer en pugilat.

Le corsaire se dirigea vers les tentes du grand bivouac dressé sur le haut plateau, ce dernier constituant un formidable point stratégique pour guetter d'autres navires et parer à toute menace. Sans compter que l'endroit permettait également d'avoir une vue d'ensemble sur la baie, où la frégate *Ar Sorserez* avait été mise en carénage, pour les travaux de réfection.

— Dorian, Keir ! héla Kalaan, tandis que les deux hommes venaient à sa rencontre, le visage sombre.

— Il paraît que nous allons avoir de la compagnie ! lança Dorian, son cousin Saint Clare opinant gravement du chef à ses côtés.

— Oui ! confirma le comte. Mais ce ne sont pas des pirates. Les jonques sont de belle conception et je n'y ai vu aucun armement. Comme je l'ai expliqué à Lénaïc, je pense que ce sont les villageois qui reviennent chez eux.

— Cet endroit risque de devenir un vrai pandémonium lorsqu'ils nous découvriront ici, grommela Keir avec son fort accent écossais.

— À nous de nous montrer des plus respectueux et accueillants, dit à son tour Dorian.

— Laissons-les aborder et je vais donner l'ordre qu'aucune arme ne soit visible. Avec des Japonais, dont je ne connais pas les coutumes, il nous faudra jouer finement.

C'était peu dire de la part de Kalaan, car effectivement, la rencontre s'annonçait houleuse. Les jonques avaient jeté l'ancre à quelques centaines de mètres de la baie, et des hommes, sur de petites embarcations, approchaient au plus près du rivage. Plus ils avançaient, plus la tension montait dans les rangs des « naufragés ».

— Ce sont des samouraïs, murmura Isabelle en direction de son frère et de Dorian.

— Je m'en doutais, voilà pourquoi je ne te voulais pas à nos côtés, gronda sourdement Kalaan.

— Quand arriveras-tu à te mettre dans le crâne que tu ne peux nous commander à ta guise ? s'énerva la jeune femme.

Le rire de Virginie, un peu plus loin, comme celui d'Eilidh, cachée derrière la haute stature de son mari, crispa davantage les beaux traits du visage du corsaire.

— Satanées donzelles ! gronda-t-il encore une fois en reportant son regard sur les nouveaux arrivants, qui venaient de sauter à la mer pour tirer les embarcations sur la rive.

Ils agissaient avec agilité, sans cesser de fixer les

nombreux opportuns qui les attendaient sur la plage. L'un des samouraïs, à l'attitude plus sombre que les autres, se dirigea droit vers eux. Ses habits lourds et trempés ne semblaient aucunement le gêner dans sa marche.

Il s'arrêta enfin, main sur le pommeau de son katana, et aboya des mots dans une langue saccadée et gutturale.

— J'adore le japonais, marmonna Kalaan d'une voix bourrue.

— Je ne sais pas si c'est mieux, en fin de compte, de se retrouver devant des guerriers japonais ou des pirates, souffla Virginie en déglutissant avec peine, tant le samouraï paraissait redoutable.

Avant que quiconque ne puisse l'arrêter, Isabelle s'avança de plusieurs pas, et effectua un salut comme le lui avait appris Val'Aka.

— Je suis Isabelle de Croz… enfin, Saint Clare maintenant, se reprit-elle. Amis ! lança-t-elle encore avant de se courber une nouvelle fois.

— Isabelle ! grinça Dorian entre ses dents, mort d'inquiétude pour son intrépide épouse, et n'osant pas la rejoindre, de peur de mettre le feu aux poudres.

— Regardez, il y a une femme avec eux ! s'exclama Eilidh en contournant son mari, qui la retint de justesse par le haut de sa chemise d'homme, comme le samouraï s'agitait à la suite de ce mouvement impulsif.

De son côté, et constatant cela, Isabelle leva les mains en signe de paix, et lança à nouveau :

— Amis !

À ce moment-là, la femme japonaise, à l'instar des autres samouraïs, rejoignit l'inquiétant guerrier et échangea avec celui-ci des paroles visiblement moins menaçantes.

— Si seulement Jwan était là pour nous faire la traduction ! pesta Isabelle qui ne savait plus comment se comporter pour que la situation ne s'envenime pas.

À l'instant où la cadette des Croz prononçait le nom de la princesse de Pount, la Japonaise cessa de parler, et tourna toute son attention vers elle. Elle fit également quelques pas vers Isabelle, tandis que le samouraï se remettait à vociférer des mots saccadés. Des ordres, à n'en pas douter... mais que la Japonaise ignora royalement.

— Il faut croire que ces hommes rencontrent les mêmes problèmes que nous avec nos femmes ! ironisa Kalaan en jetant un coup d'œil à Keir, puis à Dorian, qui lui répondirent en fronçant les sourcils, peu enclins à la plaisanterie.

Était-ce vraiment le moment de faire de l'humour ? Mais après tout, le corsaire n'avait peut-être pas tort ! Et si leur salut à tous venait de ces dames ? Car, à l'étonnement de l'assemblée des naufragés – marins, famille et amis des Croz –, comme à celui des samouraïs, un étrange dialogue s'était instauré entre Isabelle et la Japonaise, à grand renfort de mimes et de dessins sur le sable mouillé de la plage.

Sans compter que Virginie, Eilidh… et Amélie qui s'était encore dissimulée derrière les frères Guivarch, alors qu'elle avait promis à son fils de rester au bivouac, avaient rejoint le duo.

— Oui ! Jwan est en vie ! cria soudain de bonheur Isabelle, tandis que les femmes autour d'elle se jetaient dans ses bras, avant d'entamer une sorte de joyeuse danse, tout en riant et pleurant de soulagement à la fois.

Tout cela sous les yeux écarquillés de surprise de la Japonaise, et ceux plus ahuris encore des samouraïs, Croz, Guivarch et Saint Clare.

Preuve était faite... seules les dames avaient le chic pour transformer une rencontre sous haute tension, en une simple et truculente réunion de voisinage !

Chapitre 18

Flânerie...

Après avoir pris un bain, enfilé une simple veste et un pantalon en tissu léger de chanvre blanc, puis s'être sustentée, Jwan avait tourné en rond presque toute la matinée dans la maison abandonnée d'Akiha. Longtemps, la jeune femme avait gardé l'espoir que Val'Aka viendrait la retrouver, mais au fur et à mesure que les heures s'écoulaient, cet espoir fondit comme neige au soleil, jusqu'à totalement disparaître vers le début de l'après-midi.

Lasse de penser à lui, et surtout de se questionner quant aux troublantes émotions qu'il avait fait naître en elle, la princesse décida d'aller se promener et de revenir avant la nuit tombée, pour veiller une nouvelle fois sur le monstre. Si, bien sûr, l'homme qui abritait en son sein ledit monstre voulait bien se montrer.

À vrai dire, Jwan ne s'inquiétait pas à ce sujet. Elle avait la certitude que l'aîné des Croz ne se conduirait jamais de manière inconsidérée, et qu'il ne la mettrait pas délibérément en danger ; ce soir, elle le trouverait bien sagement installé dans sa prison.

Elle rejoignit pieds nus – ô joie ! – la rue principale d'*Hanakotoba* et fut saisie par la quiétude qui y régnait. Le chant des oiseaux ainsi que la stridulations des cigales avaient remplacé le rire des enfants, et le souffle du vent circulant dans les hautes branches des arbres s'était substitué aux voix des habitants.

La guerrière des temps antiques, se sentant soudain et bizarrement attristée de se retrouver seule – alors que d'ordinaire, elle appréciait et recherchait cet état –, remonta pensivement la voie en direction de l'arche végétale, entrée du sanctuaire du *Sensei*. Ce faisant, elle recouvra le sourire quand une nuée de rossignols akahigé, à tête orangée et ventre bleu, se dispersa en piaillant à son approche. En suivant leur envol du regard, elle aperçut également quelques écureuils qui filaient sur les toits. L'un d'eux s'arrêta pour la contempler, avant de reprendre sa course, puis de sauter et de grimper sur le tronc d'un des cèdres géants qui entouraient le village.

— Je ne suis pas seule, se rassura la jeune femme en fermant les paupières, et en levant son visage vers les rayons du soleil, pleinement revigorée par la présence de la faune locale.

Elle respira ensuite avec plaisir l'air

merveilleusement parfumé du lieu, interrompit finalement sa marche à une dizaine de mètres de l'arche pour cueillir une fleur de camélia rouge, et fit demi-tour. Elle repoussa une longue mèche rousse derrière son oreille où elle accrocha la fleur. Puis elle chercha un autre chemin, sortant ou menant à *Hanakotoba*, mais n'en découvrit aucun.

Apparemment, seule la rue principale desservait le hameau, et Jwan trouva cela très étrange, comme peu judicieux. Si jamais les villageois avaient dû subir une attaque de pirates, par où se seraient-ils enfuis ? Le volcan, l'épaisse forêt, ainsi que le gouffre au pied des cascades leur barraient toute retraite !

Mais après tout... à quoi bon s'en préoccuper, puisqu'ils étaient tous sous la protection de redoutables samouraïs, comme de la puissante magie d'un dieu antique en chair et en os. Enfin... c'était ainsi avant son arrivée à *Miyakejima* et le départ des habitants.

La tristesse envahit à nouveau la jeune femme à la pensée que toute cette beauté serait bientôt noyée sous un fleuve de lave. Elle secoua la tête et rattrapa de justesse la fleur de camélia qui avait glissé de son oreille, avant de la laisser volontairement tomber par terre. À quoi bon retenir l'éphémère ?

Après quoi elle reprit sa marche d'une allure plus décidée, passa sous le *torii* de pierre, chemina jusqu'à la geôle de Val'Aka, la dépassa et se retrouva à quelques pas du gouffre situé devant les cascades.

Le bruit, en cet endroit, était tonitruant : il provenait du fracas des milliers de litres d'eau chutant en même temps des hauteurs, puis ricochant violemment sur des parois escarpées, pour s'écouler par la suite en torrents, et disparaître dans une gigantesque crevasse sans fond.

La jeune femme fronça brusquement les sourcils en découvrant sur sa gauche une sorte de layon pentu taillé dans la roche. La pierre et la terre détrempées étant rendues glissantes par l'humidité environnante, elle s'avança prudemment, et descendit en s'accrochant à des lianes pour éviter de tomber.

Quelle ne fut pas sa surprise, quelques minutes plus tard, de constater que ce sentier escarpé conduisait à une vaste plateforme renfoncée, invisible du sommet, et au centre duquel se trouvait une mare d'eau claire, apparemment peu profonde. La princesse, en se rapprochant, lança un petit cri émerveillé qui se perdit dans le bruit assourdissant des chutes cristallines, alors qu'elle découvrait une multitude de minuscules poissons évoluant dans le bassin.

Ce lieu était divin !

Jwan se sentit subjuguée par la beauté de l'endroit qui, de plus, offrait une vue imprenable sur la forêt qui encadrait les cascades, le volcan fumant, comme sur l'immense crevasse dans laquelle les torrents mugissants plongeaient. Elle poussa un profond soupir de bien-être, et s'assit sur une roche plate, avant de glisser les pieds dans l'eau merveilleusement fraîche de la mare. Là encore, elle laissa échapper un petit cri de surprise, puis gloussa en constatant que les poissons venaient lui taquiner les pieds, sans lui causer aucune blessure.

Après quelques nouveaux éclats de rire, les poissons la chatouillant et l'obligeant plusieurs fois à relever les jambes hors du bassin, Jwan se détendit, et se mit à apprécier ces soins pour le moins insolites.

Elle ne sut combien de temps elle resta ainsi, paupières fermées, abandonnée, tant son esprit était enfin apaisé. Elle avait tout juste conscience du poids de ses vêtements détrempés à cause du souffle humide provenant des cascades, de la succion délicate sur ses pieds, ainsi que du tremblement régulier de la terre malade sous la paume de ses mains. À vrai dire, et en cet instant, le monde pouvait bien se dérober sous elle, Jwan s'en moquait totalement.

Pourtant, quelque chose perturba ses sens. Comme cette soudaine impression d'être observée ? La jeune femme passa les doigts sur son visage ruisselant, et ouvrit vivement les yeux, pour découvrir… Val'Aka.

Il se trouvait sur le point de la mare opposé à elle, accroupi sur une autre roche plate, simplement vêtu de son *hakama*, le torse et les pieds nus. Si sa posture était déjà étrange en soi, le fait également qu'il se tienne sur ses avant-bras éminemment musclés, les mains posées à plat sur la pierre, faisait penser à un animal prêt à bondir sur sa proie.

— Val'Aka ? appela Jwan, étonnée par son attitude, sa voix se perdant dans le bruit environnant.

Le jeune homme pencha la tête sur le côté, comme si malgré le vacarme il avait pu l'entendre. Ce faisant, les longues mèches humides de ses cheveux noirs suivirent son mouvement, et la princesse retint son souffle en apercevant une oreille effilée et couverte d'un poil sombre.

— Par les dieux ! suffoqua-t-elle, brusquement saisie de peur, avant de jeter un rapide coup d'œil vers le ciel qu'elle voyait à peine depuis le renfoncement. Mais... il fait jour ! bafouilla-t-elle encore, tout en essayant de garder son calme et de ne plus bouger.

Inexplicablement, alors que le soleil n'avait toujours pas cédé sa place à la pleine lune, Val'Aka se transformait... Cependant, par rapport à la veille, la mutation se révélait différente : Val'Aka restait plus homme que monstre !

Sur son épaule droite, la marque du loup évoluait, semblait grandir, et par moments, les lignes du tatouage paraissaient s'illuminer, comme si elles reflétaient le sang d'or du dieu qui avait fait de l'aîné des Croz, son fils.

Ce dernier se mit à grogner en ouvrant la bouche,

laissant voir les crocs qui avaient remplacé ses canines, et se tassa un peu plus sur lui-même, prêt à bondir par-dessus le bassin. Jwan n'attendit pas une seconde de plus, et s'élança en glissant vers la partie de l'esplanade qui se rapprochait des cascades. Avec étonnement, elle aperçut une sorte de passerelle qui partait de la plateforme et se dirigeait droit vers les torrents, pour disparaître sous les rideaux liquides et irisés.

Dans son dos, Val'Aka poussa un long hurlement de loup, puis sauta avec une puissance incroyable, pour atterrir de l'autre côté du bassin. Jetant un coup d'œil par-dessus son épaule, Jwan émit un cri de frayeur en réalisant qu'il n'était plus qu'à quelques pas d'elle. Elle s'élança à nouveau, dérapa encore sur le sol mouillé, et reprit vaillamment sa course sur la passerelle. Pour la première fois de sa vie, la peur qu'elle éprouvait l'empêchait de se métamorphoser en guépard !

Quelques secondes plus tard, alors qu'elle allait atteindre les chutes d'eau, elle se sentit happée par des membres puissants, puis plaquée contre un torse musclé et velu, pour ensuite être propulsée dans les airs.

Val'Aka et elle atterrirent quelque six mètres au-dessus de la plateforme, à l'endroit exact où la jeune femme, peu de temps auparavant, avait aperçu le petit chemin qui y menait.

— Folle... mourir... marmonna l'aîné des Croz avec difficulté, tout en gardant son précieux fardeau dans ses bras, qui se couvraient de poils à l'instar de ses oreilles pointues.

Il relâcha brusquement Jwan et celle-ci s'affala de tout son long sur le sol herbeux. Val'Aka ne l'avait en aucun cas attaquée, mais avait visiblement agi dans le but de la protéger… mais de quoi ? C'était lui qu'elle fuyait, et personne d'autre !

— J'étais en danger ?

— Passerelle… piège… intrus…

Il parlait de plus en plus laborieusement et luttait manifestement pour ne pas se transformer.

— Val'Aka, laissez-vous aller, ne vous battez plus contre votre animal totem ! le supplia la jeune femme qui ressentait sa souffrance intérieure, et se remit debout dans le but de le rejoindre.

Mais il bondit à nouveau pour s'éloigner d'elle et atterrit sur le toit de sa geôle. Très peu de métamorphes possédaient une telle puissance ; faire des sauts de plus de huit mètres dans les airs, c'était tout simplement prodigieux !

— Ne faites qu'un avec le loup ! cria-t-elle encore, tout en courant se réfugier dans la prison, loin des griffes du monstre que Val'Aka pouvait redevenir, et avant de réaliser la futilité de son geste, puisqu'elle n'avait pas apporté la clef du cadenas avec elle.

Il ne lui restait plus qu'à muer en guépard !

Chapitre 19

Méchant loulou !

Val'Aka et Jwan achevèrent leur métamorphose quasiment au même moment, et le guépard leva sa belle tête de félin vers le haut de la prison, pour se rendre compte que l'aîné des Croz avait fait d'énormes progrès : il n'était certes pas parvenu à devenir physiquement un loup à cent pour cent, et il arborait toujours quelques déformations corporelles, notamment au niveau de sa gueule et de ses pattes, mais pour le reste... il était... magnifique ! Restait à savoir si l'esprit du jeune homme commandait la bête !

La princesse poussa un feulement vers le lycanthrope qui la guettait de son perchoir en métal et n'obtint en retour qu'un bref grognement. Ensuite, elle se dirigea souplement vers la porte, puis la tira en utilisant ses longues griffes, tandis qu'au-dessus d'elle, le lupus continuait de la surveiller.

Ses iris étaient également différents, la couleur

ambrée avait gagné de moitié sur la noirceur primitive. Néanmoins, et là encore, impossible de savoir si c'était Val'Aka qui était à la manœuvre... ou le monstre.

Que dois-je faire ? Sortir ou rester ici ? s'interrogea Jwan in petto.

La veille au soir, le mutant n'avait montré aucune hostilité envers le guépard, en serait-il de même aujourd'hui ? La jeune femme décida de tenter l'expérience... Tout en se tenant sur ses gardes, elle passa la porte, sa noble tête féline tournée vers l'énorme canidé qui la suivait continuellement des yeux, et ne bougeait toujours pas d'un iota. Mais les choses se gâtèrent dès qu'elle fut à l'extérieur de la geôle ; la bête se redressa en montrant les crocs et en retroussant agressivement les babines.

Il n'en fallut pas plus à Jwan pour comprendre qu'il était temps de filer ! À peine s'était-t-elle élancée en direction du sentier qui descendait vers la plage, que le loup-garou bondissait derrière elle et courait sur ses traces.

Et c'est ainsi qu'une longue course-poursuite débuta !

Le lupus avait beau être gigantesque et puissant, il n'avait pas pour autant la même agilité que le guépard, et encore moins sa vélocité. De plus, Jwan put constater, et avec regret, qu'il manquait énormément de finesse !

Quel métamorphe avait déjà attrapé l'un de ses

congénères en essayant de le mordre à la queue, hein, lequel ? Aucun ! Parce que cela ne se faisait pas ! Mais garou-Val'Aka, lui, se moquait apparemment éperdument du code de l'honneur des mutants ! Cela étant, et à sa décharge, Jwan n'avait pas eu le temps de le lui inculquer... mais quand même, vraiment, cela ne se faisait pas !

Méchant loulou ! gronda-t-elle intérieurement, tout en crachant tel un gros chat, et en montrant les crocs à la bête qui venait, une nouvelle fois, d'essayer de l'agripper par le même procédé.

Il voulait jouer ? Il allait voir ! Jwan accéléra et se mit à slalomer sur le sentier, se déportant souvent de côté pour désorienter le loup qu'elle sentait faiblir à quelques mètres derrière elle.

Ils arrivèrent à toute vitesse sur la plage, et le félin sauta agilement par-dessus des hautes herbes et des roseaux pour se réceptionner avec brio sur le sable fin du rivage. Ce ne fut guère le cas pour garou-Val'Aka... qui bondit... puis s'enfonça lamentablement, et de tout son poids dans le sable, avant de faire un roulé-boulé sur lui-même en couinant de rage. Bien fait !

Jwan ralentit l'allure et s'offrit même le luxe d'un arrêt pour jeter un coup d'œil sur son poursuiveur. Elle feula d'amusement en voyant ce dernier se racler la gorge, puis tirer sa longue langue à de multiples reprises, pour essayer de recracher les minuscules grains qu'il avait avalés par mégarde !

En s'apercevant qu'elle se moquait de lui, le lupus jappa furieusement, puis se remit sur ses quatre pattes en secouant fortement son pelage, et gronda férocement avant de recommencer à la pourchasser.

Pour le coup, reprendre la course fut aisé pour Jwan, qui ne rencontrait aucune difficulté à se déplacer sur le rivage, contrairement au « *méchant loulou* » qui lui, s'enfonçait sous son propre poids pratiquement à chacune de ses foulées. La princesse poussa même le vice jusqu'à batifoler au plus près des vagues de l'océan Pacifique, jouant à cabrioler dans l'eau saline, avant de s'élancer de nouveau avec célérité comme le loup profitait du terrain mouillé, nettement plus praticable, pour la rattraper.

Jwan souhaitait visiter ce paradis qu'était *Miyakejima* depuis son arrivée ? Eh bien, c'est ce qu'elle fit plus ou moins, et sans cesser de courir. Car les deux métamorphes firent le tour complet de l'île... pour revenir au point de départ de leur cavalcade sur la plage ! Reconnaissant l'endroit, le guépard sauta à nouveau par-dessus les herbes hautes, et s'élança encore dans le but de retrouver le chemin menant à *Hanakotoba*.

Derrière elle, à plus d'une centaine de mètres, Val'Aka la pistait toujours, mais avec beaucoup moins d'ardeur ; la langue pendante, il fonçait dans les obstacles végétaux pour les écarter plutôt que de les éviter en bondissant.

Il était fatigué ? Tant mieux, car la princesse l'était tout autant ! De plus, cette prodigieuse énergie dépensée lui avait donné horriblement faim et soif. Elle bifurqua donc à un endroit du sentier, et suivit l'odeur d'une caille. Puis elle atteignit les berges d'un lagon, alimenté lui aussi par une chute d'eau qui, malgré sa beauté, n'avait tout de même rien de comparable avec la magnificence des cascades argentées.

La princesse avisa un emplacement stratégique et tranquille, non loin du torrent, puis chercha un accès pour y parvenir. Apparemment, il n'en existait aucun... de terrestre. Elle repéra alors les arbres : c'était la solution. Sans hésiter et après avoir jeté un regard sur le lycanthrope qui arrivait à son tour, elle grimpa le long du tronc d'un chêne en s'aidant de ses puissantes griffes, s'engagea sur l'une de ses branches, puis sur celle d'un imposant cèdre, puis sur une autre, pour enfin sauter sur la petite rive qu'elle visait depuis le début. Là, à l'abri du lupus exténué qui chouinait de ne pas parvenir à la suivre, elle se mit à laper l'eau cristalline et merveilleusement fraîche.

Qu'il est bon de se désaltérer ! s'écria intérieurement la jeune femme, toute heureuse.

Loin d'elle, le loup-garou poussa une longue plainte déchirante, puis bâilla en couinant, avant de l'imiter et de plonger son museau dans la surface du lagon. C'est tout juste si ces deux êtres avaient remarqué qu'il faisait nuit depuis longtemps, et que la pleine lune les caressait de ses rayons opalescents. Pris au jeu de leur course-poursuite, ils avaient totalement oublié le reste du monde, ainsi que l'heure.

Jwan se remit soudain aux aguets, ses yeux verts et luisants ayant repéré une proie potentielle. Ce ne serait pas une caille, mais si la princesse se débrouillait bien... elle allait pouvoir se régaler d'une belle et grosse carpe ! Elle retrouva avec plaisir son instinct de chasseur, sauta dans l'eau au bon moment, et attrapa le poisson en le harponnant de ses griffes, avant de le jeter sur l'étroit rivage. Elle opéra de la sorte encore trois ou quatre fois, et fit mouche à tous les coups.

De l'autre côté du bassin, le loup-garou sembla vouloir s'engager à son tour dans l'eau, puis recula comme s'il en avait peur, et poussa plusieurs jappements attristés en direction du guépard qui dégustait sa première pêche frétillante. Le félin redressa la tête en se léchant les babines, émit une sorte de râle désabusé, puis saisit un poisson entre ses crocs avant de remonter sur un arbre et de suivre quelques grosses branches. Arrivée presque au-dessus du lupus, trop épuisé pour bondir vers elle, Jwan laissa tomber la carpe, qui atterrit tout droit dans la gueule grande ouverte du garou qui la goba goulûment.

De rien, soupira mentalement la princesse en

retournant manger, et sans attendre un remerciement qui ne viendrait certainement jamais, tandis que le lycanthrope se remettait à pleurnicher de faim.

Par la suite, elle captura plusieurs autres poissons pour lui, les lui remit de la même manière, et dut se contenter pour sa part de deux petites carpes ; ayant apparemment un abysse à la place de l'estomac, le gros canidé avait englouti le reste ! Enfin, au grand soulagement de Jwan, il finit par s'endormir, et elle décida de lui fausser compagnie en empruntant un chemin par la cime des arbres, qui la conduisit suffisamment loin pour retrouver le sentier en direction d'*Hanakotoba*.

Sous sa forme humaine, elle ne fit qu'un bref arrêt chez Akiha, histoire de récupérer quelques affaires, puis se hâta de se diriger vers l'endroit qui serait désormais et officiellement sa maison... à l'abri de Val'Aka, homme ou monstre !

Chapitre 20

Ouvre-moi la porte, toi qui as la clef

— Ouvrez cette porte ! répéta pour la énième fois Val'Aka, en prenant sur lui pour rester le plus calme possible.

— Non ! lui répondit Jwan qui terminait d'installer son futon et lui tournait le dos.

— Mais enfin ! Vous êtes chez moi !

— C'était avant que je ne décide que ce serait dorénavant *chez moi* !

— Ces choses-là, princesse, se font peut-être à votre époque, et dans votre royaume, mais pas ici, à *Miyakejima* !

— À Pount, nous ne sommes en aucune façon coutumiers de ce genre de décision ; mais au vu de la situation, et me sachant à l'abri de vous, je suis certaine que mes pairs m'approuveraient !

— Jwan ! Donnez-moi cette clef et parlons comme deux adultes responsables ! chercha encore à l'amadouer l'aîné des Croz d'une voix rauque, légèrement envoûtante.

La jeune femme redressa la tête en rejetant sa longue chevelure rousse dans son dos, soupira profondément, et lui fit enfin face au travers des barreaux de la prison. Nerveusement, elle resserra les liens retenant les pans de sa veste, puis lissa les plis de son pantalon, avant de darder sur Val'Aka un regard lourd et accusateur. Tout valait mieux que de boire des yeux ses abdominaux saillants, les contours musclés de ses bras, ou d'admirer ses cuisses puissantes à peine couvertes par les haillons de son *hakama*.

— Non ! lâcha-t-elle, têtue, revenant à sa demande.

— *Holy smoke! That's going some!*[30] explosa-t-il en anglais, la faisant sursauter.

Il fit plusieurs fois le tour sur lui-même et passa des doigts nerveux dans sa longue chevelure noire hirsute et pleine de nœuds, y ajoutant encore plus de désordre. Il avait vraiment piètre apparence, le pauvre !

— Il ne sert à rien de monter sur vos grands chevaux et de vous mettre à parler une autre langue, que

---

30 *Traduction de l'anglais : Nom d'un petit bonhomme ! C'est la meilleure !*

je comprends d'ailleurs parfaitement, essaya de tempérer Jwan en agitant son index devant elle, comme pour le réprimander. Du reste, je ne sais pas pourquoi vous êtes aussi... fâché... que je me sois installée dans cette geôle qui, je le répète, ne vous appartient en aucune façon !

— Jwan ! *This is crazy!*[31] Vous inversez la situation ! C'est moi qui devrais me trouver à votre place, pour vous protéger du monstre que je deviens à l'arrivée de la pleine lune !

La princesse eut un rire de dérision et secoua la tête :

— Val'Aka... regardez-vous... vous n'avez désormais plus besoin d'attendre la pleine lune pour vous transformer. La marque des dieux vous le permettant, vous le faites bien avant !

L'aîné des Croz accusa visiblement le coup, fronça les sourcils, tandis qu'un muscle nerveux battait sur sa mâchoire maculée de terre sombre, et que ses beaux yeux ambrés se perdaient dans le vide.

— Je me suis réveillé près du lagon ce matin, murmura-t-il en se remémorant les seuls souvenirs qu'il gardait à l'esprit. Mes vêtements avaient disparu, mais j'ai retrouvé mon *hakama* en remontant le sentier, et... je m'en suis couvert au mieux en vous voyant dans cette prison.

— C'est absolument tout ce qui vous revient à

---

31 *Traduction de l'anglais : C'est fou !*

l'esprit ? s'étonna la jeune femme.

— Hum... en fait, non. J'ai également fait un étrange rêve, où... je vous rejoignais à la mare près des cascades... votre tenue était tellement trempée que... c'était comme si vous ne portiez rien... et...

— ...suffit ! coupa-t-elle vivement, le cœur battant la chamade, tant ses mots agissaient sur elle comme une véritable caresse. Vous m'avez réellement surprise sous le renfoncement, mais par la suite, tout s'est un peu gâté, sauf pour l'histoire de la passerelle où vous m'avez soi-disant sauvé la vie.

— Vous êtes allée sur le pont suspendu ? gronda-t-il en pâlissant visiblement et en se rapprochant pour saisir les barreaux dans ses poings.

— Oui !

— Mais c'est un piège ! Vous auriez pu être emportée par les cascades et en mourir !

— C'est ce que j'ai cru comprendre, souffla Jwan. Quelle idée aussi de construire un tel piège ! s'exclama-t-elle ensuite pour se dédouaner.

— Il a justement été conçu pour nous débarrasser de personnes mal intentionnées ! C'est un trompe-l'œil !

— Alors, il me semble normal de vous remercier de m'avoir secourue.

Un silence gêné s'installa un moment entre eux, avant que Val'Aka ne reprenne la parole :

— Jwan, ouvrez ce cadenas maintenant et...

— ...mais non ! Mille fois non ! Après tout, moi je contrôle ma bête, et pas vous ! Et je puis affirmer m'être mieux comportée avec vous en tant que guépard, que votre loup-garou envers moi ! Je vous ai même nourri la nuit dernière, alors que vous m'aviez pourchassée toute l'après-midi !

— Si vous m'aviez laissé terminer ma phrase, vous m'auriez entendu dire que je souhaite prendre votre place dans cette prison, et y rester sans plus en ressortir tant que je ne maîtriserai pas mon animal. Mais désormais... j'aimerais savoir une chose : que m'avez-vous donné à manger ?

Oups ! Avait-il vraiment l'intention de faire l'échange avec elle ? L'idée avait de quoi séduire Jwan ! Ainsi, elle pourrait recouvrer sa liberté qu'elle chérissait tant ! Alors, et poliment, elle répondit à la dernière question du jeune homme concernant son repas de la veille :

— Vous avez eu des carpes ! Et même les plus grosses !

— C'est donc pour cela que je sentais le poisson pourri en me réveillant, marmonna-t-il dégoûté tout en soufflant dans sa main, comme s'il doutait de la fraîcheur de son haleine même après avoir mâché, encore et encore, des feuilles de menthe sauvage.

— Avarié ? s'insurgea la jeune femme. Loin de là, elles étaient frétillantes et bien vivantes quand vous les avez gobées !

Val'Aka écarquilla violemment les yeux, et ouvrit grand la bouche sans pouvoir émettre un son. Cela dura un instant, avant qu'il ne bafouille :

— J'ai… mangé... des carpes… vivantes ?

— Bien sûr, elles sont bien meilleures ainsi !

Il recula en courbant le buste et en posant sa large main sur son ventre plat. Il semblait brusquement au plus mal.

— Le loup arrive ? s'inquiéta Jwan en se collant aux barreaux de la porte et en saisissant la clef qu'elle avait attachée à une cordelette autour de son cou.

Elle était déchirée entre son envie d'ouvrir la prison et de s'élancer pour le secourir, et celle d'y rester pour se mettre à l'abri du monstre.

— *Rahhh* ! pesta-t-il en retour, avant de la fusiller de son regard ambré. C'est donc pour ça que j'ai mal au ventre, et que… je ne vais pas vous faire un dessin ! Vous ne ferez plus jamais ça ! Plus jamais, insista-t-il en pointant à son tour son index en direction de la jeune femme.

Cette dernière était perdue : ne plus jamais faire… quoi ? Val'Aka sembla comprendre sa perplexité et revint vers elle au pas de charge, les magnifiques traits de son visage affichant un air revanchard :

— Vous avez raison, princesse. Restez dans cette prison, bien à l'abri de ma vengeance ! Car je ne vous pardonnerai jamais de m'avoir rendu malade en me faisant manger des poissons vivants !

Il s'élança ensuite, au pas de course, en direction d'*Hanakotoba*, et Jwan l'entendit encore hurler de rage. Mais bon sang ! Que lui prenait-il ? Si elle avait su qu'il se conduirait comme ça, elle l'aurait laissé mourir de faim ! Et puis soudain, elle réalisa qu'elle n'allait pas retrouver sa liberté, que l'échange ne se ferait pas entre elle et lui…

Elle fit volte-face et posa un regard attristé sur les affaires qu'elle avait réussi à emporter dans la geôle. Puis elle songea à cette autre cage, dorée celle-ci, qui avait été la sienne durant des années, quand elle avait été prisonnière de son corps de guépard et adoptée comme animal de compagnie par la reine-pharaon Hatchepsout.

Ainsi… tout recommençait, de manière différente, et étrangement similaire à la fois. Jwan serait toujours retenue captive par quelque chose ou quelqu'un.

Chapitre 21

Faisons la paix

Il avait plu toute la nuit, et Jwan tremblait de froid, malgré le futon (cela dit gorgé d'eau) sous lequel elle s'était plus ou moins abritée. Son idée de se protéger du loup-garou dans cette geôle avait, en fin de compte, été peu judicieuse, car elle allait attraper la mort en cet endroit ouvert à toutes les intempéries.

— Je vous apporte un bouillon de légumes bien chaud !

La princesse, assise sur le sol humide, cessa une seconde de claquer des dents, et sortit le visage de sous le duvet pour jeter un coup d'œil sur le jeune homme. Il se tenait à quelques pas de la prison, et était tout aussi charismatique que la première fois qu'il était apparu devant elle : propre, rasé, vêtu de ses habits de samouraï, et ses longues mèches en partie retenues en un chignon à l'arrière de son crâne. Il avait même remis son katana à sa ceinture…

Jwan renifla l'air et huma l'appétissante odeur du bouillon. Mais elle décida de ne pas bouger de sa place pour autant.

— Quel poison y avez-vous ajouté ?

— Aucun ! lança-t-il en riant franchement, pour ensuite afficher un beau sourire. Je suis venu faire la paix, Jwan, murmura-t-il en s'approchant, et en désignant du doigt un petit plateau sur lequel était posé un bol encore fumant.

La jeune femme remarqua que si elle voulait s'en saisir, il allait falloir qu'elle ouvre la porte.

— Vous êtes malin, souffla-t-elle, fatiguée. Mais je ne bougerai pas d'ici.

Il secoua la tête, se baissa, puis souleva le récipient et le passa entre les barreaux pour le placer à sa portée.

— Cessez de voir le mal partout. Jwan, je viens réellement faire la paix. Mais pas seulement, je tiens aussi à vous présenter mes excuses, car hier, je n'étais pas dans mon état normal et souffrais d'horribles crampes au ventre… résultant de mon copieux repas de la veille.

La princesse cilla. Était-il sincère ? Elle sonda ses beaux yeux ambrés et n'y trouva aucune trace de malignité. Alors, elle se dégagea du futon, se releva en frissonnant, s'approcha du bol pour le saisir de ses doigts tremblants, puis le huma avant d'en boire une gorgée.

La chaleur du bouillon se répandant dans son corps la fit violemment tressaillir de la tête aux pieds, ce dont s'avisa Val'Aka, très inquiet pour elle.

— Jwan, faisons l'échange tout de suite, avant que vous n'attrapiez la mort. Je vous donne ma parole d'honneur que je ne cherche pas à ruser.

Elle décrocha la clef de la cordelette passée autour de son cou et l'engagea dans le cadenas. Val'Aka posa sa main chaude sur ses doigts, et l'aida à ouvrir le lourd mécanisme. Doucement, il poussa la porte et la prit tendrement dans ses bras.

— Je n'ai pas été le plus agréable des hommes, et encore moins des monstres, ces derniers temps. Veuillez m'en excuser, chuchota-t-il dans le creux de son oreille en la faisant à nouveau frissonner... mais pas de froid cette fois. Arriverez-vous, sans mon aide, à rejoindre *Hanakotoba* ?

— Oui... mais pourquoi dois-je me rendre au village ?

— Pour vous réchauffer dans un bon bain... et parce que vous ne sentez franchement pas la rose, la taquina-t-il en plongeant son regard dans le sien. Allez, filez !

Lisait-il dans ses pensées ? Jwan en fut tellement ébranlée que des larmes montèrent et brouillèrent sa vue.

— C'est bien ce que je pressentais, souffla encore

le jeune homme avec émotion, avant de l'embrasser légèrement. Depuis quand n'avez-vous pas songé rien qu'à vous ? Sans vous préoccuper de personne d'autre ? Un peu d'égoïsme ne peut vous faire de mal, Jwan. Filez, maintenant !

Il la souleva dans ses bras, la déposa hors de la cage, et ferma la porte sur lui, avant de tourner la clef dans la serrure. Il allait sortir la clef pour la lui rendre, quand elle s'écria :

— Non, laissez-la comme ça ! On ne sait jamais ce qu'il pourrait se passer si jamais je n'étais pas là pour vous délivrer.

Il fronça les sourcils et acquiesça silencieusement en comprenant qu'elle faisait référence aux tremblements de terre.

— À plus tard, murmura-t-il ensuite, tout en faisant un signe de la main pour lui signifier de partir.

Jwan se dépêcha de se laver, se changer, et reprendre des forces. Après à peine deux heures d'absence, la voilà qui s'élançait déjà sur le chemin sortant du village pour retrouver au plus vite Val'Aka. Sa gentillesse la bouleversait, la fragilisait aussi… elle qui faisait tout pour paraître plus endurcie qu'elle ne l'était vraiment.

Tant de choses l'avaient blessée dans son existence, que cet instant de paix entre elle et lui serait désormais l'un des plus beaux moments de sa vie, imprimé dans son esprit jusqu'à sa mort.

Les rayons du soleil filtraient à travers les branches des arbres, et c'est sous cette lumière quasi irréelle qu'elle l'aperçut dans sa prison. Il avait enlevé sa veste et était pieds nus, tout occupé à faire ses exercices. Ceux-là mêmes qu'Isabelle nommait des katas[32]. Jwan avait d'ailleurs appris nombre d'entre eux grâce à son amie, et elle se plaça en silence à quelques mètres du jeune homme, pour exécuter les gestes à l'identique.

— Isabelle ? l'entendit-elle appeler.

La princesse se figea, le cœur palpitant, et regarda tout autour d'elle pour voir où se trouvait la benjamine des Croz.

— Jwan ! la héla de nouveau Val'Aka. Je voulais seulement vous demander si c'était Isabelle qui vous avait enseigné les katas !

— Oh ! fit-elle, légèrement désappointée par sa méprise. Oui, c'est elle, quand nous étions en Égypte.

Il parut estomaqué et s'approcha de la porte.

— Ma sœur s'est aussi rendue en Égypte ?

Jwan se dépêcha d'aller lui ouvrir, ne supportant plus de lui parler à travers des barreaux.

— Oh... bien sûr ! Vous n'êtes pas au courant de toute l'histoire ! s'écria-t-elle soudain, avant qu'il ne

---

32 *Kata : Mouvements codifiés affiliés aux arts martiaux japonais.*

fasse non de la tête.

— La dernière fois que j'ai vu ma petite sœur, c'était l'année passée, deux mois avant Noël, à Paris. J'allais d'ailleurs la retrouver pour lui révéler notre parenté, quand je me suis fait mordre par ce loup-garou. Par la suite, j'ai été si souffrant que mon majordome nous a rapatriés à Londres... et vous connaissez plus ou moins la suite. Mais revenons à Isabelle... pourquoi se trouvait-elle en Égypte ?

Jwan lui fit signe de l'accompagner vers une énorme branche morte de chêne chinquapin et s'y assit, en l'invitant à faire de même.

— Val'Aka, il faut que vous soyez informé de plusieurs choses...

— Lesquelles ? s'impatienta-il, tandis que la jeune femme cherchait ses mots.

— Attendez, c'est tellement compliqué de tout reprendre dans l'ordre ! Bon... déjà, vous savez que les vôtres s'efforcent de vous retrouver, et qu'ils ont appris votre lien de parenté comme ce qui vous est arrivé. Mais ce que vous ignorez... c'est que vous n'êtes pas le seul Croz à avoir été victime d'une malédiction ! Votre frère et votre sœur aussi !

— Pa... pardon ? bégaya-t-il d'ahurissement. Ils ont... également... été mordus par...

— ... non ! coupa-t-elle avec un sourire bienveillant, et en posant une main apaisante sur la sienne. Tranquillisez-vous, ce n'est rien de cela !

— Mais alors… de quoi parlez-vous ?

— Je vais tout vous raconter, ne vous affolez pas !

Et Jwan lui relata l'histoire de son frère en Égypte, de la malédiction qui le transformait en femme la nuit, jusqu'à ce que le sort soit brisé grâce à l'intervention de Dorian Saint Clare, qui avait dû le laisser mourir et le faire revenir à la vie pour le libérer. Partie du récit qui remua visiblement Val'Aka. Après l'avoir derechef rasséréné, elle poursuivit sur la malédiction du collier ensorcelé dont avait été victime à son tour Isabelle, propulsant celle-ci dans le passé pour sauver une fille des Origines qui n'était autre que Néférourê… l'aînée de la reine-pharaon Hatchepsout, plus de trois mille cent quatre-vingt-sept ans en arrière.

— À mon époque, murmura alors Jwan, la gorge brusquement nouée.

À ses côtés, Val'Aka regardait le sol sans le voir réellement. Apparemment, il réfléchissait à tout ce que venait de lui raconter la princesse et son corps tendu parlait beaucoup mieux que des mots.

— Si pour Kalaan, le sortilège semble avoir été très mal vécu, et je peux le comprendre, car changer de sexe à tout bout de champ doit être fortement perturbant, sachez que votre sœur a beaucoup apprécié son aventure, essaya-t-elle encore de le rassurer.

L'aîné des Croz releva la tête et la dévisagea avant

d'esquisser un sourire, puis de rire.

— Kalaan en femme, j'aurais aimé voir cela !

— C'est étrange, beaucoup d'autres personnes ont exprimé le même regret que vous ! s'écria Jwan en toute innocence, ce qui renforça d'autant plus l'amusement de Val'Aka.

Quand il se fut calmé, elle reprit son histoire jusqu'à leur retour à tous dans les Highlands, puis leur départ pour le Japon.

— Je suis désolé que vos parents vous aient si cruellement rejetée, murmura-t-il en lui prenant la main. Mais d'un autre côté, s'ils vous avaient retenue à Pount... je ne vous aurais jamais connue.

Jwan préféra baisser la tête pour cacher sa tristesse derrière les mèches de sa longue chevelure, et s'exclama d'une voix faussement guillerette :

— Et voilà, vous êtes au courant de tout maintenant !

— Oui, et d'un côté… c'est troublant... mais je les envie presque un peu d'avoir vécu autant de choses, murmura le jeune homme en lui redressant le menton et en posant un regard songeur sur elle. Combien de temps avez-vous dit avoir été prisonnière de votre guépard ?

— Je suis restée sous cette forme, et chez Hatchepsout, sept longues années. Cela ne fait que quelques mois que je peux à nouveau évoluer en tant qu'humaine.

— Vous étiez avec Faiz, votre frère...

— C'est exact. Heureusement qu'il a été à mes côtés durant tout ce temps, car je ne pense pas que j'aurais survécu sans lui. Et puis, comme vous le savez maintenant... il a été tué en sauvant la reine-pharaon d'un assassin, et j'ai suivi les vôtres vers Pount. En réalité, ce n'est qu'en arrivant au passage magique qui protégeait l'entrée de mon royaume que j'ai pu redevenir humaine. Une femme... alors que la dernière fois que j'avais marché sur deux jambes, j'étais encore une enfant.

Val'Aka passa un bras autour de ses épaules et l'approcha de lui. D'une main, il la caressa tendrement au travers du tissu, et ensemble, silencieux, ils assistèrent au changement de couleur dans le ciel, le bleu azuré s'assombrissant et se parant de zébrures orangées et rougeâtres.

Qu'il était bon d'être ainsi, dans les bras forts et puissants d'un tel homme ! Jwan en soupira de bonheur. Pouvoir partager un tel moment de paix le faisait apprécier mille fois plus.

Chapitre 22

Révélation

Val'Aka décida d'allumer un feu non loin de l'endroit où ils s'étaient assis pour discuter. Ce n'était pas pour la lumière, ce dont ils pouvaient se passer Jwan et lui, mais pour apporter un peu de chaleur. Il retourna dans la geôle pour mettre sa veste, mais resta pieds nus, ces derniers étant trop sales pour qu'il puisse enfiler les *tabi*.

En revenant vers la princesse, il fit un détour en direction d'un buisson où il avait mis le futon à sécher toute l'après-midi, et alla délicatement le poser sur ses épaules.

— Merci, murmura-t-elle en affichant un sourire, avant de tendre les mains en direction des flammes.

— *It's my pleasure !*[33] dit-il en l'effleurant d'un bref baiser sur la tempe et en la serrant à nouveau dans ses bras.

---

33 *Traduction de l'anglais : Tout le plaisir est pour moi !*

— Pourquoi n'y a-t-il qu'un seul sentier conduisant à *Hanakotoba* ? s'enquit-elle, après un silence.

— Du fait de la topographie des lieux, tout simplement. Mais aussi en raison de la croyance qui tourne autour des *torii*.

— Qui est ?

— Un *torii* est un symbole sacré, qui délimite le passage du monde physique vers le monde spirituel, répondit Val'Aka, avant de rire comme Jwan opinait de la tête. Je vois que vous êtes déjà au courant de ce fait. Quand on traverse un *torii* pour se rendre dans un endroit protégé, un sanctuaire ou un village comme *Hanakotoba*… il faut toujours repartir en le franchissant en sens inverse, afin de quitter le monde spirituel et de revenir au physique. Si l'on n'accomplit pas cette sorte de rituel, on risque d'attirer le mauvais œil sur soi, et de ne plus être sous la protection de la moindre déité.

— Je comprends, murmura la jeune femme. C'est à l'instar de nos célébrations dans le Cercle des dieux où nous devons impérativement suivre un cérémonial bien défini. Il est vraiment fascinant, et même étrange pour moi, de constater combien les profanes se conforment, sans le savoir, à des rites antiques, liés à la magie des vraies déités. Car c'est de cela que l'on parle ! Selon ce que j'ai appris, nombre de peuples séculaires ou actuels ont mis en place leurs propres divinités, religion ou culture... mais concrètement, si l'on regarde bien... beaucoup d'anciennes croyances sont toujours là, bien enracinées !

— Maintenant que je suis plus à même d'y penser, je dois bien avouer que vous avez raison, fit Val'Aka très sérieusement et avant de sourire. Avez-vous une idée de ce que veut dire *Hanakotoba* ?

— Non !

— *Hanakotoba* est en réalité du langage floral japonais, chuchota le jeune homme, avant de s'esclaffer devant l'air ébahi de la princesse. Par exemple, l'amaryllis signifie la timidité, l'azalée la patience et la modestie, le *sakura* la gentillesse, le lys orangé la haine... et le camélia rouge... est la fleur de l'amoureux, termina-t-il d'une voix rauque, chargée en émotion, tout en sortant de sous sa veste un petit feuillet où il avait placé, bien à plat, la fleur que Jwan avait laissé tomber au village.

Elle retint sa respiration et caressa du bout de l'index l'un des fragiles pétales carminés. La fleur de l'amoureux... Son cœur se mit à battre d'émotion.

— Vous... m'avez vue ?

— Je n'étais pas loin, confirma-t-il en soulevant son visage d'une main et en posant délicatement ses lèvres sur les siennes.

Ce ne fut tout d'abord qu'un léger baiser, sa langue jouant à la lisière des lèvres de la princesse, en une caresse sensuelle et étourdissante... mais c'était sans compter sur le feu de la passion qui couvait sous les braises. Et soudain, l'appel des sens fut plus fort que tout, désinhibant les jeunes gens. Quel mal y avait-il même s'ils ne se connaissaient que depuis quelques jours, quelle importance s'ils ne savaient pas ce que l'avenir leur réservait dans une semaine, un jour ou une heure... ni s'il leur restait ne serait-ce qu'un lendemain à partager. Ce qui était primordial en cet instant, c'était la phénoménale puissance de leur désir commun.

Lui comme elle ressentaient l'urgence du moment présent.

Il approfondit donc son baiser, sa langue cherchant la sienne avec avidité, et ses mains chaudes glissèrent sous le futon pour descendre du haut de son dos à sa taille fine, et ensuite lui caresser les reins en des gestes lents et sensuels. Chaque effleurement de ses doigts déclenchait de délicieuses décharges dans le corps de Jwan, et celle-ci passa spontanément les bras autour du cou de Val'Aka, avant de se plaquer contre son torse puissant.

Mais soudain, il s'écarta légèrement d'elle et plongea son regard brûlant dans le sien.

— Jwan... chuchota-t-il. Ma fabuleuse princesse. Nous devons arrêter avant d'aller trop loin. Je n'aimerais pas qu'un jour, tu en viennes à regretter ton abandon dans l'ardeur de la passion.

Elle battit des cils, comme au sortir d'un merveilleux rêve, et s'évertua à retrouver son souffle.

— Comment pourrais-je regretter ? Je vous... je te veux, se reprit-elle en employant le tutoiement, comme il l'avait fait, et en se livrant en toute franchise.

Il sourit avec tendresse et lui caressa les joues sans cesser de la regarder.

— Tu ne sais presque rien de moi... je pourrais être un gredin sans scrupule, un libertin collectionneur de femmes !

Jwan sourit à son tour, car il avait tort. Elle le connaissait mieux qu'il ne le croyait, et cela grâce à sa sœur Isabelle qui, depuis des mois, lui parlait constamment de lui.

— Je ne regretterai rien, j'en suis certaine ! Je n'ai jamais ressenti ces... choses... dans mon corps et mon esprit, pour personne ! Et le *Sensei* a dit que nous étions des...

— ... des quoi ? s'enquit Val'Aka en fronçant les sourcils et en maintenant son visage, alors qu'elle cherchait à se détourner en mordillant ses lèvres.

— Peu importe, murmura-t-elle en se retenant de prononcer les deux mots fatidiques : âmes-sœurs.

Elle-même avait beaucoup de mal à accepter cette histoire des « âmes-sœurs » qu'avait avancée le *Sensei*, pas parce qu'elle jugeait le concept futile, mais plutôt parce qu'il était extrêmement rare que des prédestinés puissent se trouver et passer leur vie ensemble !

— Jwan, l'appela-t-il doucement, mais sa voix avait pris un ton plus solennel. Je meurs d'envie de te faire l'amour, ici, dans cet endroit paradisiaque ; mais ce ne serait pas convenable pour toi, car... je n'ai pas changé d'avis.

La jeune femme se raidit et se dégagea de ses bras, avant de le dévisager.

— Que... quel avis ?

— Je ne quitterai pas *Miyakejima*, mais toi oui. Laisse-moi parler ! lança-t-il alors qu'elle ouvrait la bouche pour exprimer son désaccord. J'ai passé la nuit dernière et toute cette journée dans le *dojo*, à méditer, mais aussi à me concentrer. J'ai retrouvé la paix intérieure et j'ai tenu compte de tes conseils, qui étaient de ne plus lutter contre la bête qui sommeille en moi, et de l'accepter. Quand je me suis senti prêt, je suis allé m'enfermer dans l'armurerie où nous rangeons hors de portée des enfants les katanas, les wakizashis[34], les lances et toutes les armes qui nous servent à l'entraînement ou au combat. Il n'y avait que cet endroit qui pouvait se substituer à la geôle... au cas où le loup aurait pris le pas sur l'homme.

— Je... je ne comprends pas... bafouilla la jeune

---

34 *Wakizashi : Sabre auxiliaire en complément du katana. Lame courte, utilisable avec une seule main, qui sert à de multiples usages.*

femme. Je n'ai pas eu le temps de t'enseigner quoi que ce soit !

— Je t'ai vue évoluer en guépard et j'ai ressenti le pur plaisir que tu avais en te métamorphosant. Tu étais comme... transportée. Je t'ai donc écoutée et j'ai cessé de lutter. Ma méditation m'a par ailleurs permis de ne plus être en colère, et d'accepter ce que le *Sensei* a appelé un don. Jwan... j'ai une révélation à te faire, murmura-t-il encore en se levant pour retirer sa veste et se placer près du feu.

La princesse de Pount retint brusquement son souffle, mais son cœur, au lieu de se calmer, se mit à battre à tout rompre dans l'attente de ce qui allait suivre. Et sous son regard ébahi, l'aîné des Croz ferma les paupières, bascula la tête en arrière, et écarta les doigts comme elle le faisait elle-même pour mieux ressentir la puissante magie liée à la mutation.

Quelques secondes plus tard, un gigantesque et magnifique loup se tenait à la place de Val'Aka. Sa fourrure n'était plus noire, mais d'un gris foncé, et ses iris... étaient totalement de couleur ambrée !

Doucement, elle tendit la main vers la majestueuse bête, qui ne souffrait d'aucune imperfection, et celle-ci s'avança lentement vers elle.

— Val'Aka, chuchota-t-elle, les larmes aux yeux.

En réponse, le loup lui lécha le bout des doigts, et la jeune femme se jeta à genoux devant lui, pour ensuite passer ses bras autour de son encolure et le serrer tout contre elle. Elle frotta son visage sur sa fourrure soyeuse, puis respira son odeur enivrante

— Par les dieux… tu as réussi ! s'écria-t-elle avec bonheur, un trémolo ému dans la voix et une larme de joie sillonnant sur sa joue.

Puis elle rit quand le loup poussa un long cri à la lune.

Chapitre 23

Avons-nous le temps

Val'Aka avait réussi l'exploit, en une journée, de ne plus faire qu'un avec son animal totem ! C'était extraordinaire et saisissant à la fois ! Cet homme était tout simplement… unique. Et le voilà qui apparaissait désormais sous la forme d'un magnifique loup gris, de grande taille qui plus est ! En outre, ce changement de couleur dans sa fourrure était la preuve caractéristique et intangible de la communion totale entre l'humain et la bête. Un nouveau métamorphe venait de voir le jour !

Celui-ci se dégagea de la douce étreinte de la princesse et se mit à japper, puis à courir en faisant des cercles concentriques autour du feu de camp. Jwan, de son côté, s'esclaffa tout en effaçant ses larmes de joie, et se dépêcha de se dévêtir pour se transformer également. Après quoi, elle s'élança en feulant gaiement à la suite du canidé.

Un jeu s'installa entre eux : se pourchasser à l'instar de jeunes chiots pour se sauter dessus, avant de faire des roulés-boulés, tout en cherchant à se mordiller et à prendre l'avantage sur l'adversaire. Jwan n'avait plus partagé une telle symbiose avec un métamorphe depuis… la mort de son frère, Faiz. Tous deux s'amusaient souvent ainsi dans les luxuriants jardins jouxtant le palais de la reine-pharaon Hatchepsout. Ces moments-là n'avaient appartenu qu'à eux, des instants volés au temps où ils pouvaient enfin communier sans limites et exprimer d'une manière féline, codifiée, les profonds sentiments fraternels qu'ils éprouvaient l'un pour l'autre.

Revenant au présent, la jeune femme put constater à ses dépens que Val'Aka, lui, était nettement moins délicat dans le divertissement, et ne mesurait aucunement sa force ! Mais quoi de plus normal, puisqu'il débutait son apprentissage dans le corps d'un loup, et ne parvenait apparemment pas à canaliser sa nouvelle et prodigieuse énergie. La princesse se retrouva soudain propulsée dans les airs, comme éjectée par un ressort… En réalité, elle avait été victime de la brusque et puissante détente des pattes du canidé, couché sur le dos. Tel un chat, elle se contorsionna en plein vol, et retomba souplement un peu plus loin. Elle cracha en retroussant les babines pour signifier son mécontentement, mais le lupus n'en n'eut cure et adopta une nouvelle posture pour l'inviter à jouer : il baissa ses antérieurs avant et releva son postérieur en remuant vivement la queue !

D'étonnement, le guépard redressa la tête d'un coup, et la princesse rit intérieurement, amusée que l'aîné des Croz ait aussi facilement fait sienne la gestuelle naturelle des canidés. Il se remit à japper, puis mima une attaque, avant de s'élancer encore autour du feu de camp, pour à nouveau faire mine de donner l'assaut, et l'éviter au dernier moment.

L'appel au jeu fut le plus fort, et Jwan y répondit avec tout autant de fougue que le loup. Puis, de concert et côte à côte, ils se précipitèrent dans la descente du sentier en direction de la plage. Il y avait un air de ressemblance avec leur précédente course ; néanmoins, celle qui se déroulait actuellement était accomplie en toute communion et sans crainte. Une certaine alchimie était née entre les deux animaux et sans se concerter, ils évoluaient à la même vitesse, sans chercher à devancer l'autre, tournaient au même moment, bondissaient ensemble, pour leur plus grand plaisir.

Ils passèrent des heures et des heures à s'ébattre sous les rayons de la lune décroissante, s'amusèrent à réveiller des volatiles, puis à les chasser. Jwan nargua à plusieurs reprises le loup en grimpant le long des arbres à l'aide de ses griffes, jusqu'à ce qu'il se décide à sauter sur une branche où elle s'était assise, à plus de six mètres du sol. Selon toute vraisemblance, Val'Aka avait gardé la puissance du lycanthrope et ce, même sa transformation achevée.

Ils finirent par revenir s'abreuver au petit lagon où Jwan avait précédemment capturé des carpes pour lui, et il lui lança un lourd regard en baissant la tête, l'avertissant ainsi de ne pas lui redonner de poisson à manger. Message reçu ! Mais soudain, le félin cracha plusieurs fois, comme s'il imitait le rire humain.

Ce qui était effectivement le cas ! Car sur les babines du loup, s'étaient agglutinées de nombreuses toiles d'araignées, arrachées lors de leur vagabondage sur l'île... mais s'il n'y avait eu qu'elles ! L'une des propriétaires de ces toiles, un gros spécimen, cherchait à s'extraire de l'entrelacs de fils !

Le canidé loucha en apercevant l'insecte qui grimpait sur sa truffe, grogna de mécontentement en secouant la tête, et décida de la plonger sous l'eau puisque l'intruse s'entêtait à s'accrocher sur les restes de sa demeure ! Près de lui, sur le sable fin de la berge, le guépard se tordait d'hilarité, puis il mua rapidement en humaine, laquelle put ainsi rire à gorge déployée. Jwan ne se souvenait plus quand elle avait autant ri ! Elle s'étouffait presque en se remémorant la réaction du métamorphe découvrant l'araignée !

Ce dernier lui sauta dessus et se mit à lui lécher le visage, la gorge, tout en jappant, et elle s'accrocha au pelage de son cou pour le chatouiller et s'esclaffer derechef. Mais peu à peu, le jeu cessa et le loup se coucha de tout son long contre le corps chaud et délié de Jwan. Elle continua de le caresser, ses yeux plongés dans ceux du canidé, et le sourire aux lèvres.

— Merci, Val'Aka. Merci pour tous les beaux moments que tu viens de m'offrir.

En guise de réponse, il lui lécha ce coup-ci le nez et couina légèrement avant de bâiller. Ils finirent par s'endormir, serrés l'un contre l'autre, en totale communion.

Cette fois, ce fut le chant des cigales qui réveilla Jwan, étendue sur un futon, et la veste de Val'Aka posée sur elle en guise de couverture. Doucement, elle leva la tête et se rendit compte qu'elle était allongée dans la chambre d'amis de la demeure d'Akiha. Elle ne se remémorait pas être revenue à la maison ni s'être couchée. En fait... elle ne gardait que l'image d'elle s'assoupissant au lagon, le loup dans ses bras. Et son sommeil, au lieu d'être réparateur... l'avait vidée de toute son énergie.

Elle se leva doucement, constata qu'elle était toujours nue, et enfila sa veste qui lui arrivait à mi-cuisses. Elle noua ensuite les liens qui retenaient les pans du vêtement et poussa le panneau en papier de riz qui faisait office de porte. Son regard se posa tout de suite sur la grande silhouette du jeune homme, éminemment athlétique et charismatique, qui se détachait à contre-jour, tandis qu'il se tenait dos à elle sur la terrasse, son attention tournée vers la rue principale d'*Hanakotoba*. Il ne portait que son *hakama*, et sa longue chevelure noire caressait le bas de ses reins. Il semblait absorbé dans sa contemplation, et parut ne pas l'entendre approcher. Mais Jwan savait qu'il n'en était rien.

— Tu as encore dormi comme une marmotte, chuchota-t-il dès qu'elle fut à ses côtés, tout en restant de profil, les traits sombres, et ses beaux yeux fixés sur un point très haut dans le ciel.

Elle suivit la direction de son regard, sursautant violemment et retint sa respiration.

— Qu'est-ce que c'est ?

— Une éruption phréatique, marmonna-t-il en contemplant l'avancement du lourd nuage à la fois blanc, beige et grisâtre, qui montait dans le ciel et formait un champignon géant au-dessus du volcan. Cela arrive quand une poche d'eau souterraine éclate et entre en contact avec la fournaise de la lave. Cette rencontre provoque une réaction explosive donnant naissance à une forte densité de vapeur ; cette dernière s'échappe ensuite de la montagne en emportant de nombreux débris de roche au passage. Rassure-toi, ce n'est pas encore le grand cataclysme, ajouta-t-il, toujours en évitant de croiser son regard. Néanmoins, c'est très préoccupant... et normalement annonciateur de l'éruption finale.

— La... le volcan... il semble avoir... grossi, non ? bafouilla Jwan, que tout cela effrayait et fascinait en même temps.

— Oui, effectivement... Comme disent mes pairs géologues : il a gonflé.

— Je ne suis pas sûre que le *Sensei* parvienne à retenir toute cette puissance, murmura la jeune femme en déglutissant péniblement. J'ai encore été victime d'un très lourd sommeil et je me sens... vidée. Je suis désormais certaine que le dieu puise toutes les énergies possibles aux alentours, y compris la mienne, pour nous donner du temps et retarder la destruction de *Miyakejima*.

— C'est ce que je pense aussi, car depuis qu'il a fait de moi son fils, je suis également très faible par moments. Mais Jwan... ce n'est rien comparé à toi ! Il y a eu plusieurs tremblements de terre après l'explosion, et tu dormais ! Jwan... il m'a été impossible de te réveiller ! cria-t-il enfin en lui faisant face, les traits de son visage tirés et le teint pâle.

Il semblait à la fois en colère et... fou d'inquiétude. Puis il reprit, comme pour enfoncer le clou :

— Si je n'avais pas été là ce matin à tes côtés, au lagon, tu serais tombée dans une profonde crevasse qui s'est ouverte sous toi !

La jeune femme retint sa respiration et écarquilla les yeux. Un fluide glacé avait remplacé le sang chaud dans ses veines et elle se mit à frissonner d'une peur rétrospective. Val'Aka poussa un sourd gémissement et la saisit dans ses bras en cherchant ses lèvres avec avidité.

— Ma princesse... ma belle... j'ai cru te perdre... souffla-t-il entre plusieurs baisers. En l'espace de six jours à peine, tu m'es devenue aussi indispensable que l'air que je respire. Tu es à chaque instant dans mes pensées, mon cœur, et mon sang. Je me moque de mourir, mais je ne supporterais pas qu'il t'arrive quoi que ce soit ! Alors oui, prenons ce qui nous revient de droit, et aimons-nous tant que nous en avons le temps !

Chapitre 24

Il suffit de l'appeler

Le bruit d'une formidable explosion, ainsi que les puissantes ondes qu'elle propagea, fut entendu et ressenti à plus de vingt et un kilomètres au sud, sur l'île de *Mikurajima*.

La plupart des hommes et des femmes du campement des « naufragés » étaient déjà levés et vaquaient à leurs tâches quotidiennes quand le phénomène se produisit. Certains se rendaient à la zone de carénage, d'autres convoyaient du bois du plateau vers cette même zone, tandis qu'un petit groupe s'attelait à la préparation des repas pour la soixantaine de personnes qui vivait là.

— Isabelle ! Sais-tu ce qu'il arrive ? cria Virginie qui accourait vers son amie et belle-sœur, tandis que celle-ci virevoltait sur elle-même en cherchant du regard la cause de l'explosion.

Ses yeux passèrent au crible la forêt épaisse, le

volcan et les vallons qui le jouxtaient. N'y repérant rien d'anormal, elle tourna son attention vers l'océan.

— Non ! répondit-elle sur le même ton à Virginie, pour ensuite s'élancer entre les tentes, saisir une longue-vue sur une table basse pliable, et se diriger vers le bord du haut plateau pour fixer le large.

— Cette explosion était bien trop puissante pour provenir d'un canon ! lança à son tour Eilidh qu'accompagnait Amélie, les cheveux retenus par un fichu et les bras chargés d'un panier en roseau rempli de divers fruits exotiques.

— Je suis d'accord avec vous, très chère, renchérit cette dernière, le visage grave. Je sais reconnaître le bruit d'un tir de canon, Kalaan le faisait immuablement dès qu'il revenait de ses aventures. Et là, clairement, cela n'y ressemblait pas ! Mais alors, pas du tout ! Sans compter le sol… qui s'est mis à frémir. Mon Dieu, tout cela est tellement effrayant !

— Mère, ne vous faites pas de mauvais sang, la rassura Isabelle, je suis certaine qu'il y a une explication à tout cela. Il s'agit maintenant de trouver laquelle.

— *Ohé ! Ohé !* cria la voix de leur nouvelle amie, Akiha, répétant le mot qu'elle avait entendu lorsqu'ils s'appelaient entre eux.

La belle Japonaise s'avançait vers les quatre femmes, à la vitesse que lui permettait sa robe-tube (dommage qu'elle ait refusé les tenues d'homme que ces dames lui avaient proposées), ses longs cheveux de jais lui arrivant jusqu'à mi-cuisses. C'était la première fois qu'elle ne les portait pas attachés ! Elle aussi s'était donc dépêchée de sortir de son village pour les rejoindre.

Essoufflée, elle parvint enfin à la hauteur du petit groupe, essoufflée, et se mit à parler dans sa langue tout en désignant du doigt un point au nord.

— J'aimerais tellement que l'on me traduise ce qu'elle nous dit, soupira Isabelle en faisant non de la tête, et en haussant les épaules pour faire comprendre à la Japonaise qu'elle ne saisissait pas le sens de ses propos.

Après quoi, elle reprit sa longue-vue, et la braqua vers l'endroit qu'avait indiqué Akiha. Rien… il n'y avait rien à l'horizon, si ce n'est cet étrange et unique nuage, étonnamment haut dans le ciel d'un bleu absolu.

— Ce nuage m'intrigue, murmura Isabelle. D'ordinaire, à une telle altitude, ils sont opalescents et souvent vaporeux. Mais celui-ci… on dirait un amas compact et il est bizarrement composé de plusieurs couleurs ; je discerne du blanc, du gris, du beige et même… une teinte légèrement mauve.

— Tu as bien retenu tes leçons de sciences naturelles, ma petite, bravo ! la complimenta la voix de Jaouen, la faisant sursauter de surprise.

Elle fit volte-face et put constater que le druide n'était pas le seul à s'être joint au groupe des dames : derrière lui se tenaient Clovis, Kalaan, Keir, P'tit Loïk,

Akirō le samouraï, et Dorian.

Akirō se dirigea rapidement vers sa sœur, puis ils se mirent tous deux à l'écart en échangeant des paroles apparemment vives, et toujours en pointant le nord... là où se situait la nuée. Dans ce cas précis, il n'y avait nul besoin de traduction pour comprendre qu'ils étaient préoccupés et... anxieux.

— Ce n'est pas un nuage, murmura Jaouen après avoir pris la longue-vue des mains d'Isabelle et avoir visionné l'horizon. J'assimilerais plus ce que nous apercevons à un panache volcanique.

Kalaan s'approcha de lui, les sourcils froncés, ses yeux allant du couple japonais à Jaouen, puis il se tourna vers le large.

— Jaouen, il n'y a aucune île sur des kilomètres à la ronde... alors d'où pourrait provenir ce phénomène ? marmonna-t-il.

Aucune île... de visible, se dit in petto le druide avant d'allumer sa longue pipe, tout en gardant pour lui son idée.

Pourquoi ? Le vieil homme n'en savait strictement rien ! Quelque chose... ou quelqu'un... le poussait à garder ses pensées secrètes. Il était convaincu cependant que sous ce panache, ne pouvait se trouver que *Miyakejima*, protégée par un puissant bouclier d'invisibilité. Pourtant, avec cette nuée qui n'augurait rien de bon, devait-il réellement se taire ? Il ouvrit la bouche, essaya de parler, mais n'y parvint pas. Il réessaya... et échoua à nouveau. Alors il se remit à fumer et mordilla nerveusement le bout de sa pipe.

— Akirō et sa sœur semblent savoir ce qu'il en est ! intervint Dorian.

— *Aye* ! confirma Keir. Les voilà qui partent vers leur village !

— Laissons-les, de toute manière, tant que nous ne pouvons pas communiquer avec eux, il serait inutile de leur demander de rester ! grommela Kalaan en passant une main lasse dans ses cheveux dorés, puis en soupirant longuement.

— Je ne crois même pas ce que je vais dire ! lança brusquement Isabelle, désappointée. Mais qu'est-ce que je regrette la magie ! Au moins, grâce à elle, nous aurions peut-être pu créer une sorte de charme qui nous aurait permis de parler dans toutes les langues, y compris le japonais... comme Jwan !

Dorian hocha gravement la tête :

— Je suis d'accord avec toi, et je suis d'autant plus frustré d'avoir perdu mes pouvoirs ! Je vais me répéter, mais nous devons absolument trouver le moyen de communiquer avec nos hôtes !

— Si seulement Monsieur Ardör était avec nous, il saurait quoi faire, lui ! s'exclama soudain Clovis, à l'étonnement de tous. Eh bien, quoi ! Des cornes me seraient-elles poussées sur le crâne ? demanda-t-il encore en palpant ledit crâne chauve et en soulevant son sempiternel mouchoir pour s'en assurer.

Dorian fit quelques pas dans sa direction et le prit vivement dans ses bras, avant de s'écrier :

— Clovis, vous êtes un génie !

— Ah bon ? s'étonna Kalaan, un peu perdu.

— *Aye* ! Pourquoi n'y avons-nous pas songé plus tôt ? applaudit à son tour Keir Saint Clare en suivant les pensées de son cousin. D'après ce que le Naohïm nous a dit, il suffit de prononcer son nom par trois fois pour qu'il apparaisse !

— Clovis vient de le faire… commenta Virginie.

— Ardör ! hurla Isabelle en coupant son amie avant de rire, le cœur soudain empli d'espoir.

— Et de deux… compta Eilidh, un sourire aux lèvres.

— Ardör ! cria à son tour Dorian.

Après quoi, tous se figèrent en lançant des coups d'œil autour d'eux, attendant de voir surgir le Naohïm, puissant et immortel enfant des dieux de la première lignée.

Mais le temps passa, dans un silence à couper au couteau, et la tension monta. Las de patienter en vain, certains baissèrent la tête, d'autres détournèrent leur regard attristé vers l'océan, et P'tit Loïk se mit à vociférer en breton les plus beaux jurons que la terre ait connus, avant de pester en français :

—... mortecouille ! jeta-t-il, les joues rouges, et reprenant son souffle entre deux insultes. Comme s'il su'f'sait de l'appeler ! *Drocherezh[35]* ! L'Ardör, on l'reverra quand les mouettes auront pied ! C't-à-dire à la prochaine marée... en Bretagne ![36]

Le silence revint et tous décidèrent de rejoindre le bivouac, avant de se figer telles des statues en entendant une autre voix, éminemment rauque, rager à son tour :

— Bon sang de bois ! On crève de chaud céans ! Savez-vous à quel point il est désagréable de quitter un pays froid, couvert de neige et de verglas, pour soudain se trouver propulsé dans un vortex de magie et toucher le sol dans une pareille fournaise ? D'ailleurs... où sommes-nous ?

Le grandiose Naohïm, compagnon de longues aventures, se débarrassait en grommelant de ses hautes bottes en cuir ainsi que de son lourd manteau, quand Isabelle se jeta à son cou pour l'embrasser sur la joue et crier sa joie, comme son soulagement de le revoir. Le reste de la troupe, heureux, les rejoignit dans la foulée.

— Ma douce, calme tes ardeurs ! s'amusa le charismatique enfant des dieux, avant de lancer un clin d'œil malicieux à la belle jeune femme. Ne montre point ton attachement pour moi devant ton homme, mais viens me retrouver ce soir... d'ailleurs, où doit-elle me

---

35 *Drocherezh : N'importe quoi, en breton.*
36 *Mélange volontaire, de ma part, de deux dictons bretons.*

retrouver ? Quel nom porte cet... endroit ?

— « Nulle-part »… grommela Dorian, jaloux, en soustrayant son épouse à l'étreinte du trop fascinant Ardör.

— Tiens donc, *Nulle-part*, je ne connaissais pas ! se gaussa celui-ci, avant d'aller chaleureusement saluer Kalaan, Keir, et toute la compagnie.

Il était accueilli presque tel un messie, et pour beaucoup, en cet instant, c'était bel et bien ce qu'il était. Car dans l'esprit de tous, seul le Naohïm pouvait désormais les sortir de ce guêpier ! Même Dorian, beau joueur et sachant pertinemment que l'immortel adorait le taquiner, finit par lui sourire et lui souhaiter la bienvenue.

Mais soudain, Ardör le retint par le bras afin de laisser les autres les devancer, et il se pencha pour lui murmurer dans l'oreille, le ton grave :

— Dorian, dans quel pétrin vous-êtes vous encore tous fourrés ? Il y a une très puissante magie à l'œuvre par ici ! Je n'aime pas ça !

Chapitre 25

L'urgence de s'aimer

La terre vibrait par intermittence, un grondement sourd et continu résonnait sur *Miyakejima*, tandis que de la cime du volcan, s'échappait toujours le phénoménal panache de vapeur mêlé de débris rocheux.

Tout être doté de conscience, d'instinct de survie, était désormais en quête d'un refuge ou d'un moyen de fuir ce paradis qui se transformait petit à petit en enfer. Tous les signes d'un cataclysme imminent étaient réunis… et il y avait urgence.

Mais Jwan et Val'Aka avaient décidé de répondre à cette urgence d'une manière différente, en se découvrant, se prenant et se donnant tout simplement l'un à l'autre. Car demain… ils ne seraient possiblement plus là pour le faire.

Debout sur la terrasse de la demeure d'Akiha, ils se tenaient face à face, les yeux dans les yeux. Ils se dévoraient du regard et leurs respirations s'accéléraient de seconde en seconde, tandis que dans leurs corps, la poussée du désir embrasait chaque terminaison nerveuse, puis enflammait leurs cœurs en les faisant battre plus fort, plus vite. Elle leva doucement ses mains tremblantes pour les poser sur le ventre musclé du jeune homme, qui tressauta à ce simple contact, et répondit en penchant la tête pour lui capturer les lèvres. Ce n'était qu'un frôlement, presque hésitant, comme un moment suspendu dans le temps, et cela ne suffit pas... ce ne fut que le déclencheur.

Il la prit dans ses bras, l'entoura de sa force, et plongea sa langue avec avidité dans sa bouche en la faisant gémir de volupté. Ce premier baiser fut langoureux, incendiaire, et pourtant toujours empli de modération, tandis que leurs mains se cherchaient en petites caresses aériennes et électrisantes. Jwan pouvait savourer le plaisir de sentir la peau nue de son compagnon, comme ses muscles raidis sous ses doigts, mais lui, contrairement à elle, dut batailler contre les liens qui retenaient les pans de sa veste pour pouvoir faire de même. Il fit ensuite glisser ses paumes de son ventre plat à sa ronde poitrine aux bourgeons tendus, gorgés de désir, puis atteignit ses épaules afin de faire glisser le vêtement au sol.

Les yeux de Val'Aka devinrent fiévreux, ses lèvres magnifiquement ourlées se crispèrent un instant, et Jwan se demanda si son corps était à la hauteur des attentes du jeune homme : était-elle assez belle et excitante pour lui ?

Il l'avait déjà vue nue, sans artifice, avant et après ses transformations en guépard... il lui avait également affirmé qu'il voulait la faire sienne... mais en cet instant, tout était tellement différent ! *IL...* réagissait différemment.

— Val'... commença-t-elle dans un souffle éperdu, avant qu'il ne l'embrasse à nouveau, avec passion.

Elle poussa un gémissement d'extase auquel il fit écho par un sourd grognement, tandis que leurs corps fléchissaient lentement et que tous deux s'agenouillaient sur la terrasse. Sans quitter sa bouche qu'il dévorait et envahissait toujours plus profondément, ce à quoi elle répondait avec flamme, il étala sa veste sur les lattes de bois, et l'y allongea doucement. Là encore, elle comprit qu'il se retenait, car son magnifique corps tremblait à chaque mouvement, signe de l'impressionnant effort qu'il faisait pour contrôler ses élans.

Mais Jwan ne voulait pas de maîtrise, de contrôle... elle était submergée par l'urgence de l'instant, par la fièvre du moment, transportée par le brasier qu'il avait fait naître en elle et que lui seul parviendrait à éteindre. Il se trouvait au-dessus d'elle, sur ses avant-bras, ses cheveux noirs cascadant autour de son visage tel un rideau de soie. À demi allongé sur elle, il la dévorait du regard et semblait attendre un signe. N'y tenant plus, Jwan leva la tête à sa rencontre, tout en enserrant son cou de ses bras pour l'amener vers elle, puis elle l'embrassa, sa langue partant à la recherche de la sienne.

Il se laissa faire puis se retint sur son coude et la partie gauche de son buste afin de ne pas l'écraser, et coupa une nouvelle fois leur baiser :

— Jwan... j'ai des pulsions... bien plus bestiales qu'avant, quand je n'étais qu'un simple humain, et non un métamorphe.

— Oui ? lâcha-t-elle dans un murmure, en griffant son torse du bout de ses ongles, ce qui le fit violemment tressauter tandis qu'il serrait les dents.

— Princesse, grommela-t-il, je ne sais pas... si j'arriverai à contenir mes ardeurs. Suis-je... ton premier amant ?

La jeune femme acquiesça de la tête, tout en poursuivant son incendiaire caresse, effleurant sur sa peau, tournant autour de son nombril, pour finalement descendre plus bas, vers le sombre duvet à moitié masqué par la ceinture du *hakama*.

— Jwan, gronda-t-il en fermant les yeux puis en les ouvrant brusquement, tout en retenant sa respiration, tandis qu'elle passait la main sous le tissu et palpait du bout des doigts son membre érigé.

La réaction de Val'Aka ne se fit pas attendre : il la

plaqua au sol dans un grommellement de bête assoiffée, avant de l'étouffer sous son poids, puis plongea sa langue en elle, si profondément qu'elle en perdit le souffle. En même temps que leurs langues engageaient un duel effréné, se poussant, se cherchant, en un va-et-vient torride et fougueux, les doigts de Val'Aka glissèrent de sa gorge à la veine palpitante, jusqu'à son sein tendu dont il pinça le mamelon, puis poursuivirent leur chemin sur son ventre jusqu'à sa toison rousse, au creux de ses cuisses.

À ce contact inédit et brûlant, Jwan dessouda sa bouche de la sienne, bascula la tête en arrière en fermant les paupières, et lâcha un petit cri. Le jeune homme suspendit son geste et lui mordilla le cou, puis chuchota près de ses lèvres :

— Ouvre les yeux, mon amour, je veux voir la flamme s'allumer dans ton regard.

Quelle flamme ? se demanda-t-elle innocemment, l'esprit embrumé par la passion, avant de pousser un nouveau râle de surprise, puis de gémir.

Il avait trouvé un point éminemment érogène de sa féminité, et le caressait. Instinctivement, elle ondula du bassin pour venir à sa rencontre et affermir la pression de ses doigts, son souffle se faisant saccadé à mesure qu'au plus intime d'elle-même, une houle enflait et refluait en provoquant une avalanche de sensations inconnues. De gémissement en gémissement, elle se laissa peu à peu emporter, son regard rivé au sien, si brûlant, avide de lire dans ses prunelles tout ce qu'il déclenchait dans tout son être.

Et puis soudain, il fut en elle : au moment où il prenait sa bouche tel un assoiffé, ses doigts plongèrent profondément dans son fourreau, au même rythme que sa langue qui l'envahissait. Une sourde douleur la traversa un instant, vite effacée par le plaisir ardent né du va-et-vient de sa caresse intime. Des vagues et des ondes incendiaires fusaient dans son corps, la poussant à ondoyer du bassin encore et toujours, et elle ne savait plus si c'était pour essayer de se soustraire à la douce torture de Val'Aka, ou pour s'y livrer corps et âme. Il but ses gémissements et ses cris à la source de ses lèvres, il paraissait s'abreuver de ses plaintes, et s'en galvanisait.

Jwan crut que son cœur allait exploser quand une phénoménale vague de félicité la souleva vers des cimes jusqu'alors inexplorées, aux confins d'un univers de sensations vertigineuses constellé d'éclats lumineux. Mais à peine avait-elle amorcé son retour de ce monde de volupté que Val'Aka l'emportait à nouveau, en l'embrassant avec fougue. Soudain, et après un grognement rauque, il interrompit leur baiser, la retourna sous lui, puis plaqua son torse brûlant sur son dos. Elle n'eut guère le temps d'éprouver la caresse d'une brise fraîche et légère sur sa peau moite de chaleur, qu'il se collait déjà à elle en lui mordillant l'épaule et en lui léchant le cou après avoir dégagé ses longs cheveux.

Il inséra ses jambes entre les siennes et ondula du bassin juste au-dessus de ses fesses, lui faisant ainsi sentir la prodigieuse ampleur de son désir par le biais de sa puissante érection. Jwan devina qu'il se redressait, puis il s'agenouilla entre ses cuisses. Elle essaya de suivre son mouvement, mais il la maintint contre les lattes de la terrasse, d'une main large et ferme plaquée dans le creux de ses reins.

Elle tourna légèrement la tête sur le côté, cherchant à voir ce qu'il faisait, et se mit à haleter en comprenant son intention, tandis qu'il défaisait la ceinture de son *hakama*. Son visage d'une beauté virile, encadré par sa superbe chevelure noire, ainsi que ses yeux ardents fixés sur elle, lui firent palpiter le cœur. Mais ce qui enflamma le désir de la jeune femme et provoqua en elle de nouvelles ondes aiguës d'excitation, ce fut la vision de ses abdominaux, comme de son large membre dressé et gorgé de sang.

— Tu n'éprouveras aucune douleur… cette fois-ci, murmura-t-il en se penchant pour passer un bras sous sa taille et la positionner à genoux devant lui.

Mal ? Ainsi, tout à l'heure, alors qu'il l'avait pénétrée de ses doigts et qu'elle avait ressenti une vive et brève douleur, il avait brisé son hymen, l'avait déjà faite sienne et préparée à cet instant… où il allait la prendre réellement !

Un pur appel au désir la poussa à osciller du bassin pour le sentir aller et venir entre ses fesses. Cependant, Val'Aka était éminemment viril, peut-être trop pour elle, et cette pensée affola la jeune femme. Pensée qui se volatilisa comme par magie quand il glissa la main sur son ventre, en lentes caresses circulaires, et que ses doigts filèrent ensuite dans sa douce toison, puis plus bas, au cœur de sa féminité.

Agenouillés, ils se mirent à bouger ensemble langoureusement l'un contre l'autre. Val'Aka mordillait et léchait le cou de Jwan tout en insérant ses doigts dans son fourreau brûlant, et il lui arrachait des plaintes rauques et des souffles saccadés. Elle était prête pour lui, réagissait à chaque attouchement, à chaque va-et-vient. Il se retira pour la saisir aux hanches et glissa son sexe dans le sillon de ses fesses.

La jeune femme sentit le moment approcher, celui où il la prendrait tout entière, et elle se laissa guider tout en s'accrochant de ses mains à ses cuisses musclées et en y enfonçant ses ongles.

Il lâcha un cri rauque et d'une première poussée, entra en elle de quelques centimètres. Elle était étroite, petite, chaude, et elle chercha à se soustraire à cette prodigieuse intrusion. Mais il la maintint d'un bras contre lui, ondula lentement en serrant les dents, et bascula fermement vers l'avant pour la pénétrer encore un peu plus. Elle sentit qu'il contenait à nouveau ses ardeurs, pour elle, pour lui permettre de se modeler à lui, et elle crut s'étouffer sous la brusque pression d'un nouveau coup de boutoir, tandis que de violents spasmes naissaient au creux de son intimité. À chaque fois qu'il s'enfonçait en elle ou se retirait, de redoutables décharges fusaient et se répandaient dans tout son corps sous forme d'ondes dévastatrices. La jeune femme en avait perdu l'esprit et ne vivait plus que dans l'attente du prochain assaut.

— Ne… te retiens… plus, réussit-elle à souffler entre deux plaintes et halètements.

Val'Aka laissa échapper alors un profond feulement et donna un brusque coup de reins qui fit hoqueter Jwan d'ivresse, comme de volupté. Puis il lâcha la bride à son désir, la saisit plus rudement aux hanches, et se mit à la pilonner vigoureusement, intensément. Allant plus loin, plus vite, la faisant hurler de plaisir tant c'était bon, fort. La jeune femme sentit de puissantes vagues électriques la submerger, l'emporter vers des hauteurs toujours plus vertigineuses tandis qu'il s'enfonçait en poussées effrénées dans son corps. Ils connurent l'extase au même moment, criant leur béatitude, perdant presque conscience pour l'une, se remettant à bouger comme un possédé pour l'autre, et Jwan vécut son troisième orgasme avant que tous deux ne s'écroulent d'épuisement sur les lattes de la terrasse et qu'elle ne sombre dans une sorte de profonde torpeur.

Chapitre 26

Le choix

Jwan reprit conscience à l'instant où son corps nu et chaud rencontra une eau fraîche. Elle battit des paupières et poussa quelques cris de surprise, qui se mêlèrent immédiatement au rire rauque de Val'Aka.

— Que fais-tu ? s'insurgea-t-elle en essayant de se cramponner à ses larges épaules, tandis qu'il la portait dans ses bras.

Désorientée d'avoir été réveillée de cette manière, elle jeta un coup d'œil tout autour d'eux, et se rendit rapidement compte qu'ils étaient au petit lagon des carpes. Non, mieux encore ! Qu'ils s'enfonçaient dans le bassin au fur et à mesure que le jeune homme avançait.

— Je n'ai trouvé que cette solution pour te sortir de la torpeur dans laquelle tu sombres à chaque fois que tu es fatiguée ! lança-t-il tout sourire, heureux de la voir revenir à elle.

Car jusque-là, rien n'y avait fait depuis qu'elle

s'était endormie dans ses bras, juste après l'amour. Ni les tremblements de terre de plus en plus puissants, ni le grondement du panache volcanique, et encore moins ses caresses ni ses baisers. Il devait avouer que lui-même avait dû lutter contre un sommeil pesant… mais il avait eu un avantage par rapport à Jwan… la vision de son corps nu et alangui l'avait vivement excité et tenu éveillé !

Il la lâcha brusquement et elle s'engloutit sous la surface en faisant jaillir des gerbes cristallines. Puis il plongea à son tour. En loup, il n'aimait peut-être pas nager, mais en homme… il adorait ça, et il se mit à pourchasser Jwan. Après quoi, il l'entraîna en riant vers la chute d'eau et l'obligea à le devancer sous le puissant torrent. Emportés par la force du courant, ils réapparurent au centre du lagon, et s'amusèrent tels des enfants à s'éclabousser, puis à tenter de se couler.

L'hilarité s'effaça petit à petit tandis qu'ils s'embrassaient et s'enlaçaient langoureusement. Ils se redécouvrirent par des caresses légères puis plus ardentes, et tous deux sortirent du bassin, pour ensuite s'allonger sur la berge où ils s'aimèrent avec fougue.

Cette fois-ci, Val'Aka ne la laissa pas s'assoupir après l'amour et lui proposa quelque chose de stimulant :

— Et si nous allions chercher notre dîner ?

Jwan se lécha les lèvres d'envie, se redressa et s'agenouilla près de lui, tandis que les prunelles du jeune homme la détaillaient avec gourmandise.

— Quand tu veux, chuchota-t-elle après quelques secondes, à nouveau envoûtée par la caresse de son regard ardent.

— On peut s'aimer encore, mais... je pensais à un tout autre repas, murmura-t-il d'un ton altéré, en levant la main vers sa jambe et en effleurant le beau galbe de son mollet du bout des doigts.

— Moi aussi ! lança Jwan en se mettant debout d'un coup, le feu aux joues, et son corps répondant tout de suite à son contact. On le fait à la manière des métamorphes ?

— On peut ? s'écria-t-il ébahi, en ouvrant de grands yeux.

— Je te parle d'aller chercher notre pitance, lui retourna-t-elle en fronçant les sourcils. Ne me dis pas que tu songeais à... l'accouplement entre...

— Non ! Je ne le *dis* pas ! s'esclaffa-t-il.

Avant de reprendre et en se levant à son tour :

— Ça se fait ?

— Mais... tu ne songes qu'à ça ?

— Depuis que je suis un loup, j'ai des appétences nettement plus prononcées qu'avant, murmura-t-il en s'approchant pour plonger son regard ambré et ardent dans le sien. Mes besoins sont... omniprésents. Mais est-ce que des métamorphes, ayant un animal totem différent, peuvent... ?

Jwan rit de le voir chercher ses mots : bien qu'ils n'aient aucune retenue à se montrer nus l'un devant l'autre, c'était lui le plus pudique des deux !

— Tu vas être déçu, car je n'en sais rien ! Et franchement... l'idée me paraît peu judicieuse, ajouta-t-elle en détournant le visage.

En faisant cela, elle lui cachait l'intérêt qu'il venait d'éveiller en elle. Après tout... elle... en guépard, et lui... en loup ? Non ! Ce n'était pas faisable... Il serait bien trop imposant pour elle !

Comme elle ne l'entendait plus, elle pivota pour le chercher des yeux, et sursauta en sentant une douce fourrure lui caresser les hanches. L'aîné des Croz s'était transformé en silence, et avec célérité. Il leva vers elle sa belle tête et la pencha sur le côté, comme s'il attendait quelque chose. Elle comprit immédiatement et mua également.

Le gigantesque loup gris et le guépard se reniflèrent la truffe, comme pour s'embrasser, puis ils s'élancèrent hors du lagon, Jwan marquant le pas pour permettre à Val'Aka de la précéder, dans l'unique but de le laisser dénicher une proie. Il fallait qu'il apprenne à chasser, elle n'allait tout de même pas le nourrir de carpes toute sa vie de métamorphe ! Toute sa vie... Voilà qu'elle songeait à eux avec un avenir...

Ne voulant plus y penser, pas maintenant en tout cas, elle allongea ses foulées et le rattrapa au moment même où dans une clairière forestière, il débusquait une énorme caille. Celle-ci réussit à décoller, pour s'envoler à deux mètres de hauteur et redescendre un peu plus loin en battant frénétiquement des ailes, obligeant ses poursuiveurs à obliquer dans leur course. Apparemment, le repas allait leur donner du fil à retordre ! Jwan se mit un peu à l'écart, sautant d'un point à un autre pour déstabiliser l'oiseau, tandis que Val'Aka bondissait, puis se jetait dans les herbes avant de claquer des crocs… sur du vent. À ce rythme-là, ils ne mangeraient rien avant un bon moment !

Le félin grimpa le long d'un cèdre puis s'allongea sur une branche en contemplant la scène en contrebas. Le loup gris n'avait toujours pas réussi à attraper la caille, mais il avait la gueule pleine de plumes. C'était déjà un excellent point. Puis la chasse se poursuivit, et dura… jusqu'à ce qu'un puissant tremblement de terre déstabilise le canidé. L'oiseau en profita pour s'envoler, tandis que le guépard perdait l'équilibre et tombait de sa branche… cueillant la caille dans sa gueule au passage, avant d'atterrir souplement sur ses pattes. Le félin donna un coup de crocs sur le cou, secoua énergique la tête, et le volatile rendit l'âme.

Sans lâcher le repas, Jwan leva un regard mi-ironique mi-amusé vers Val'Aka, qui se mit à grogner en tirant la langue, avant d'éternuer et de passer une patte sur sa truffe pour se débarrasser d'une plume. Puis ils se dirigèrent vers la plage qui n'était qu'à une dizaine de mètres d'eux, et se figèrent brusquement derrière les hautes herbes et les larges troncs des mancenilliers, en apercevant quelque chose du côté de l'océan. Là encore, en quelques secondes, ils reprirent forme humaine et s'avancèrent prudemment tout en restant cachés.

— Des jonques, mais elles ne semblent pas venir par ici, murmura le jeune homme, les traits sombres et un muscle nerveux battant sur sa mâchoire.

— Ce sont… des pirates ? bafouilla Jwan, son regard allant et venant sur les trois bateaux qui naviguaient dans les hauts-fonds, bien trop près de l'île.

— Vu l'armement que j'aperçois sur ces navires, sans nul doute ! confirma-t-il tout en arrachant une dernière plume de sa chevelure.

— Pourquoi s'en soucier ? s'enquit soudain la jeune femme. Après tout, l'île est protégée par un bouclier d'invisibilité ! Ils ne peuvent pas la voir !

— En mettrais-tu ta main à couper ? Lorsque j'ai échoué sur *Miyakejima*, il y a longtemps, elle était parfaitement observable, et j'ai nagé jusqu'à sa plage avant de perdre conscience !

— Tu… as fait naufrage… ici ?

— Oui, mais je t'en parlerai plus tard. L'heure n'est pas à te raconter ça.

Tous deux s'abîmèrent dans le silence, et suivirent des yeux les trois jonques qui paraissaient s'éloigner vers le large. Il fallut attendre encore une bonne heure pour les voir disparaître au loin, et que le couple puisse être certain de ne pas avoir à se battre contre des intrus.

— Nous ne devrons plus nous déplacer sans nos armes ! Car nous avons à faire à la pire vermine du monde ! cracha soudain Val'Aka en se penchant vivement pour ramasser la caille, et avant de se diriger vers le chemin remontant à *Hanakotoba*.

— De qui parles-tu ? s'étonna Jwan et courant après lui pour le rattraper.

— Des *Wakō* !

— Qui ?

— Enfin, je devrais dire, de ce qu'il reste d'eux ! Les *Wakō* étaient des pirates d'origine japonaise à la base, mais vers la fin de leur épopée sanglante, il y avait surtout des Coréens et des Chinois dans leurs rangs. Ils pillaient des villages entiers, tuaient tous les habitants y compris les enfants, et incendiaient tout sur leur passage en s'en allant. Ils sévissaient le long des côtes chinoises comme coréennes, mais aussi à l'intérieur des terres. Leurs navires, très nombreux, pouvaient prendre plus de trois cents hommes à bord ! Je te laisse imaginer le carnage qu'ils faisaient et la terreur qu'ils provoquaient !

— Tu parles d'eux au passé, pourquoi ? souffla Jwan, livide, et jetant un vif coup d'œil inutile par-dessus son épaule, car la vue sur l'océan était désormais totalement occultée par la dense forêt.

— Parce qu'ils sont censés avoir été éradiqués de la surface de la terre en 1564, dans le delta des Perles, par une attaque menée conjointement par des Portugais et des Chinois ! Pour moi néanmoins, ceux que nous avons aperçus sont des descendants de ces *Wakō*, ainsi que des criminels expulsés du Japon sur les îles de l'archipel d'Izu par le *shogunat*[37], et qui répandent encore et toujours la terreur sur l'océan Pacifique et la mer des Philippines.

Sans s'en rendre compte, et à force de parler, ils étaient déjà arrivés au village et devant la maison d'Akiha. Val'Aka bondit par-dessus le petit pont et le ruisseau pour atterrir directement à l'intérieur de la demeure, tandis que Jwan marquait un arrêt devant la terrasse.

— Et... les pieds propres avant d'entrer... et les *tabi* ?

— Ma princesse, sourit-il, cet endroit sera détruit sous peu... crois-tu de ce fait qu'il soit encore utile de s'en tenir à ces strictes coutumes ? Et de toute façon, il n'y a plus de *tabi* !

Quelque peu gênée, la jeune femme le suivit donc à l'intérieur où il enfila un *hakama* et elle un *kimono*.

---

37 *Shogunat : Le shogunat est un régime de type militaire qui dirigea le Japon de 1192 à 1867. Les shogunats de Kamakura, des Ashikaga et des Tokugawa se sont succédé durant cette période.*

Après quoi, il se dirigea vers la cour extérieure afin de préparer la caille pour leur dîner, tandis qu'elle décidait d'aller tout droit au *furo* pour se laver… et s'isoler. Mais brusquement, elle s'arrêta, et redressa la tête. Quelque chose avait changé…

— Val'Aka ! s'écria-t-elle. Il n'y a plus de grondements ni de tremblements de terre, et je ne vois plus aucun panache volcanique au-dessus de la montagne !

Le jeune homme leva vivement les yeux en direction du volcan et cilla, étonné de ne pas s'en être lui-même rendu compte.

— Effectivement, souffla-t-il, avant de froncer les sourcils et de la dévisager intensément.

— Que… devons-nous rejoindre la jonque dans la baie et nous enfuir ? Est-ce le calme avant la tempête, comme dirait ton frère, Kalaan ?

L'aîné des Croz pâlit, les traits de son visage se durcirent, et il se remit à plumer la caille, comme si de rien n'était.

— Je pense que le *Sensei* a dû trouver une source d'énergie assez puissante pour reprendre le contrôle du volcan. Ce qui nous laisse de nouveau du temps. Cependant, Jwan… tu as le choix ; soit tu restes encore un peu à mes côtés, soit tu pars.

Le cœur de Jwan se brisa en mille morceaux quand elle comprit que rien n'avait changé. Elle ravala d'un coup sa salive et releva fièrement le menton sans afficher ses sentiments.

— Je vais me laver et je te retrouve pour... manger ! lança-t-elle d'un ton neutre, avant de faire volte-face pour masquer la larme qui sillonnait sa joue, et de se diriger vers la cabane de bains.

Le choix... mais quel choix lui laissait-il vraiment ? S'il avait su... elle-même, désormais, n'attendait plus rien de la vie.

Chapitre 27

Opium

Jwan pleura longuement dans son bain, plongeant régulièrement la tête sous l'eau chaude pour étouffer ses sanglots. Il n'y avait plus que de la souffrance en elle, et son corps avait été envahi par un froid abyssal, que même la température élevée de l'endroit ne pouvait endiguer.

Quand elle se sentit la force de retourner auprès de Val'Aka, elle sortit de son bain, se sécha et revêtit son *kimono*. Elle s'octroya encore quelques minutes pour calmer sa respiration hachée ainsi que ses hoquets, tout en lissant ses longs cheveux à l'aide du peigne en demi-lune qu'Akiha lui avait laissé. En baissant les yeux, elle remarqua des sandales en corde de riz abandonnées, et elle les enfila en soupirant tristement. Elle ne les mettait qu'en souvenir de son amie japonaise.

Puis elle traversa la cour, leva un instant le visage

vers le ciel nocturne magnifiquement étoilé, et reprit le chemin de la demeure. L'intérieur n'était éclairé que par les flammes de l'*ironi* sur lesquelles tournait la caille croustillante et odorante, empalée sur une broche.

Le jeune homme, agenouillé près du foyer, arrosait le volatile de jus grâce à une petite louche, et il ne daigna pas lever la tête à son arrivée. Là encore, la princesse sentit sa gorge se serrer, et elle prit sur elle pour ne pas afficher sa profonde tristesse. Selon toute vraisemblance, il ne restait rien de leur complicité pas plus que de leur amour à peine éclos. Comment aurait-il pu en être autrement puisque lui, Val'Aka, avait décidé de leur sort, sans tenir compte des souhaits de Jwan ? Désormais, il n'y avait plus qu'une distance glaciale entre eux, qui se briserait seulement quand elle donnerait sa réponse au choix qu'il lui avait imposé : partir et le laisser mourir, ou rester encore un peu auprès de lui… pour au final s'en aller quand même sans lui. Pour elle, ce choix était impossible à faire… c'était ajouter de la souffrance à la souffrance.

Elle s'agenouilla à côté du foyer, et attendit patiemment le moment de manger même si elle n'avait pas le cœur à ça. Elle disposa malgré tout deux bols sur un petit plateau prévu à cet effet. Elle accomplissait les gestes du quotidien uniquement pour se donner une contenance, et ne surtout pas s'écrouler devant lui. Ils finirent par se partager les morceaux de viande, sans légumes ni autre accompagnement, toujours dans un silence pesant.

— Je vais me laver ! annonça soudain le jeune homme en se redressant, avant de s'éloigner rapidement, sans un regard pour elle.

Jwan hocha simplement la tête, puis se mit machinalement à débarrasser les bols et à envelopper les restes de la caille dans plusieurs feuilles de *shiso*[38], comme elle l'avait vu faire par Akiha. Elle alla ensuite ranger les aliments dans des jarres destinées à leur conservation, avant de nettoyer les ustensiles dans un seau d'eau claire près du puits. N'ayant plus rien à faire, broyant du noir et tournant misérablement en rond dans la maison, Jwan décida de sortir se promener. Il fallait qu'elle réfléchisse, qu'elle trouve un nouveau sens à son existence, et qu'elle se reprenne en main. Mais tout était si sombre dans son esprit ! Si Val'Aka avait réellement tenu un tant soit peu à elle, tout aurait été différent, et il serait revenu sur sa funeste idée qui était de disparaître sur l'île. Pour la princesse, c'était un autre rejet d'une personne aimée (car oui, c'était de l'amour qu'elle ressentait pour lui, il n'y avait aucun doute) après ceux de ses parents et de son frère jumeau... et cet ultime rejet

---

38 *Shiso : Le shiso (perilla frutescens) – basilic japonais – est une plante alimentaire, aromatique, médicinale et ornementale, appartenant au genre perilla de la famille des lamiacées.*

lui pesait comme la mort.

Ses pas la guidèrent vers l'arche florale du *Sensei*, sous laquelle elle s'assit en écoutant les bruits nocturnes. Les cigales s'étaient tues, les écureuils dormaient paisiblement à n'en pas douter ; seules les espèces de la faune noctivague[39] faisaient craquer les brindilles à leur passage, et émettaient divers sons pour se reconnaître entre elles. Ce quasi-silence qui plaisait tant à la jeune femme autrefois rajouta à son accablement. En réalité, elle avait l'impression d'étouffer.

— Jwan !

Val'Aka la fit violemment sursauter : elle n'avait pas perçu son approche. Il se trouvait à quelques pas de l'arche, sous les diffus rayons de la lune, ce qui permit à la princesse de le contempler comme en plein jour. Il était vêtu de sa tenue de samouraï, ses longues mèches retenues en un chignon à l'arrière du crâne, et son katana était visible à la ceinture. Il était tout aussi fascinant de beauté que la première fois qu'elle l'avait vu sur la plage.

Il gravit les quelques marches plates pour la rejoindre et s'assit à ses côtés en évitant de la toucher. Cette distance était désormais comme une infranchissable barrière érigée entre eux. Jwan sentit un cri monter du plus profond de ses entrailles et, pour

---

39 *Noctivague : Terme zoologique qui désigne un animal se promenant uniquement la nuit.*

l'étouffer, elle se mit à débiter à toute allure de futiles paroles :

— Nous sommes entourés de fleurs, de splendeur et pourtant, il y a par moments cette forte odeur nauséabonde dont je n'arrive pas à repérer la source.

Après cet effort intense pour communiquer, elle se fit violence pour ne pas s'enfuir en courant et se trouver une tanière pour pleurer. Mais la voix de Val'Aka la retint, quand il lui répondit d'un ton neutre :

— Elle provient des arbres femelles ginkgos qui ont la particularité de se reproduire en cette saison automnale. Tu as certainement aperçu ces arbres majestueux depuis que tu es sur *Miyakejima*, car ils sont gigantesques et couverts d'une opulente parure de feuilles d'or.

— Oui… souffla-t-elle.

Effectivement, elle les avait remarqués, et oui, ils étaient de toute beauté. Mais ne sachant plus quoi dire, ni même si elle avait la force de prononcer un seul autre mot, elle replongea dans un lourd mutisme. Du coin de l'œil, elle le vit doucement lever la main vers elle, avant de fermer le poing puis de l'écarter.

— Jwan… je t'ai blessée, et tu dois imaginer que je n'ai rien à faire de toi, mais au contraire… je ne pense qu'à toi et ton avenir. J'ai été déchiré en comprenant tout à l'heure que tu avais faussement cru que j'avais changé d'avis quant à mon sort… mais, Jwan, je ne le peux pas, car j'ai toujours ce prix de sang à payer ! Il s'agit de l'assassinat sauvage de ma mère, de mon majordome et ami, ainsi que des gens que je connaissais depuis ma plus tendre enfance ! Il m'est impossible de songer à vivre si je n'assume pas la conséquence de mes actes, et peu importe s'ils ont été commis sous ma forme de loup-garou ! Si je partais avec toi, nous serions peut-être heureux pour un temps, mais je sais qu'à terme le souvenir du massacre me rongerait de l'intérieur, aussi sûrement que de l'acide ! Et à côté de ça... je ne supporte pas l'idée d'être séparé de toi, de ne plus te voir, t'entendre, te toucher... d'où ce choix stupide et égoïste que je t'ai imposé ! Oui, il faut bel et bien que je sois un égoïste, car tel un condamné à mort, je veux vivre mes derniers instants avec toi, prendre tout ce que tu peux m'offrir, me gorger de ta beauté, de ton esprit vif comme de ton odeur... et t'aimer. Sans que tu n'aies aucune contrepartie ? Quel fieffé imbécile je suis !

La jeune femme étouffa un hoquet de chagrin sous sa main et laissa quelques larmes couler sur ses joues sans chercher à les retenir. Oui, il était égotique, mais elle l'était tout autant si elle le poussait à quitter *Miyakejima* avec elle, pour qu'il demeure ensuite avec son fardeau. Car il avait raison, un jour ou l'autre, elle le verrait sombrer sous le poids de ses souvenances... et le perdrait de toute façon.

— Sache que je n'ai jamais été un libertin, reprit-il

soudain, la tête baissée en direction de ses doigts joints sur ses cuisses. Les femmes que j'ai côtoyées par le passé, je les ai toujours respectées. Mais voilà, aucune d'elles n'était l'élue de mon cœur, celle avec qui j'aurais voulu bâtir un avenir et fonder ma propre famille. Aucune d'elles... n'était toi.

— Val'Aka... souffla Jwan éperdue, en comprenant qu'il lui déclarait son amour, d'une manière détournée.

Il leva une main pour lui signifier de garder ses distances, redressa la tête et porta son regard au loin, au plus profond de la nuit.

— Ma mère, Amabel Fitzduncan, reprit-il d'un ton lointain, empli d'une sourde douleur, était la fille unique de nobles anglais, et mon grand-père avait réussi à faire en sorte qu'après sa mort, elle seule puisse hériter de l'intégralité de son patrimoine et le gérer à sa guise, même mariée. C'est ce qu'il advint. Mère était une femme extrêmement intelligente, mais malheureusement très courtisée pour sa richesse. Elle voulait être aimée pour ce qu'elle était, et non pour ce qu'elle apporterait en biens immobiliers et valeurs marchandes, car elle possédait tout de même l'une des plus grandes entreprises maritimes d'Angleterre, créée par feu mon grand-père, lequel était également actionnaire de la Compagnie britannique des Indes orientales. Elle n'avait jamais cédé aux beaux parleurs, s'était plongée corps et âme dans son travail... jusqu'au jour où elle crut découvrir l'amour et épousa le comte russe Alexey Nabokou... avant de déchanter rapidement. Ce n'était qu'un malappris, joueur invétéré et infidèle de surcroît. Très vite, leur union s'avéra catastrophique. Puis un soir, lors d'un bal à Londres, elle rencontra Maden de Croz. Ce fier corsaire breton, profitant d'une trêve entre l'Angleterre et la France, était venu rendre visite à des amis. C'était ce qu'il avait officiellement prétendu... mais officieusement, Mère savait pertinemment qu'il était là afin d'espionner la Royal Navy pour le compte de l'empereur Napoléon Ier. Ce fut pour elle, de son propre aveu, un coup de foudre, ou de folie. Lors de ce bal, ils se sont aimés... et il est reparti. Quelque temps plus tard, elle s'est rendu compte qu'elle était enceinte, et a décidé de garder le secret ; je suis donc né en ayant pour père Alexey. Ce dernier, à ma naissance, s'est tout de suite douté que je n'étais pas de lui, je n'avais pas ses yeux bleus, encore moins sa blondeur, et il m'a détesté. J'ai grandi avec des nurses, puis en pensionnat dans le prestigieux *Eton College* où j'excellais dans le domaine des sciences. Mais un jour, alors que j'avais à peine quatorze ans, Alexey est venu me chercher là-bas, et m'a quasiment traîné au port, pour me faire embarquer de force sur l'un de nos navires en partance pour la Chine, destination Macao. Il y avait, à cette époque et encore aujourd'hui, un commerce florissant pour le thé, la soie, et bien d'autres produits, comme la porcelaine. Mais ce que Mère ne savait pas, c'est qu'Alexey utilisait la compagnie maritime familiale pour transporter d'importantes cargaisons d'opium – des sucs extraits de certains pavots – récupérées tout d'abord en Inde, puis ensuite acheminées en Chine. Mère avait catégoriquement refusé de tremper dans de telles affaires, même à la demande pressante du Premier ministre anglais ! Car les dirigeants de mon pays voulaient, par le biais de l'opium, assujettir la population chinoise et forcer son empereur à acquérir ce poison pour des sommes faramineuses ! Je ne sais pas si tu peux te rendre compte, Jwan, mais une caisse d'opium achetée en Inde à deux cent quarante roupies était ensuite revendue à Macao pour dix fois son prix !

La jeune femme connaissait les plantes de pavot, ce qui pouvait être bon et mauvais en elles. D'autre part, elle imaginait aisément que les roupies étaient une monnaie d'échange, et avait bien compris le sens de la manipulation des décisionnaires anglais créant une accoutumance à une drogue sur un autre continent que le leur, pour s'enrichir ainsi. C'était… ignoble.

— L'empereur de Chine, pour lutter contre ce fléau qui rendait dépendant son peuple et le tuait, promulgua un édit impérial visant les Portugais et les Britanniques, et mettant hors la loi tous les fournisseurs d'opium. Alexey Nabokou avait beau être couvert par les dirigeants anglais comme par la Compagnie des Indes, il n'était rien d'autre qu'un contrebandier en Chine et pouvait être traité comme tel si cela était prouvé ! En faisant ce voyage avec lui, j'avais très bien compris qu'il avait pour ambition d'utiliser notre flotte pour son profit personnel, remplir les cales d'opium pour son seul bénéfice, et ne rapporter à l'entreprise familiale que quelques maigres marchandises de peu d'importance. Le but étant de conduire ma mère à la faillite, voire à la mort. C'est en tout cas ce qu'il a clairement sous-entendu. Quant à mon propre sort ? Je pense que je ne serais jamais revenu de Chine avec lui. Alexey… avait le projet de rentrer un jour en Russie, les poches pleines d'or, après s'être débarrassé de son encombrante épouse, comme d'un fils qui n'était pas le sien (chose qu'il me révéla également durant ce périple), et il aurait refait sa vie là-bas… si je ne m'en étais pas mêlé.

Val'Aka replongea dans ses souvenirs tourmentés et de son côté, Jwan attendait la suite de son récit, le cœur battant. Elle imaginait tellement bien ce jeune garçon, quasiment ravi à sa mère et envoyé au loin sur un navire commandé par un homme honni ! Apprenant de plus, et de la pire des manières, que celui-ci n'était pas son vrai père ! La peur qu'il avait dû ressentir, et les questions qu'il avait dû se poser.

— J'ai trouvé les comptes de Nabokou sur le bateau, alors que nous étions ancrés au port de Macao !

se mit-il à rire froidement. Cet abruti avait retranscrit la comptabilité de ses transactions malhonnêtes dans une pile de carnets, à peine dissimulés dans sa cabine. Il y avait les dates, les lieux d'achat de l'opium, ceux de la revente, les sommes perçues, les noms des associés chinois corrompus... tout ! J'ai immédiatement su ce que je devais faire, et j'ai transmis les cahiers aux vassaux de l'empereur. Dès lors, le sort d'Alexey était scellé... et j'ai appris plus tard, quand je suis enfin parvenu à rentrer en Angleterre, qu'il s'était tiré une balle dans la tête avant d'être arrêté. Quant à moi, ordre avait été donné à mon équipage de lever l'ancre et de prendre le large pour ne plus jamais revenir. En livrant Alexey, j'avais surtout songé à sauver ma mère, et j'avais désormais hâte de tout lui raconter. Et puis... il y a eu un typhon, le navire a fait naufrage non loin des côtes japonaises, et j'ai nagé, encore et encore... jusqu'à perdre conscience sur la plage de *Miyakejima*. C'est ainsi que j'ai rencontré le *Sensei*... pour la première fois.

Chapitre 28

La raison de tout cela

Jwan allait enfin découvrir de quelle manière Valéry Nabokou Fitzduncan était devenu... Val'Aka.

— J'ai été trouvé par Akirō, qui avait à peu près le même âge que moi, et son père. J'ai appris plus tard que j'étais le seul survivant du naufrage. Ils m'ont tout de suite conduit au *Sensei*, et des soins m'ont été prodigués. Le vieil homme m'a immédiatement fasciné, et j'ai été surpris qu'il parle aussi bien l'anglais. Maintenant... je sais qu'en tant que dieu, tout lui était possible. J'étais impatient de rentrer en Angleterre, ce pour quoi le *Sensei* m'avait assuré de son aide, mais j'ai également été envoûté par cet endroit, et la vision des samouraïs qui s'entraînaient dans le *dojo*. Ils se moquaient souvent de moi, gentiment... enfin, c'est ce que je m'imagine puisque je ne les comprenais pas à ce moment-là. Avec du recul, je ne leur en veux pas, car j'étais un parfait petit lord anglais maniéré et profondément altier ! s'amusa

Val'Aka à ce souvenir, avant de s'esclaffer.

Le fait de l'entendre rire pour la première fois depuis longtemps, réchauffa le cœur de la jeune femme qui sourit également, totalement captivée par son récit.

— Je suis resté sur *Miyakejima* plusieurs mois, jusqu'à ce que des hommes d'*Hanakotoba* me prennent sur leur jonque et me fassent embarquer sur un autre navire anglais qui naviguait par miracle non loin de l'île. Quitter ce merveilleux endroit était un déchirement, mais j'avais hâte de retrouver ma mère et de l'informer de tout ce qu'il s'était passé. Cependant, ainsi que je te l'ai déjà dit, j'ignorais encore qu'Alexey s'était suicidé. Sais-tu que l'on m'avait également considéré comme mort ? Je ne te raconte pas le traumatisme des miens quand je suis apparu sur le pas de la porte par un matin de brume hivernale. Par la suite, Mère et moi nous sommes expliqués en détail. Elle m'a aussi dit qu'elle avait écrit une longue lettre à Maden après avoir été prévenue du naufrage de notre bateau, pour lui révéler qu'il avait un fils, et dans l'espoir qu'en découvrant cette parenté, il prenne la mer et parte à ma recherche. Elle était persuadée que j'avais survécu ! De ce que je sais, il a bien reçu le message et a donc appris mon existence, et il a en effet pris la mer... mais pour une nouvelle bataille navale entre l'Angleterre et la France... dont il n'est jamais revenu.

— Je suis au courant de cette histoire, murmura

tristement Jwan, Isabelle m'a tout raconté. Kalaan qui n'a, je crois, qu'un an de moins que toi, l'a suivi à bord du bateau de guerre pour combattre à ses côtés, et a assisté à sa mort.

— Oui, c'est ce qui m'a été rapporté aussi, confirma Val'Aka sur le même ton, et en ne résistant plus à l'envie de prendre sa main.

La princesse sursauta à son contact, hésita à se dégager, et finit par serrer doucement ses doigts entre les siens.

— Est-ce à cette période que tu as cherché à te rapprocher de Kalaan et d'Isabelle ?

— Non... Il y avait trop de choses que je devais accomplir avant cela. Comme veiller sur l'entreprise et achever mes études. Et puis à vingt ans, après avoir obtenu mes diplômes, j'ai trouvé une personne de confiance afin que ma mère puisse se passer de mon aide pour maintenir la compagnie à flot, et je m'en suis allé vers ce que je croyais être mon grand destin. En priorité, j'ai souhaité connaître mon véritable père, Maden, et je suis parti à la recherche de récits le concernant, de tableaux le représentant, de tout ce qui pouvait le faire vivre dans ma mémoire. Je l'ai aimé sans l'avoir jamais rencontré... C'était un homme exceptionnel. En son honneur, je me suis fait appeler Val'Aka. Val' comme diminutif de Valéry, et Aka... qui sont les initiales anglaises de « *also known as* » qui veulent dire en français...

— ... « *aussi connu sous* » ? s'étonna la princesse.

— Oui, si tu traduis mot pour mot, s'amusa-t-il, mais c'est plus fin que cela ; en français, tu pourrais simplement utiliser « *alias* ». Tout cela en attendant de pouvoir porter officieusement, car le contraire est impossible, le patronyme de Maden, en tant que Val' *alias* de Croz.

— C'est si... touchant, souffla-t-elle en appréhendant toute l'importance que revêtait son changement de nom.

— Le reste de mon histoire est plus léger, mis à part les épisodes de la morsure du loup-garou et du... massacre, bien sûr. J'ai concrétisé mon rêve de devenir géologue, je me suis donc employé à voyager dans le monde entier, tout en cherchant à étancher ma soif de connaissance. J'étais obnubilé par la volonté de comprendre le mécanisme de Dame Nature, qui d'un côté peut nous offrir tant de merveilles, et de l'autre nous ouvrir les portes de l'enfer en déclenchant de véritables cataclysmes, ou des pandémies. D'autre part... je tissais des liens amicaux avec mon frère, en le rencontrant au cours de colloques entre scientifiques et explorateurs, ou lors de grandes expositions, comme celle du Louvre à Paris. Je suivais toutes ses frasques et aventures de loin. Je souhaitais me rapprocher de lui, et plus tard de ma sœur. Et puis, chaque année, je passais quelques mois ici, à *Miyakejima*, où je venais me ressourcer et parfaire mes connaissances en arts martiaux auprès du *Sensei* et d'Akirō, jusqu'à ce que je sois devenu un samouraï accompli.

— Val'Aka ? Tu... tu... revenais sur l'île... chaque année ? bafouilla brusquement la jeune femme en écarquillant les yeux, avant de se mettre debout pour se poster devant lui.

— Oui ! confirma-t-il simplement et soudain intrigué par son attitude.

— Mais, cette île est invisible des profanes ! Cela doit bien signifier quelque chose te concernant, non ? Un dieu est omniscient et ne fait jamais rien sans une bonne raison ! De cela je suis certaine, tu peux te fier à mon expérience d'enfant des Origines !

Val'Aka se leva à son tour, et se mit à faire les cent pas sur la dernière marche de l'arche.

— Ces déités, ont-elles la possibilité... de voir le futur ? s'enquit-il vivement.

— Elles ne l'ont jamais attesté, mais je pense que c'est envisageable, ou tout du moins peuvent-elles se figurer certains épisodes de ce qu'il va se passer. Ma mère, par exemple, pouvait visionner quelques bribes de l'avenir, comme du présent, au travers d'un réceptacle sacré !

— Bien... si l'on part de ce principe, cela pourrait signifier que le *Sensei* était au fait de ce que le destin me réservait et que je reviendrais un jour chercher de l'aide après la morsure d'un loup-garou... Mais alors, il aurait pu me mettre en garde avant que je ne sois attaqué !

— Val'Aka, je suis convaincue qu'il n'en avait aucune idée, car il ne t'aurait jamais laissé vivre un tel calvaire, et encore moins en sachant que la vie de tes proches était engagée !

Les jeunes gens se perdirent un moment dans leurs pensées enfiévrées.

— Tu as raison, Jwan, se reprit-il. J'ai la certitude de sa profonde intégrité depuis que son sang coule dans mes veines.

— Oui, chuchota-t-elle en réfléchissant intensément et en faisant un rapide tour d'horizon de sa propre destinée.

Une idée avait germé dans son esprit, mais pour la confirmer, il fallait qu'elle parle à son tour d'elle.

— Je suis née il y a plus de trois mille deux cents ans, commença-t-elle en se replongeant dans ses souvenirs. Comme tu le sais, j'avais un jumeau, Faiz, et chose incroyable, nos animaux totem étaient également identiques. Ce qui ne s'était jamais produit aux dires de mes parents, la reine Aty et le roi Parahou, comme des anciens. Nous avons grandi entourés d'amour, dans un pays fabuleux et magique, où les métamorphes pouvaient s'épanouir en toute liberté. On nous a enseigné nos origines, appris des charmes liés à la magie blanche pour les cérémonies, et formés à l'art du combat. Tout cela dans l'optique de nous préserver des tribus qui vivaient au-delà des protections dissimulant Pount. Les plus dangereux pour nous, étaient les Egapp, les descendants d'un clan d'enfants des dieux banni des terres sacrées par les déités elles-mêmes, alors que ces dernières étaient encore de chair et de sang.

— Egapp ? coupa Val'Aka.

— Les Égyptiens. Depuis leur exil, mon peuple les épie pour savoir s'ils détiennent toujours des pouvoirs magiques – chose qui ne devrait pas être – et si oui, comment ils les utilisent. Au fil des siècles, de nombreux éclaireurs ont été envoyés en Égypte pour les surveiller... mais très peu d'entre eux ont regagné Pount. Puis vers l'âge de treize ans, est venu pour Faiz et moi le moment de pratiquer notre rite initiatique dans le but de devenir des adultes, comme des guerriers respectés. Si mon jumeau était totalement exalté à cette idée, moi j'avais une forte appréhension. Surtout quand j'ai eu connaissance de ce que l'on devait faire : s'infiltrer chez les Egapp pour les espionner et revenir avec les informations souhaitées par les anciens. Tandis que Faiz voyait dans cette mission de l'aventure, moi c'était du danger à foison. Je ne suis pas peureuse, j'affronte mes adversaires avec courage, mais je ne suis pas folle... et partir en Égypte ne me disait rien qui vaille.

— À seulement treize ans, tu avais clairement

raison, car c'était de la folie de vous rendre en Égypte ! approuva Val'Aka dans un grondement.

— Si seulement mes parents avaient pensé comme toi à l'époque... murmura misérablement Jwan. Ils ont ouvert une partie des portes magiques de notre pays, lors de la venue d'une expédition conduite par la reine-pharaon Hatchepsout. Cette dernière n'a vu de nous que ce que nous souhaitions qu'elle voie : un peuple primitif possédant néanmoins de grandes richesses en or, pierres précieuses, arbres et... animaux. Faiz et moi, sous notre forme de guépards, avons été offerts à la reine qui nous a ramenés avec elle dans son palais à Ouaset.

— Ouaset... tu veux parler de Thèbes ?

— C'est la même chose, d'après Dorian et le druide Jaouen. Ouaset était le nom de la vaste cité à mon époque. Ainsi ont débuté notre rite initiatique... et notre longue errance. À treize ans, comme tu l'as dit, nous étions bien trop jeunes pour comprendre les difficultés auxquelles nous allions devoir faire face. Nous devions amasser le plus d'informations possible, nous mettre en contact avec nos éclaireurs en reprenant notre apparence humaine, et revenir à Pount par nos propres moyens. Mais... nous n'avons jamais réussi à redevenir des humains ! Faiz et moi avons mille fois essayé, sans jamais y parvenir. Et tandis que je plongeais peu à peu dans une profonde tristesse, de son côté mon frère vivait très bien notre statut de « bêtes sauvages domestiquées », sans nul doute parce qu'il était tombé amoureux fou de Néférourê, l'aînée de la reine. Néférourê, ou « Amenty » de son nom de baptême en tant qu'enfant des Origines, n'était pas la fille légitime du pharaon Thoutmôsis II... mais de Sénènmout, le Grand Majordome d'Hatchepsout. L'un des nôtres. Là encore, Faiz et moi avons essayé de communiquer avec eux deux pour qu'ils nous aident à rejoindre Pount, mais rien n'y a fait, et les années sont passées. Au début, nous avons cherché à nous évader, seulement nos tentatives se sont toutes soldées par des blessures et un retour dans notre cage dorée. Nous avons été fouettés, mais ça, je l'avais déjà été en tant qu'humaine par Amenemheb, le prêtre égyptien d'Hatchepsout, à leur arrivée sur une plage non loin de notre royaume. J'étais partie en éclaireur... et j'ai bien failli y rester. Mais je crois t'en avoir également parlé.

— Oh oui, grommela Val'Aka à ses côtés et en serrant les poings de rage.

— Nous avons alors feint la docilité, ce qui nous a permis d'avoir des moments de liberté comme de complicité, rien qu'à nous, dans les jardins du palais. Le temps est encore passé et Faiz a fini par me rejeter... Il était sans arrêt dans les pas de la reine ou de Néférourê, et avait totalement occulté l'idée de rentrer chez nous. Je le suivais par automatisme, mais en fait... je n'avais nulle part où aller. Mes parents et mon pays me manquaient cruellement. Jusqu'à ce jour où des étrangers sont arrivés au palais : ta sœur Isabelle, Dorian Saint Clare, Clovis et le druide Jaouen. À partir de là, tout est à nouveau devenu possible pour moi, cependant... je n'avais jamais pensé que je perdrais Faiz. Et tu connais la suite, je te l'ai racontée en te parlant de la malédiction du collier ensorcelé.

— Oui, acquiesça Val'Aka en la prenant dans ses bras pour la bercer. Toi comme moi avons dû mûrir bien avant l'âge, et affronter les plus grandes difficultés de la vie.

— Mais... toi, ta mère a été heureuse de te retrouver, non ? hoqueta Jwan, alors que le chagrin la submergeait.

— Follement, murmura-t-il en retour avant de l'embrasser tendrement sur le front. C'est aussi pourquoi je ne comprends pas tes parents. Tu m'as dit avoir été aimée durant ton enfance, choyée. Il y a bien eu ce rite initiatique, mais il faisait partie de vos traditions, et les héritiers des monarques ne pouvaient à l'évidence pas s'y soustraire... alors, t'ostraciser en apprenant que tu avais survécu à cette pratique, et que tu étais là, devant eux... ça n'a pas de sens !

Une sourde colère transparaissait dans la voix du jeune homme.

— Je suis revenue sans Faiz, ils m'en ont certainement tenue pour responsable. J'avais échoué dans ma mission. Ainsi, je devenais un paria à leurs yeux comme à ceux de mon peuple. Là encore... j'ai été rejetée, et j'ai supplié Dorian et Isabelle pour qu'ils m'emmènent avec eux dans leur époque. D'ailleurs... chose étrange... le vortex dans le Cercle des dieux, et après plusieurs essais, ne s'est ouvert qu'au moment... où ils ont accepté que je les suive ! s'exclama soudain Jwan en s'écartant de lui d'une démarche vacillante.

— Jwan ? s'inquiéta Val'Aka.

— Tu... ne comprends... pas ?

— Non !

— J'étais la clef de leur départ ! Le puits du temps n'attendait que moi !

— Mais pourquoi ?

La réponse fusa dans l'esprit de la princesse, éclata à l'instar d'un éclair dans un ciel orageux ! Une réponse si simple, déjà effleurée puis balayée... parce qu'elle paraissait tellement irréelle... invraisemblable !

— Parce que... je devais te rejoindre, chuchota-t-elle, un vertige puissant la saisissant et ses jambes se dérobant sous elle.

— Jwan ! cria Val'Aka en se précipitant pour la prendre dans ses bras. Jwan !

— Toi... et moi... sommes... des prédestinés... réussit-elle encore à prononcer avant de perdre conscience.

Chapitre 29

Androgyne

— *Sweety[40]*, réveille-toi, murmura à plusieurs reprises Val'Aka, après avoir allongé Jwan sur la dernière marche de l'arche, et l'avoir rapidement examinée.

Son pouls battait faiblement mais régulièrement, et c'était rassurant. De plus, elle ne semblait souffrir d'aucune fièvre, et le jeune homme en vint à se dire que Jwan avait été victime d'une syncope due à un choc émotionnel. Un choc bien plus important que le sien quand il l'avait entendue affirmer qu'ils étaient des « prédestinés ». Quelles conclusions devait-il en tirer ?

Dans un gémissement plaintif, et portant une main hésitante vers son visage, la princesse revint à elle. Elle battit des paupières et grimaça, avant d'essayer de s'asseoir, aidée en cela par l'aîné des Croz.

— J'ai... j'ai envie de vomir, chuchota-t-elle,

---

40 *Sweety : Chérie en anglais.*

avant de se pencher vivement sur le côté et de régurgiter son pauvre dîner.

Val'Aka la soutint, retenant ses longues mèches rousses pour ne pas qu'elles soient souillées, puis quand elle se fut soulagée et qu'il la sentit assez forte pour bouger, il l'emporta rapidement vers la maison d'Akiha. Délicatement, et avec des gestes précautionneux, il l'allongea sur le futon de la chambre d'amis, avant de s'en aller et revenir pour lui faire boire un peu de *mirin*.

— Non, non… grommela-t-elle en grimaçant et en essayant d'écarter le bol de ses doigts tremblants.

— Mon amour, c'est pour ton bien.

La jeune femme céda à son doux conseil et trempa ses lèvres dans l'alcool de riz. Elle toussa un peu, s'essuya la bouche d'un revers de main, et reposa la tête sur le minuscule oreiller rectangulaire.

— Je suis désolée, je n'ai jamais été malade.

— Un choc émotionnel n'est pas une affection en soi. Tu as été forte de corps et d'esprit durant des années, alors s'il te plaît, ne te reproche pas un moment de faiblesse. Dors, maintenant, je m'occupe de toi.

— Val'Aka…

— Chut, *sweety*, nous parlerons demain, souffla-t-il en se penchant et en déposant un léger baiser sur ses lèvres.

Le reste de la nuit s'écoula lentement. La princesse dormit d'un sommeil agité et poussa régulièrement de sourdes plaintes. De temps en temps, elle prononçait le nom de ses parents avant de retomber dans sa torpeur. Il était évident que quelque chose l'avait bouleversée au plus haut point, mais Val'Aka allait devoir attendre son réveil pour en apprendre plus. Tout du moins si elle désirait en parler.

Il passa donc les heures suivantes à veiller sur elle, et quand la chaude lumière matinale envahit peu à peu la grande pièce centrale de la maison, il tourna son visage vers celle-ci. Dehors, la faune diurne manifestait bruyamment sa joie devant ce nouveau jour qui se levait, et les cigales se remirent à chanter. Le jeune homme s'assura que Jwan dormait toujours, paisiblement cette fois-ci, et quitta doucement la chambre pour répondre à l'appel de son animal totem qui hurlait dans sa tête son envie de partir à l'aventure.

Il alla déposer son katana sur un support mural prévu à cet effet près de l'entrée et se déshabilla rapidement. Après quoi, et en quelques secondes seulement, il se métamorphosa avant de bondir de la terrasse jusqu'à la rue principale pour prendre la direction des cascades argentées, puis de la plage. Désormais, ayant accepté ce qu'il était, il saisissait enfin le sens de ce que le *Sensei* et Jwan avaient tenté de lui expliquer dans le Cercle des dieux : la morsure du lycanthrope était un don… et non une malédiction.

En tant que loup, il éprouvait une prodigieuse

sensation de liberté qui touchait à l'euphorie, et il découvrait avec une certaine forme de plaisir la puissance de la magie qui crépitait en lui, jusque dans la plus infime parcelle de son corps. Néanmoins, ce plaisir se chargeait d'amertume quand son esprit revenait sur le massacre de sa mère et de ses proches… et là, il recommençait à se torturer mentalement.

Mettant de côté ses tourments, Val'Aka fit rapidement le tour de l'île, ses yeux filant sur l'horizon à la recherche d'une éventuelle présence des *Wakō*. Rassuré de ne pas en apercevoir, il prit le chemin de la baie où la jonque de secours attendait patiemment sa dernière passagère, puis il s'enfonça à nouveau dans la magnifique végétation des lieux pour s'arrêter au petit lagon.

Il se désaltérait tranquillement quand Jwan apparut à ses côtés, habillée des vêtements d'homme qu'elle portait à son arrivée sur *Miyakejima*. Ses cheveux étaient retenus en une lourde natte dans le dos ; elle tenait les lanières de deux paquetages dans une main, et son carquois empli de flèches dans l'autre. S'il n'y avait eu que ça pour surprendre Val'Aka ! Car la jeune femme s'était également bardée d'armes ; son long couteau était accroché à sa ceinture et deux *wakizashis* (sabres à lame courte et recourbée), ainsi que son arc, étaient suspendus dans son dos, prêts à être utilisés.

L'aîné des Croz se dépêcha de muer, et à peine

était-il redevenu lui-même qu'elle lui jeta un des paquetages dans les bras.

— Tu trouveras tes habits dans ce sac ! lui lança-t-elle froidement, les traits impassibles. Quant à ton katana, je l'ai laissé près de ce cèdre, ajouta-t-elle en pointant du doigt le pied d'un arbre imposant, à quelques mètres d'eux.

— Que se passe-t-il, Jwan ? s'enquit-il sèchement, blessé par la conduite de la jeune femme, tout en se vêtant de son *hakama* puis de sa veste.

— Je dois te parler, et quand ce sera chose faite... je m'en irai.

Val'Aka marqua nerveusement le coup et noua avec un peu trop de force les liens de sa veste, qui se déchirèrent. Quand il reporta son regard sur elle, ses yeux ambrés affichaient de la colère, de la tristesse... mais aussi de la compréhension. Ainsi, elle choisissait sa destinée. Il la dépassa, partit récupérer son sabre japonais, et le glissa à sa ceinture en revenant lui faire face.

— Je suis tout ouïe !

— Il est une légende que nos anciens racontaient aux plus jeunes, lors de nos veillées sous le ciel étoilé de Pount. Un récit qui faisait rêver les filles, et amusait beaucoup les garçons. S'agissant de moi, je ne peux pas dire que je rêvais, non, cela allait bien au-delà : j'étais totalement captivée ! Je n'avais que sept ans, et je me demandais pourquoi cette histoire me touchait à ce point. Désormais... je le sais. Alors, écoute : à un moment des Origines, au cours de la création de ce monde, tandis que certains dieux s'étaient modelé un corps de femme, et que d'autres avaient choisi celui d'un homme, une petite minorité devint des hermaphrodites. Nonobstant ce fait déjà troublant, on rapporte en outre que ces hermaphrodites possédaient quatre bras et jambes au lieu de deux, et avaient également la particularité d'avoir un visage féminin mais aussi un visage masculin à l'arrière du crâne. Leurs pairs se demandèrent pourquoi l'évolution les avait ainsi faits, finirent par avoir la certitude que des déités des deux sexes avaient fusionné en une, et décidèrent de réparer ce qu'ils considéraient comme une erreur, en les dissociant par le biais d'une puissante magie. Ils commirent là un terrible et irrémédiable impair. Car il n'y avait pas eu confusion dans l'évolution... il existait bel et bien un troisième genre, en plus du féminin et du masculin : l'androgyne. En divisant les corps de ces derniers, les dieux avaient déchiré l'âme unique de ces êtres. J'insiste sur ce point, Val'Aka : un androgyne ne possédait qu'une âme. De ce fait, et pour pouvoir subsister, les ex-androgynes devaient à jamais partir à la recherche de leur moitié pour réunir leurs âmes. S'ils ne se retrouvaient pas, ils n'atteignaient jamais le bonheur ni l'immortalité, et leurs âmes erraient indéfiniment jusqu'à la réincarnation des enveloppes charnelles, avant de repartir inlassable à la poursuite de leur moitié. Conscientes de leur méprise, les autres déités se jurèrent de tout faire, en tout temps, pour rassembler ces corps et ses âmes, et les appelèrent... les prédestinés. Ici, à votre époque, vous les nommez les âmes sœurs.

Val'Aka, au fur et à mesure de l'histoire, s'était tassé sur lui-même, apparemment sonné, et il s'assit finalement sur la berge où Jwan s'était également agenouillée pour terminer son récit, ses beaux yeux verts plongés dans les siens.

Elle reprit, d'une voix douce et vibrante :

— Alors que je ne te connaissais pas, et qu'Isabelle me parlait de toi, inconsciemment je savais au plus profond de moi que tu étais ma moitié perdue. Au-delà de l'urgence à te sauver de cette malédiction que je ne comprenais pas, je ne vivais plus que dans l'espoir de te retrouver. Pour te secourir ? En réalité... mon âme avait perçu l'écho de la tienne en arrivant dans cette époque et faisait tout pour conduire mon corps au tien. Et cela n'aurait jamais été possible... si les dieux ne s'en étaient pas mêlés, en respectant leur vœu de réunir les prédestinés. Val'Aka, un jour, il y a de cela des millénaires... nous ne faisions qu'un, nous étions... un androgyne.

Chapitre 30

La colère d'un enfant des dieux

— Nous n'aurions pas dû le faire venir ! se lamenta Isabelle après avoir suivi son frère à l'extérieur de la tente où l'on avait conduit Ardör en urgence.

Il s'était en effet produit un évènement dramatique, peu de temps après l'apparition du Naohïm sur l'île : l'immortel enfant des dieux de la première lignée avait été pris de violentes convulsions, avant de se tordre de douleur, puis de tomber inanimé au sol. Cela s'était passé la veille, et la nuit s'était écoulée sans que son état ne s'améliore.

— Nous ne pouvions pas deviner que son arrivée sur l'île pourrait lui être… commença Kalaan.

— … fatale ? gémit la jeune femme, son beau visage très pâle s'illuminant sous les rayons du soleil matinal.

— Non, petite sœur, murmura-t-il en la prenant

dans ses bras pour la rassurer. Ardör en a vu bien d'autres et je suis persuadé qu'il s'en sortira encore une fois. Il faut le laisser aux bons soins de Jaouen, Dorian et Keir. À eux trois ils trouveront la cause de son mal et le guériront.

— J'aimerais avoir ta confiance, soupira-t-elle. Mais Dorian m'a raconté qu'Ardör était très inquiet, hier, avant son brusque malaise.

— Comment ça ? Il avait pourtant l'air aussi fanfaron que d'habitude ?

— Oui, mais alors que toi et moi retournions au campement, le Naohïm, très perturbé, a retenu Dorian en lui disant ces mots « *...dans quel pétrin vous êtes-vous encore tous fourrés ? Il y a une très puissante magie à l'œuvre par ici ! Je n'aime pas ça !* »

Kalaan afficha une vive surprise, avant de froncer les sourcils et de faire quelques pas vers le haut plateau pour réfléchir. Son regard se porta au loin, et il sursauta :

— Isabelle ! Il n'y a plus aucun nuage à l'horizon !

— Pardon ?

Elle s'avança à son tour, après avoir saisi la longue-vue posée sur la table basse pliable. Puis, tous deux s'élancèrent jusqu'au bord de la falaise et se passèrent à tour de rôle la lunette.

— Bordel ! cracha Kalaan. Un panache

phréatique d'une telle ampleur ne peut pas disparaître en une nuit ! On dirait qu'il s'est volatilisé !

— Je n'aime pas ça, vraiment pas, grommela aussi Isabelle.

Elle vérifia une nouvelle fois l'horizon avant de crier :

— Des jonques !

— Donne-moi ça ! lança son frère en lui arrachant quasiment la longue-vue des mains pour la porter à son œil. Affirmatif ! Et je ne pense pas que ce soient des cousins ou amis de nos hôtes !

— Qu'est-ce qui te permet de dire cela ?

— Les voiles ne sont pas carminées mais d'un brun sombre, ce qui offre la possibilité d'évoluer en toute discrétion, et il y a de l'armement lourd à bord !

— Des canons ?

— Oui, mais de petite taille pour que ces embarcations puissent supporter leur poids. Je compte trois jonques ! Rien d'impossible à combattre !

— Kalaan, une seule de ces foutues jonques a suffi pour trouer la coque de l'*Ar Sorserez* !

— Isabelle, une jeune fille de bonne famille ne pa...

— Bordel de merde, Kalaan ! Ce n'est réellement pas le moment de me faire la leçon ! Nous allons bientôt avoir de la visite, il faut que nous nous préparions et que nous avertissions tout le monde ! Avec un peu de chance, nous pourrons couler ces bateaux en utilisant les canons de la frégate après les avoir remontés sur ce plateau !

Le corsaire cilla, croisa les bras, et siffla longuement.

— Je dois reconnaître la finesse de ton plan ! Mais tu oublies un détail d'importance ! lança-t-il encore en se penchant sur elle, avec un sourire en coin.

— Lequel ? fit-elle en adoptant la même attitude que lui.

— Nos canons n'ont rien à voir avec les cure-dents qui se trouvent sur ces jonques, ils pèsent des tonnes ! As-tu idée du temps et du nombre d'hommes qu'il faudrait pour les transporter ici ?

La jeune femme ouvrit la bouche en se dandinant d'un pied sur l'autre, puis haussa les épaules en signe d'ignorance.

— Vous et nous pouvons les affronter sur l'océan ! jeta soudain une voix saccadée qu'ils reconnurent comme étant celle d'Akirō, le samouraï. Nous vous avons aidés à terminer les réparations. Votre frégate peut prendre la mer !

Les Croz et le guerrier japonais sursautèrent de surprise et se dévisagèrent avec ébahissement.

— Vous parlez le français ? s'exclamèrent Isabelle et Kalaan.

— Vous parlez le japonais ? s'écria simultanément Akirō.

Avant que tous trois ne répondent en chœur :

— Non !

Apparemment, aucun d'entre eux ne savait désormais quelle langue ils employaient ! Et tout à coup, il y eut une brusque déflagration au niveau du campement. La tente où se trouvaient Ardör, Jaouen, Dorian et Keir fut littéralement soulevée de terre, comme les corps de tous ses occupants... sauf celui du Naohïm.

— Dorian ! hurla Isabelle en courant vers le jeune homme qui avait atterri violemment à plusieurs mètres du lieu où se dressait auparavant l'abri.

Virginie, Eilidh, et Amélie firent de même pour aller porter secours à Jaouen et Keir. Mais soudain, alors que ceux-ci se remettaient doucement debout sur leurs jambes en vacillant, sans blessure notable, tous se figèrent... devant la terrible et incroyable apparition du Naohïm. Il était déjà en temps normal de carrure imposante et athlétique ; mais désormais, simplement vêtu de son pantalon noir, son corps tout entier reflétait un intense halo argenté et crépitant d'où jaillissaient par intermittence des centaines de filaments de feu, qui claquaient dans l'air à la façon de lassos. Ses yeux d'ordinaire gris émettaient des éclats rouges et luisants, tandis que sa longue chevelure à la mèche blanche ondoyait autour de son visage comme elle l'aurait fait sous l'eau.

À lui tout seul, Ardör n'était plus qu'une masse

d'énergie pure, aux ondes redoutables qui poussèrent les hommes et les femmes présents à se protéger en se baissant, et en calant la tête dans leurs bras.

— Que la source de mon courroux... périsse ! hurla le Naohïm d'une voix caverneuse et extrêmement douloureuse pour les oreilles.

Il se plaça au bord de la falaise et frappa dans ses mains. Le clap produisit une foudroyante explosion d'énergie qui se propagea en ondes de choc uniquement en direction du nord, droit sur les trois jonques de pirates, et vers un point invisible de tous... sauf de l'enfant des dieux de la première lignée. Ces ondes s'accompagnèrent d'un puissant souffle qui modifia en un centième de seconde le mouvement des vagues de l'océan, les lissa, et les poussa pour créer un immense mur d'eau qui souleva les navires pirates en les propulsant vers l'horizon.

Et d'un coup... *Miyakejima* et son gigantesque volcan – qui paraissait en sommeil –, furent enfin visibles de tous, le Naohïm ayant détruit par sa foudroyante magie les protections occultant l'île.

Akirō sortit son katana de sa ceinture et jaillit dans le dos d'Ardör en hurlant de rage, mais là encore, l'enfant des dieux l'écarta d'un simple geste de la main en projetant le guerrier dans les airs grâce aux flux énergétiques.

— Assassin ! cria soudain Akiha qui arrivait en

courant, après avoir lacéré le tissu de sa robe-tube à l'aide d'un coutelas pour se déplacer plus rapidement.

Elle s'agenouilla auprès de son frère, des larmes coulant sur la peau satinée et blanche de son visage, et noyant ses magnifiques yeux en amandes.

— Pauvre fou ! Vous venez d'attaquer notre dieu ! hurla-t-elle encore sans montrer aucune peur devant cet être surnaturel en colère.

De son côté, Akirō revenait à lui et portait un regard empli de souffrance sur son bras dont la peau était brûlée, tandis que les paroles de la belle Japonaise frappaient tous les esprits.

— Elle... quoi ? Elle... un dieu ? Elle... parle... notre langue ? bégaya Virginie en oscillant de droite à gauche, sous le choc des évènements.

Kalaan s'élança pour la prendre dans ses bras et la mettre à l'abri des lassos crépitants de l'aura magique du Naohïm. Soudain, celui-ci sembla reprendre conscience de la réalité et perdit rapidement son aspect destructeur, avant de s'approcher vivement des Japonais et de s'agenouiller à son tour à leurs côtés. Il guérit Akirō d'un simple mouvement de la main au-dessus de sa brûlure, puis porta son beau regard gris sur Akiha.

— Qu'êtes-vous ? souffla cette dernière. Un

yōkai[41] ou un... *kami*[42] ?

— Je ne suis qu'un immortel, un enfant des dieux de la première lignée, répondit Ardör. Et je tiens à vous présenter mes plus plates excuses, car je ne souhaitais en aucun cas vous blesser !

— Vos excuses ne suffiront pas ! hoqueta la Japonaise en aidant son frère à se remettre sur pied. Vous ne vous rendez donc pas compte de ce que vous avez fait ?

— Je vous ai permis à tous de vous comprendre en lançant un sort spécial, et à peine avais-je réalisé cela que j'ai été agressé par un adversaire invisible, puis vidé de mon énergie ! Comme une vulgaire orange pressée pour son jus ! J'ai ensuite dû lutter pour me libérer de cette sangsue et... j'ai voulu lui donner une bonne leçon ! Ce n'est qu'un juste retour des choses ! Même... si, je le reconnais, j'y suis allé un peu fort, maugréa-t-il encore, devant la fureur apparente d'Akiha.

— Ce n'était que le *Sensei*, notre dieu ! coupa Akirō. Il puise l'énergie nécessaire dans tout ce qu'il peut pour contenir le souffle du dragon, et retarder le cataclysme qui le propulsera dans un nouveau cycle. Idiot que vous êtes, vous l'avez certainement gravement

---

41 *Yōkai : Nom générique japonais servant à désigner de façon indistincte tous les monstres et les créatures de la tradition japonaise.*
42 *Kami : En japonais, divinité ou esprit vénéré dans la religion shintoïste.*

blessé ! Et en agissant ainsi, vous venez également de réduire à néant le temps imparti à la survie de Jwan et Val'Aka !

— Un dieu ne peut pas être blessé car il est éthéré, marmonna Ardör, avant d'être interrompu par le bruit d'une formidable explosion.

— Ardör, qu'as-tu fait ? s'enquit soudain le druide Jaouen, son regard plein d'horreur fixé au loin, comme c'était le cas de tous ses compagnons à la ronde.

— Notre frère... et Jwan... sont là-bas ! s'étouffa Isabelle en portant une main à sa bouche, tandis qu'auprès d'elle Dorian, Keir et Kalaan semblaient totalement tétanisés, incapables d'agir.

Comment l'auraient-ils pu ? Puisque loin devant eux, un gigantesque et monstrueux panache venait à nouveau de se former au-dessus de la haute montagne de *Miyakejima*... sauf que cette fois, ce n'était pas de la vapeur et des débris de roches qui en étaient expulsés... mais un prodigieux et immense nuage de cendres qui montait à vive allure dans le ciel, visiblement accompagné de bombes volcaniques[43] !

---

43 *Bombes volcaniques : Ce sont des fragments projetés de lave, de plus de 64 mm de diamètre, provenant de la fragmentation d'un magma émis lors d'une éruption volcanique.*

Chapitre 31

Notre destinée

Quelques instants plus tôt...

Val'Aka mit un moment à sortir de l'étrange transe dans laquelle l'avait plongé l'histoire de Jwan. Son corps frissonnait et son cœur battait à tout rompre. Quelque part dans son esprit, une digue s'était ouverte, et ses pensées s'emplissaient d'une lumière vive comme d'une douce chaleur, écartant d'un coup toutes ses idées noires et l'aidant à voir le chemin qu'il devait désormais suivre.

Oui... il savait que la jeune femme disait vrai, il ressentait au fond de lui cet amour unique, foudroyant et fou que seules les âmes sœurs pouvaient éprouver. Jwan était sa moitié perdue, celle qu'il avait cherchée sans s'en rendre compte toute sa vie. Et s'ils étaient enfin réunis... c'était grâce aux dieux ! Qu'ils se retrouvent aurait été impossible sans leur concours, à cause des trois millénaires qui les séparaient ! Il était donc évident que les dieux étaient en contact permanent entre eux, y compris le *Sensei,* qui avait pourtant affirmé se cacher de ses pairs !

— Bien, je m'en vais désormais ! lança la princesse, le visage fermé.

Se méprenant sur les causes du silence prolongé du jeune homme, elle fit volte-face.

— Non ! cria-t-il en la saisissant par la main et l'attirant dans ses bras. Je te crois, murmura-t-il ensuite, ses lèvres caressant les siennes et buvant son souffle, tel un naufragé. Jwan... je te crois !

La guerrière des temps antiques hoqueta d'incrédulité, ses yeux se chargèrent de larmes, et elle lâcha son paquetage pour passer les bras autour de son cou.

— Vraiment ?

— Vraiment ! confirma-t-il en la serrant plus fort, avant de l'embrasser fougueusement. Mon cœur, ma flamme, chuchota-t-il encore en plongeant son regard dans le sien. Cette légende des prédestinés... elle est parvenue jusqu'à moi. C'était à l'époque où je faisais mes études à *Eton* ! J'aimais dévorer les encyclopédies de la grande bibliothèque du collège et c'est ainsi qu'un jour, j'ai lu un texte de Platon (un philosophe antique de la Grèce classique) qui s'intitulait *Le Banquet.* C'était comme si ce livre m'avait appelé et attiré à lui, alors qu'il n'était presque pas visible sur sa haute étagère. Une partie de ce récit... s'est gravée en moi à jamais, j'ai été bouleversé à sa lecture, sans en comprendre la raison. Après tout, ce n'était là qu'un mythe de plus. Mais... maintenant, Jwan, tout s'imbrique à la perfection ! Car ce texte reprend dans les grandes lignes la légende que tu m'as racontée : à l'origine, les humains étaient des androgynes ayant quatre bras, quatre jambes et une seule tête à deux visages. Le dieu Zeus aurait alors craint leur pouvoir et les aurait séparés en deux, les condamnant de cette manière à passer le reste de leur existence à rechercher la part manquante.

— Par les dieux ! s'écria la princesse en écarquillant les yeux. Ainsi, nos déités ont trouvé le moyen de faire en sorte que l'histoire se perpétue dans le temps, afin d'éveiller la psyché des prédestinés et les animer du besoin de partir en quête de l'autre, de façon consciente ou non.

— C'est cela... c'est certainement ce qui m'a poussé à voyager toute ma vie, pour toi... pour te rejoindre, mais sans le savoir.

— Oui, idem pour moi. Comme pour ton frère et ta sœur, murmura Jwan en songeant à ces derniers. Ils ont également retrouvé leur moitié après de longues aventures... et les dieux n'étaient jamais très loin.

Une nouvelle fois, ils s'enlacèrent ; Jwan posa sa joue au niveau du cœur de Val'Aka et l'entendit battre la chamade, tandis que lui contemplait la chute de la cascade du lagon, et écoutait son chant. Le jeune homme se mit à sourire avec émotion, et envoya un remerciement silencieux aux déités. Malgré la douleur d'avoir perdu les siens, le remords qui l'avait profondément rongé suite au massacre… il savait désormais que sa priorité était de vivre, et de poursuivre sa destinée auprès de sa moitié. Car séparés, ou lui mort, Jwan était condamnée inéluctablement à l'errance ainsi qu'à une profonde solitude jusqu'à la fin de ses jours. Et c'était hors de question ! Il aimait éperdument Jwan, et selon toute vraisemblance, il en était ainsi depuis la nuit des temps !

— Prenons nos affaires et partons ! lança-t-il soudain en plongeant derechef son beau regard ambré dans celui de la princesse.

— Val'Aka ! s'écria-t-elle, incrédule et les larmes aux yeux. J'ai cru que je n'entendrais jamais ces mots !

— Je t'aime, Jwan. Un jour très lointain nous sommes nés en tant qu'un seul androgyne, puis nous avons été séparés, et maintenant que nous nous sommes retrouvés, je n'ai pas l'intention de te perdre une nouvelle fois !

— Je t'aime tellement, souffla-t-elle en retour, avant qu'ils ne s'embrassent passionnément.

Mais soudain, une voix qu'ils reconnurent pour être celle du *Sensei*, explosa littéralement sous leur crâne :

Danger ! Réfugiez-vous au plus haut des arbres, et accrochez-vous !

Val'Aka ne chercha pas à comprendre ce qu'il se passait, agit par instinct, et glissa son bras autour de la taille de Jwan avant de bondir sur une branche de chêne assez élevée, puis sur une autre, et encore une. En quelques secondes à peine, tous deux étaient quasiment parvenus sous la canopée, pour ensuite se cramponner de toutes leurs forces à la cime du tronc d'un ginkgo. Le couple n'eut guère le temps de se poser de questions, ils perçurent soudain le fracas d'une puissante explosion. De concert, ils levèrent les yeux vers le sommet du volcan et s'étonnèrent de n'y voir aucun panache annonciateur de l'arrivée du souffle du dragon.

Bientôt, un bruit sourd, différent, en provenance de l'océan – que les jeunes gens ne pouvaient apercevoir de là où ils se tenaient, dans les frondaisons – les alerta. Autour de Val'Aka et de Jwan, toutes sortes d'oiseaux s'envolèrent et s'enfuirent vers l'intérieur de l'île, à l'instar de nombreux autres animaux, des plus petits aux plus gros. Par-dessus ce maelström de sons et de mouvements, le grondement venant du large s'amplifia.

— Val'Aka ! hurla Jwan pour se faire entendre et s'agrippant tout comme lui au tronc de l'arbre sur lequel ils s'étaient réfugiés. Qu'est-ce que c'est ?

— Aucune idée, *sweety* ! Place-toi devant moi, et surtout, ne lâche pas ! lui répondit-il sur le même ton.

Elle opina vivement de la tête avant de se glisser entre son large torse et le ginkgo. Elle fit attention à ne pas blesser le jeune homme avec les armes qu'elle avait accrochées dans son dos, et il se plaqua contre elle pour la maintenir de toutes ses forces. Dans un geste désespéré, car il pressentait en effet un danger majeur, il réussit à transformer uniquement ses mains en pattes de loup, et planta ses gigantesques griffes dans l'écorce.

Brusquement, une onde de choc surpuissante, découlant de l'explosion perçue un peu plus tôt, atteignit l'île de plein fouet en se dirigeant vers son centre. Elle souleva et propulsa en une fraction de seconde des millions de grains de sable de la plage, pour poursuivre son impétueuse avancée en couchant ou rasant toute la végétation sur son passage. Néanmoins, de nombreux arbres vénérables résistèrent, se plièrent en longues plaintes inaudibles à cause du bruit ambiant, sans jamais céder. Le ginkgo auquel se cramponnait le couple fut l'un d'entre eux.

Mais il était dit que ce ne serait pas tout… et que l'enfer se déchaînerait plus encore.

Chapitre 32

Cernés

Jwan s'obligea à fermer les yeux et la bouche, et plaqua ensuite son visage contre la rugosité du tronc. Un instant plus tard, il y eut un violent impact contre le ginkgo, et si Val'Aka ne l'avait pas maintenue d'une poigne de fer, la jeune femme aurait certainement été éjectée dans les airs. Puis soudain, l'arbre se pencha dangereusement mais résista en fin de compte, tandis qu'un martèlement sifflant phénoménal se faisait entendre de toute part. Ce bruit provenait des millions de grains de sable qui, propulsés par l'onde de choc, décapaient chaque surface qu'ils percutaient par effet de sablage. Il ne s'écoula que quelques secondes pour qu'un silence pesant ne survienne à nouveau, mais pour la princesse de Pount comme Val'Aka, cela parut durer des heures.

De son côté, l'aîné des Croz serrait les dents de

souffrance, ses griffes comme ses pattes ayant été terriblement touchées par le souffle chargé de sablon. Malgré la térébrante douleur, il remercia in petto la providence qui avait fait en sorte qu'ils se tiennent du bon côté de l'arbre, protégés par le rempart de son immense tronc... car si cela n'avait pas été le cas, tous deux auraient été purement et simplement écrasés sous le poids de l'impact, puis déchiquetés par les minuscules grains de roches et de coquillages.

— Par les dieux, tes pauvres mains ! s'écria Jwan, les yeux écarquillés d'horreur en contemplant celles-ci, dès qu'elles eurent repris leur apparence humaine.

Les doigts de Val'Aka étaient en sang, des lambeaux de peau avaient disparu, et une partie de ses ongles avait été arrachée, laissant la pulpe à vif.

— Ce n'est... rien, grommela-t-il en frissonnant toutefois de douleur. Il suffira que je me retransforme en loup et grâce à la magie, je guérirai plus vite.

— Oui... mais tes plaies sont si importantes !

— *Forgiveness*[44] ! Jwan, ce n'est pas fini, une vague monstrueuse[45] arrive sur nous ! hurla-t-il soudain

---

44 *Forgiveness : Miséricorde, en anglais.*
45 *Vague monstrueuse : Nommée « vague scélérate » de nos jours. On les a longtemps crues sorties tout droit de l'imagination des marins. Ces vagues (véritables murs d'eau pouvant mesurer jusqu'à trente mètres) surgissent quasiment de nulle part et sont dotées d'une énergie destructrice. À ne pas confondre avec un tsunami.*

après s'être penché sur le côté pour chercher un moyen de descendre, et avoir aperçu un gigantesque mur d'eau se diriger droit sur eux.

De ce côté de l'île, la nature avait quasiment été rasée par le souffle de l'onde de choc. Sur des centaines de mètres à la ronde, il ne restait plus que les valeureux arbres millénaires, ressuscités à chaque cycle par le *Sensei*. Et face à ceux-ci, venant du sud... arrivait cet improbable mur d'eau de plus de dix mètres de hauteur, qui progressait rapidement sans crête d'écume ni déferlement.

— Non, non, non ! cria à son tour Jwan en percevant le terrifiant grondement de la vague, dont l'implacable avancée faisait furieusement trembler la terre et le ginkgo où ils se trouvaient.

Elle ignorait ce qu'était une « vague monstrueuse », ne pouvait pas l'apercevoir de là où elle était, mais elle connaissait désormais la signification du mot « monstre », et une terreur sans nom s'empara d'elle. Par les dieux, allaient-ils tous les deux mourir ainsi ? Quelle injustice ! De ce terrible constat qui fusa dans l'esprit de la jeune femme, naquit la rage de survivre et de se battre pour l'homme qu'elle aimait. Elle savait qu'il était trop gravement blessé et qu'il ne pourrait pas les retenir quand le mur d'eau les frapperait ; alors elle le contourna en une souple torsion du corps, et le plaqua à son tour et de toutes ses forces contre le tronc. La seconde suivante, elle l'imitait en transformant ses mains en pattes et planta ses griffes dans la pauvre écorce largement meurtrie.

— Jwan, non ! hurla Val'Aka affolé pour elle.

Mais trop tard… la vague était là et d'un coup, elle se brisa dans un effroyable fracas, suivi d'un bouillonnement infernal.

Le ginkgo tint vaillamment, mais l'eau arriva tout de même à eux, et le couple dut s'agripper de toutes ses forces pour lutter contre ce violent courant qui désormais les entourait jusqu'à la taille. La déferlante s'était scindée en plusieurs lames de fond féroces qui s'étaient mises à monter inexorablement en charriant d'innombrables fragments de végétaux, qui se transformèrent à leur tour en armes destructrices.

— Tiens bon ! cria Val'Aka.

Malgré ses blessures, il avait réussi à se hisser plus en hauteur, et à empoigner la cime de l'arbre d'une main. De l'autre, il saisit in extremis Jwan qui avait lâché prise dans un hurlement de douleur, après avoir été touchée par un projectile invisible sous l'écume brunâtre.

L'eau sale et tourbillonnante se teinta de sillons rouges et Jwan perdit connaissance. De frayeur, le cœur du jeune homme cessa de battre un instant, puis il se ressaisit et affermit sa prise autour de son buste, pour ne pas la voir totalement disparaître sous le mélange d'eau de mer, de boue et de débris.

Presque aussi rapidement qu'elle était montée... la déferlante se retira. Néanmoins, il leur était impossible de descendre du ginkgo ni de s'aventurer plus bas, à cause du dangereux marécage qui avait remplacé la terre ferme. Sans compter qu'un peu partout, de nombreux branchages disloqués se dressaient désormais vers le ciel, faisant office de pieux.

Val'Aka évalua promptement la distance qu'il y avait entre leur perchoir et les autres arbres millénaires, jusqu'à une zone un peu plus élevée de l'île, totalement épargnée par la vague monstrueuse. C'était faisable, le jeune homme n'avait pas le choix ! Affermissant d'un bras sa prise autour de la taille de Jwan, il banda ses muscles et utilisa sa force herculéenne de métamorphe pour sauter d'un arbre à l'autre et enfin parvenir à son but, non loin du sentier qui menait à *Hanakotoba*.

Là, se pensant à l'abri de tout danger, il débarrassa la princesse de ses armes (miraculeusement restées harnachées sur son dos) alors que lui avait perdu son katana, puis l'allongea dans un cocon de végétation. L'instant d'après, il terminait de déchirer son pantalon, déjà en lambeaux, au niveau de la cuisse gauche. Il poussa un sourd grondement en apercevant la longue entaille sanguinolente, et épongea doucement le sang en s'aidant d'un bout d'étoffe de son *hakama*. Il préleva ensuite un morceau de tissu dans le chemisier détrempé de Jwan, puis l'utilisa pour bander sa jambe afin d'endiguer le flux sanguin et de maintenir la plaie fermée.

Si la blessure faisait peur à voir et nécessitait d'être sérieusement nettoyée comme recousue, Val'Aka était tout de même rassuré car la veine cave n'avait pas été touchée. Cependant, le temps pressait : il fallait éviter toute infection, une telle blessure pouvant entraîner une septicémie foudroyante.

— Val'... chuchota la jeune femme en revenant à elle, le visage couvert de nombreuses coupures, ainsi d'ailleurs que le reste de son corps.

— Je suis là, tout va bien, mon amour.

— Non... des voix... quelque part... des voix...

L'aîné des Croz battit des paupières et fronça les sourcils, vivement inquiet. La fièvre était-elle déjà à l'œuvre ?

— Chut, *sweety*. Je vais te porter à la baie, où j'espère trouver la jonque de secours si elle n'a pas été endommagée par la vague. Normalement non, car elle est abritée dans une crique. De là, nous partirons tous les deux vers *Mikurajima* où nous retrouverons Akiha, son frère, ainsi que tous les villageois. Je te le promets, Jwan... tu te remettras rapidement de ta blessure. Tout ce que nous venons de vivre ne sera plus qu'un mauvais souvenir !

— Non... souffla-t-elle encore, sa tête dodelinant de droite à gauche sur le sol herbeux.

Puis elle plongea ses yeux verts dans les siens.

— Non ?

— Danger... Val'Aka... pas seuls...

Et elle retomba inconsciente. Néanmoins, ses paroles avaient réussi à alerter le jeune homme, et il se mit à flairer l'air et à tendre l'oreille de la même manière que l'aurait fait son animal totem. Effectivement, il perçut des voix lointaines, ainsi que des cris, en provenance d'une autre zone de l'île assez proche d'eux. Il se leva doucement, hésitant à laisser Jwan sans surveillance, puis se dirigea sous le couvert de la végétation vers l'endroit d'où provenaient les sons, avant de brusquement se figer en découvrant la présence d'une dizaine de *Wakō* lourdement armés.

Ils étaient physiquement en piteux état, mais n'avaient semble-t-il rien perdu de leur légendaire cruauté : une bagarre paraissait avoir éclatée dans le groupe et l'un d'eux se faisait tout bonnement décapiter par celui qui était apparemment le chef.

Comment sont-ils arrivés là ? se demanda in petto Val'Aka, avant de ciller et de repenser aux trois jonques que Jwan et lui avaient aperçues la veille.

La vague monstrueuse avait certainement cueilli les navires au large et les avait propulsés avec les hommes sur *Miyakejima*, et devant lui, se tenaient désormais les seuls rescapés. Ainsi qu'un gros problème ! Il était temps de fausser compagnie aux *Wakō* et de rejoindre leur bateau, avant que les pirates ne le trouvent et n'empêchent le couple de fuir l'île.

L'aîné des Croz était en train de se redresser pour s'en aller en toute discrétion, quand le sol se mit à trembler violemment, provoquant l'ouverture de longues et profondes crevasses dans la terre, et faisant jaillir des panaches de dangereuses fumeroles. En essayant de garder son équilibre, le jeune homme s'élança sur une zone à découvert, et fut instantanément remarqué des *Wakō* malgré le chaos ambiant.

Ces derniers hurlèrent et cherchèrent un moyen de l'atteindre, tandis que du haut de la montagne s'échappaient des tonnes de cendre, de vapeur et de gaz ainsi que des bombes volcaniques !

Cernés... par l'océan, des pirates, et la fureur destructrice d'un volcan en éruption, Val'Aka et Jwan n'avaient plus qu'une seule chance de survie : rejoindre au plus vite la jonque !

Chapitre 33

La fin d'un cycle

Val'Aka s'élança à la vitesse du loup, ne songeant plus qu'à une chose : sauver Jwan. Il devait en priorité la mettre à l'abri, se débarrasser ensuite des pirates, tout en évitant de se faire tuer par une bombe volcanique ou par l'arrivée d'une nuée ardente. Désormais, le *Sensei* n'étant plus en capacité de les protéger, leur survie à tous les deux ne dépendait plus que de lui-même.

Il débusqua l'entrée secrète d'une petite grotte qu'il connaissait bien, à une cinquantaine de mètres des cascades argentées, et juste au-dessus d'un chemin lui aussi dissimulé qui menait à la baie où se trouvait la jonque. Là, il déposa précautionneusement Jwan et l'embrassa tendrement, priant en silence que les dieux veillent sur elle. Dans cet endroit, elle serait protégée des cendres, des bombes volcaniques… mais pas d'une nuée ardente. Pourtant, il n'avait pas le choix, il devait la laisser et aller stopper l'avancée des pirates qu'il savait trop proches d'eux.

Malgré sa force phénoménale, l'aîné des Croz avait conscience que s'il ne tuait pas les *Wakō,* ni lui ni Jwan n'arriveraient sains et saufs à la baie. Car, ces derniers n'étaient pas seulement d'ignobles brigands mais également des guerriers accomplis, extrêmement habiles dans l'art du combat... sans compter que le jeune homme avait vu l'un d'entre eux portant une arme à feu. Avec un peu de chance, celle-ci serait totalement inutilisable, sa poudre détrempée par l'eau de mer.

Désormais, l'objectif était clair : pas de quartier ! Mais le temps était compté, et les violents tremblements de terre n'allaient rien arranger. Sans parler de la lave qui devait déjà se répandre un peu partout en brûlant la végétation et de l'odeur âcre de fumée qui se faisait plus prégnante.

— Faisons les choses l'une après l'autre, marmonna Val'Aka plus sombre et déterminé que jamais, en faisant tournoyer les lames courtes des *wakizashis* de ses poignets agiles, tout en essayant d'occulter la vibrante douleur qui fusait de ses blessures.

Il descendit le sentier et tomba nez à nez sur un premier groupe de *Wakō* qui marqua le pas de surprise, ne s'attendant pas à voir la « proie » venir à lui. Les bandits braquèrent sur lui leurs yeux bridés chargés de haine et en retour, le jeune homme afficha un sourire ironique, son regard ambré jetant des éclairs. Il intensifia le jeu des *wakizashis* avant de se positionner pour affronter les pirates en adoptant la légendaire technique de *Nitōjutsu*. L'attaque à deux sabres. Cet art de combattre associé à sa charismatique et redoutable allure de samouraï – même s'il ne portait plus que le hakama pour attester de ce qu'il était aux yeux de ses ennemis –, en firent hésiter plusieurs. Mais l'un d'entre eux, plus hardi que les autres, engagea les hostilités en levant sa propre épée d'origine chinoise, un puissant *dao*[46].

Val'Aka n'eut aucun mal à éviter ses coups en bougeant avec une agilité incroyable et il stoppait la lame du *dao* en croisant les siennes. Voyant les autres brigands entrer dans la danse, il décida qu'il avait assez joué avec son premier ennemi, et résolu à en terminer avec lui, brisa l'épée chinoise avant de pourfendre le pirate. La suite se déroula à toute vitesse, tous les protagonistes sautant et roulant pour enchaîner parades et attaques sans temps mort… Mais Val'Aka prit peu à peu le dessus par son audace comme son art inné, et il finit par terrasser le dernier adversaire de ce groupe. Il écarta ensuite les bras et donna un coup sec à ses *wakizashis* pour libérer les lames du sang de ses ennemis.

Il reprenait son souffle quand une détonation

---

46 *Dao : Sabre robuste possédant une lame à un seul tranchant, utilisé principalement pour tailler et bloquer solidement. Sa pratique se nomme Daoshu en chinois.*

retentit. C'est tout juste s'il ressentit l'impact avant la douleur, totalement abasourdi de se rendre compte que l'on venait de lui tirer dessus avec une arme à feu. Il eut un moment de défaillance, et cette faiblesse lui fit lâcher l'un de ses *wakizashis* ; puis il tangua légèrement sur ses jambes, et leva lentement la tête pour poser les yeux sur le lâche qui avait usé d'une telle arme contre un samouraï. C'était le chef des *Wakō*... l'ordure !

La balle avait atteint le jeune homme en pleine poitrine, et il porta la main à sa blessure comme pour réaliser vraiment ce qui lui arrivait. Ses doigts se nappèrent de sang, une sorte de voile passa devant son regard, puis ses pensées se tournèrent vers Jwan... Jwan, sa prédestinée... sa moitié. S'il mourait ici, maintenant, il la condamnait !

Alors il puisa au plus profond de son être, accumula toute l'énergie qui lui restait, et poussa un hurlement de rage que même le grondement de la montagne ou le fracas que faisaient les bombes volcaniques en touchant le sol ne purent couvrir. Le chef des pirates recula d'un pas devant cette force de la nature, et envoya d'autres comparses qui se tenaient en recul dans la bataille.

Le samouraï ne s'en laissa pas compter et sauta en l'air, trancha dans les chairs, se courba puis roula à terre en tuant deux autres brigands au passage. Mais il sentait la vie quitter son corps par le flux chaud qui s'échappait de sa blessure, et une ultime idée lui vint à l'esprit pour avoir le temps de sauver Jwan. Faisant semblant de fuir, et sachant qu'il n'aurait pas la force de battre le chef et ses deux derniers sous-fifres dans l'état où il était... le jeune homme se dirigea en claudiquant vers les cascades argentées.

Sauf que celles-ci ne charriaient plus du tout de l'eau claire et cristalline, mais de puissants torrents de boue et lave mélangées, ce qui recouvrait l'endroit d'une lourde vapeur à peine supportable pour les poumons et la peau. Néanmoins, les *Wakō* le talonnèrent en ricanant jusqu'à la corniche où se situait le petit bassin surplombant l'immense crevasse, désormais totalement voilée d'une épaisse brume à la forte odeur de souffre. Puis, le jeune homme se dirigea vers la passerelle et fit mine de poursuivre sa fuite. Au détour d'une paroi rocheuse, à l'abri du regard des bandits, il prit son élan et sauta plusieurs mètres en hauteur avant de se baisser et de jeter un coup d'œil en contrebas : les trois pirates se précipitaient à sa recherche. Ils marquèrent le pas face au rideau boueux qui s'abattait sur le pont, hésitèrent un instant, et se remirent à courir pour le traverser... pensant certainement trouver une issue de l'autre côté en suivant le samouraï. Alors, des cris d'horreur montèrent jusqu'à Val'Aka pour s'éteindre d'un coup. Ainsi s'achevait la triste épopée de ces stupides brigands des mers sans honneur.

L'aîné des Croz grimaça de souffrance, porta une nouvelle fois la main à sa poitrine et sentit le liquide chaud se répandre entre ses doigts. Son sort était scellé… mais pas celui de la princesse de Pount. Et si leurs âmes s'étaient rejointes dans cette existence, alors peut-être qu'un jour, et avec l'aide des déités, elles se retrouveraient à nouveau.

Luttant contre la douleur et pour rester en pleine possession de ses moyens, il revint sur ses pas et se dirigea vers la grotte où la jeune femme était toujours inconsciente et fiévreuse. Son souffle était irrégulier, et sur son front était apparu un hématome qu'il n'avait pas remarqué un peu plus tôt, preuve qu'elle avait également été heurtée à la tête lorsqu'elle était dans l'eau.

— Non, Jwan… tu dois vivre… pour nous deux, murmura Val'Aka, une larme sillonnant sa joue couverte du sang de ses ennemis. Tu dois vivre ! cria-t-il derechef, en l'emportant dans ses bras vers l'extérieur où l'irritante fumée d'un incendie le saisit brutalement à la gorge.

Jetant un coup d'œil vers le sentier menant à *Hanakotoba*, il réalisa que celui-ci n'était plus qu'une allée de magma épais et visqueux d'où s'échappaient de longs filets de lave liquide.

Malgré la souffrance, il s'élança sur un autre chemin qui avait été épargné et conduisait vers la baie, où il espérait apercevoir la jonque. Il sauta par-dessus d'immenses crevasses d'où fusaient des fumerolles de vapeur et courut encore et encore. De-ci de-là, tombaient des bombes incendiaires de plus ou moins grande taille et le décor autour de lui n'était plus qu'apocalypse. C'était une nuit de feu en pleine journée, avec une pluie ininterrompue de cendre et de braise. Une nuée ardente avait même ravagé la partie ouest du versant de la montagne, au pied de laquelle se trouvait la baie.

— Non, s'il vous plaît, dieux des Origines ! Ne laissez pas votre enfant mourir ainsi ! Pas ici, pas maintenant !

Il bondit par-dessus un massif de végétation en flammes, faillit perdre l'équilibre, mais serra les dents. Il se récupéra plus loin tout en plaquant la jeune femme au plus près de son cœur, et poursuivit sa course. Enfin, il arriva dans la baie protégée par une crique et crut pleurer de joie : la jonque était bel et bien là, amarrée à un ponton qui commençait à prendre feu.

Val'Aka s'élança dans sa direction, sauta dans l'embarcation, y déposa la princesse, et saisit une machette pour couper le cordage qui maintenait le petit bateau japonais à l'embarcadère. La seconde suivante, tanguant de plus en plus sur ses jambes, il alla hisser la voile et attendit avec espoir de voir l'esquif avancer… mais rien ne se passa. Il n'y avait aucun vent et les braises tombant du ciel risquaient à tout moment de mettre le feu au tissu.

— Non, non, non, marmonna-t-il à bout de

souffle, en tombant à genoux auprès de Jwan.

Il se pencha et posa ses lèvres sur les siennes, si douces, si chaudes, alors que lui, malgré l'enfer qui se déchaînait autour d'eux, avait si froid !

— Val'Aka, murmura-t-elle soudain en revenant à elle.

Extrêmement faible, elle regarda autour d'elle d'un air désorienté, avant d'apercevoir son torse ensanglanté.

— Tu… es… blessé…

Elle essaya de se redresser, les traits de son beau visage marqués par la souffrance comme l'effroi, mais il l'en empêcha en la maintenant d'une main.

— Tout va bien, mon amour. Tu es en sécurité et bientôt, nous serons loin de cet enfer, chuchota-t-il pour la rassurer. Je t'aime, Jwan, pour l'éternité.

— Je t'aime… Val'Aka, souffla-t-elle aussi, avant de perdre à nouveau connaissance.

Il n'existait plus qu'une ultime solution pour qu'au moins l'un d'eux puisse avoir une chance de vivre, et le jeune homme passa à l'action avant de ne plus en avoir la force. Il se laissa tomber dans l'océan, revint à la surface en toussant, et se mit à nager en tractant la jonque à l'aide d'un cordage de chanvre. Chaque centimètre de pris était un pas vers la victoire, vers la vie… et il en gagna encore d'autres, jusqu'à ce qu'il sente le navire avancer tout seul, sa voile se gorgeant d'une brise venant du large et tourbillonnant dans la crique pour en ressortir.

La jonque distança peu à peu le jeune homme, qui ne trouva pas l'énergie de se raccrocher à la corde. Il sourit de tristesse, mais aussi de bonheur, car il savait que sa princesse, sa *sweety*, serait certainement sauvée par ses amis, les samouraïs du *Sensei*. Puis il se laissa porter par le courant qui le mena sur la rive de la baie où, dans un dernier hommage à sa belle, il se métamorphosa en loup.

Chapitre 34

L'aide

Les Croz et leurs amis avaient été moralement anéantis en constatant qu'au loin, le volcan de *Miyakejima* était entré en éruption, surtout sachant que Val'Aka comme Jwan s'y trouvaient. Ils décidèrent d'agir avec d'autant plus de célérité que les trois enfants des dieux présents, Keir, Dorian et Ardör étaient à nouveau en pleine possession de leurs pouvoirs magiques.

Bon… le Naohïm avait récupéré les siens avant ses deux acolytes, et il était aussi le principal responsable du cataclysme qui se déchaînait en cet instant sur *Miyakejima*. Mais il voulait farouchement faire amende honorable, et tout tenter pour sauver le jeune couple avant qu'il ne soit trop tard. Jaouen trépignait également d'impatience en suivant les magiciens vers la crique où se trouvait l'*Ar Sorserez,* toujours en carénage ; libéré de la force invisible qui l'avait empêché de s'exprimer, le druide était devenu un véritable moulin à paroles.

Et puis, c'était sans compter sur ces dames...

— Non ! Vous restez toutes ici ! ordonna Kalaan alors qu'il était talonné par Isabelle, Virginie, Eilidh, Amélie et même Akiha.

Cette dernière se disputait aussi avec son frère, et cette fois tout le monde les comprenait grâce à un sort de traduction jeté par Ardör.

— Il suffit, mon fils ! gronda Amélie en faisant des yeux noirs à Kalaan. Nous avons le droit de décider par nous-mêmes de ce que nous avons à faire !

— Pas dès que l'on pose les pieds sur mon bateau ! Sur le pont, c'est *MOI* le maître à bord !

— Le maître des emmerdeurs, oui ! grommela Isabelle pour n'être entendue que de ses amies et de sa mère.

Celles-ci s'esclaffent sauf la digne Amélie, qui la fusilla également du regard.

— Où sont passées vos bonnes manières, jeune fille ? la houspilla-t-elle.

Si tu savais, maman... songea in petto la benjamine des Croz, en serrant les lèvres pour que les mots ne s'échappent pas de sa bouche.

— Nous devons agir ! Un tsunami provoqué par l'éruption du volcan va arriver ! Nous devons tous quitter cette plage avant la vague ! intervint Akirō de son ton toujours saccadé, penchant la tête en avant à chaque fin de phrase.

Cela déclencha une sorte de mimétisme chez les autres, qui firent le même mouvement pendant que le samouraï parlait. Indifférent au comique de la situation, ce fut Ardör qui trancha :

— Isabelle, avec nous, P'tit Loïk, Keir, Dorian, Jaouen et Akirō aussi ! Les autres, déguerpissez vers le haut plateau si vous ne souhaitez pas vous faire tremper les pieds, ou servir de dessert aux crabes. Et vous, messieurs... et ma douce, en route ! Enfin... je voulais dire, en navigation !

— Quel malotru ! s'étouffa Amélie, peu habituée aux frasques du Naohïm.

— Ce n'est qu'un très très très vieil homme, Madame ! intervint Clovis en lui prenant le coude et en la guidant vers le sentier qui les conduirait vers le sommet des falaises. Il n'a de connaissance et de culture que ce que les néandertaliens lui ont appris ! ajouta-t-il, lui-même éminemment vexé de ne pouvoir accompagner les « élites ».

Les yeux d'Ardör s'illuminèrent de reflets rougeâtres et le majordome se mit à courir, entraînant derrière lui la douairière des Croz ; l'immortel s'esclaffa alors, content de lui avoir joué un mauvais tour.

— Et maintenant ? Que faisons-nous ? demanda Kalaan très sérieux, tandis que le petit groupe se trouvait à deux pas de la gigantesque coque de l'*Ar Sorserez*.

Cette dernière était toujours placée sur de

nombreux rondins de bois et de longs câbles la maintenaient pour qu'elle ne glisse pas dans l'océan. Sur le côté, pendait une interminable échelle de cordée qui avait servi à l'équipage pour monter à bord et faire les réparations, comme l'entretien du navire.

Des marins ? Sauf P'tit Loïk (aussi proche de Jwan qu'un père), Ardör n'en avait voulu aucun, pas même en cet instant sur la plage où leur présence à tous aurait pourtant été nécessaire rien que pour sectionner les câbles ! Ce que Kalaan ne se gêna pas de lui faire remarquer !

— Mon cher ami, lui retourna le Naohïm en levant un sourcil amusé. As-tu oublié à qui tu as affaire ?

— Oh, que non ! Je ne m'en souviens que trop bien ! s'écria le corsaire, la mine sombre, tout en se demandant quelle autre calamité allait s'abattre sur eux.

Car quand les enfants des dieux étaient dans les parages – à l'instar de leurs célestes ancêtres –... il était plus que temps de prier ! Certes, leurs pouvoirs étaient phénoménaux, mais le jeune homme ne comptait plus le nombre de fois où tout avait capoté... comme avec l'éruption du volcan, par exemple. Et à ce souvenir, toute la peur qu'il éprouvait pour ce frère qu'il n'avait pas eu l'occasion de réellement connaître, ainsi que pour la fabuleuse princesse de Pount, lui revint à l'esprit.

— Alors montons à bord, et laissons la magie opérer ! lança-t-il fanfaron, pour masquer la tension qui l'habitait.

Ce fut chose faite en moins de temps qu'il n'en faut pour le dire et chacun choisit sa place sur l'immense navire. Jaouen, Akirō, Dorian, Keir et Isabelle, privilégièrent la proue, tandis que Kalaan, P'tit Loïk, et le Naohïm grimpaient sur le pont arrière, près de la barre.

— Je n'aurais pas choisi pire emplacement que votre sœur et vos amis ! se moqua l'immortel.

— Ah bon ? s'étonna Kalaan de concert avec son second, avant que tous deux ne poussent un cri de surprise et s'accrochent par réflexe aux poignées de la barre.

D'un claquement de doigts, Ardör avait en effet libéré les câbles de retenue, et la coque de la frégate se mit à glisser sur les rondins à toute vitesse.

— *Diaoul*[47] ! L'va nous tuer ! hurla P'tit Loïk pour ensuite se remettre à brailler, faisant méchamment trembler sa luette.

L'étrave du bateau heurta de plein fouet l'océan, piqua durement du nez dans une longue plainte, avant de se soulever dans les airs comme pour s'envoler et retrouver une assiette stable à la navigation... enfin, presque !

— Bon sang, Ardör ! Es-tu obligé de détruire mon navire à peine réparé pour arriver plus vite ? tempêta Kalaan qui se cramponnait toujours de toutes ses forces.

---
47 *Diaoul* : Diable en breton.

Loin devant eux, depuis la proue, des insultes et d'autres cris de protestation fusèrent, émanant de Keir, Akirō, Jaouen, Isabelle, et Dorian, totalement trempés et s'accrochant à ce qu'ils pouvaient pour ne pas glisser et chuter sur les ponts. Pendant ce temps, la magnifique frégate, voiles repliées, avançait désormais à toute allure et par magie... juste au-dessus des flots !

Bientôt, arrivèrent sur eux les vagues du tsunami annoncé par le samouraï, mais ils purent les franchir grâce à un simple couloir liquide créé de toute urgence par Dorian.

— Il est bien, ce petit ! lança Ardör en posant un regard paternaliste sur le Saint Clare, s'attirant ainsi des mimiques ahuries de la part de Kalaan et P'tit Loïk.

Cet immortel n'avait donc jamais peur ? N'éprouvait-il que plaisir à traverser ce genre de calamité ? Les deux hommes en étaient estomaqués ! Ils s'accrochèrent ensuite de plus belle quand l'infernal Naohïm accéléra encore la vitesse, mais les traits de ce dernier s'assombrirent quand il découvrit le cataclysme en cours au loin, sur l'île où se trouvaient Val'Aka et Jwan. En fin de compte, non... cela ne l'amusait pas du tout !

Les minutes suivantes, plus personne ne pipa mot sur la frégate, tous avaient les yeux rivés sur *Miyakejima*... enfin, sur ce que cet endroit était devenu : un véritable enfer. Loin au-dessus de l'île, l'immense nuage s'était transformé en nuée. Tout d'abord d'un blanc presque miroitant, celle-ci s'était rapidement chargée de gris, noir, beige et même violacé. Les bords du gigantesque champignon qu'elle formait s'affaissèrent, tels des rideaux alourdis de poussière et de braise, et retombèrent à des kilomètres à la ronde autour de l'épicentre du volcan.

La cendre chaude... était déjà partout, et Keir lança un sort de protection pour qu'elle ne les atteigne pas. Les risques de s'étouffer en la respirant ou de se brûler à son contact étaient trop importants, sans compter les dégâts qu'elle aurait pu causer sur la frégate à cause de son poids en s'y accumulant. Néanmoins, ils subirent de plein fouet la hausse de la température, qui s'éleva encore au fur et à mesure qu'ils approchaient.

— *O, ma Doue*[48]... murmura soudain P'tit Loïk, de lourdes larmes s'échappant de ses yeux. Croyez-vous qu'la gamine puisse survivre à c'te fournaise ? Et vot' frère ?

Kalaan déglutit fortement, serrant les dents pour ne pas verser une larme lui aussi. Il avait le ventre noué d'inquiétude, mais il devait garder la tête haute pour que tous conservent un espoir.

— Oui ! Ce sont des battants ! On les sauvera ! assura-t-il donc d'une voix forte, Ardör opinant du chef auprès de lui.

---

48 *O, ma Doue* : Oh, mon Dieu, en breton.

À la proue, le reste de la troupe fouillait des yeux les contours de l'île dont ils se rapprochaient, à la recherche d'un signe de vie humaine. De nombreux animaux couraient sur les rives, essayant de s'échapper par tous les moyens, et Isabelle en pleura de tristesse.

— Dorian ? Pouvons-nous en sauver quelques-uns ? Après tout, avec ce bateau complètement vide... nous pourrions imiter Noé et son arche, non ?

Le jeune homme ne sut quoi lui répondre, et jeta un regard interrogateur sur Akirō, puis vers son cousin qui acquiesça vivement :

— *Aye ! Dèanamaid e !*[49] On pourrait en mettre dans la cale, mais il faudrait les endormir pour les calmer ! Sinon, on est bons pour avoir d'autres trous dans la coque ! Et Kalaan nous tuerait !

— Justement, agissons alors de manière à ce qu'il ne l'apprenne pas... pas tout de suite en tous les cas !

C'est ainsi que la cale fut peu à peu remplie de nouveaux passagers clandestins. Mais il y avait fort à parier que quand le corsaire les découvrirait... certains enfants des dieux auraient maille à partir avec lui. Pensée qui réussit à dérider Jaouen, avant que son visage parcheminé ne se ferme de nouveau et que son regard se remette à fouiller, avec une anxiété grandissante, le pourtour de l'île.

---

49 *Aye ! Dèanamaid e ! : Oui ! Faisons-le, en gaélique écossais.*

De son côté, Akirō ferma la bouche et chercha également ses amis des yeux. Il aurait pu dire que ces animaux allaient bientôt renaître, et qu'il n'était pas nécessaire de les charger à bord... mais bon, si cela pouvait améliorer le moral de la jeune dame, pourquoi les prévenir ?

D'autres explosions plus importantes se firent entendre, et des colonnes de feu fusèrent dans la nuée au-dessus du volcan, expulsant d'innombrables bombes de roches incandescentes. C'est là qu'intervint le vieux druide, à l'aide des Mots du pouvoir : il se mit à réciter en continu des mélopées dans une langue inconnue, créant ainsi un bouclier protecteur tout autour de la frégate. Les impacts furent terribles, mais grâce au dôme invisible, personne ne fut blessé.

Dans cette partie de l'océan, alors que partout ailleurs brillait un beau soleil dans un ciel d'un bleu immaculé, régnait une nuit rougeoyante illuminée par des éclairs, des coulées de lave, et l'incendie qui ravageait l'ancien paradis à la végétation luxuriante.

— Bon sang ! jura Isabelle au comble du chagrin et à bout de nerfs. Jwan, Val'Aka, montrez-vous, je vous en supplie, faites-nous un signe !

Elle ne voulait pas se résoudre à leur mort !

— Là, la jonque de secours ! clama soudain Akirō en pointant le doigt vers une petite embarcation qui avançait très lentement au sortir d'une crique.

— Âme à bord ! rugit de loin Ardör, ce que purent confirmer Dorian et Keir, en détectant la forme d'une personne au travers du bois, grâce à leur vision magique.

Dorian, à l'aide d'un sort, attira vers eux le petit bateau et Kalaan, avec le concours du samouraï, jeta une échelle de cordée quand l'esquif toucha presque l'*Ar Sorserez*.

— C'est Jwan ! cria-t-il après avoir descendu l'échelle et sauté dans la jonque, et avoir placer précautionneusement le corps de la princesse sur son épaule avant de remonter.

Durant ce temps, les enfants des dieux et le vieux druide avaient redoublé d'énergie magique pour maintenir la frégate hors de portée des nombreux dangers liés au volcan et à son éruption. Quand Kalaan arriva au niveau du bastingage, Akirō prit le relais en soulevant la jeune femme dans ses bras puis il l'allongea doucement sur le pont.

— Elle respire ! lança le samouraï à la cantonade, avant de se redresser et de chercher quelque chose au loin.

Tous furent extrêmement heureux de retrouver la princesse de Pount, même si elle paraissait en piteux état et semblait gravement blessée à la jambe. Keir se dépêcha de lui insuffler quelques forces vitales pour l'inciter à revenir à elle :

— Où… sommes-nous ? souffla-t-elle d'une voix

éraillée, ouvrant difficilement les paupières.

— Tu es sur l'*Ar Sorserez*, lui répondit doucement Isabelle en lui prenant la main et en la serrant tendrement.

Elle ne put s'empêcher de pleurer plus encore, partagée entre la joie de revoir son amie et la tristesse de ne pas avoir retrouvé son frère.

— Val'Aka ? Où… est… ? s'inquiéta brusquement Jwan.

Kalaan ferma les paupières de souffrance et P'tit Loïk détourna les yeux pour masquer son chagrin.

— Il… il était… avec moi… blessé...

À ce moment-là, au loin, un long et puissant cri de loup les interpella tous, et fit violemment sursauter Jwan, tandis que de son côté, Akirō serrait fortement les bords du garde-corps et baissait la tête pour prier. Lui, il savait...

— Non ! Non ! se mit à hurler la princesse, en trouvant la force de se redresser et de s'accrocher au bastingage. Val'Aka !

Le grand et magnifique loup gris les contemplait depuis les hauteurs de la crique, tandis qu'une gigantesque vague incendiaire déferlait à toute vitesse derrière lui. Il poussa encore un dernier et long cri d'adieu, et avant qu'un seul enfant des dieux ne puisse avoir le temps d'intervenir… il disparut dans la nuée rougeoyante qui se répandit ensuite dans l'océan.

Chapitre 35

Le début d'un autre cycle

La frégate *Ar Sorserez* voguait avec célérité vers l'île de *Mikurajima*, la volonté de son capitaine ainsi que de son second, P'tit Loïk, étant de distancer la pluie de cendre, de braise, et de bombes volcaniques qui ne semblait jamais vouloir cesser. À eux deux, ils maintenaient vaillamment la barre droite pour ne pas virer à tout instant, et coucher le navire sur le flanc.

De leur côté, les magiciens de sang et le druide Jaouen, usaient de tous les sortilèges et charmes en leur pouvoir pour donner à tous une chance de sortir de cet enfer. Mais rien ne semblait y faire, le groupe et le navire étaient toujours à la merci de la catastrophe. Même l'exceptionnel Ardör paraissait dépassé et jetait de fréquents regards inquiets par-dessus son épaule, puis en direction du ciel.

Ce dernier était littéralement scindé en deux, de même que l'océan : d'un côté il y avait une nuit rougeoyante, des éclairs et l'anéantissement de tout, de l'autre une lumière céleste, une plaine liquide d'un bleu azuré et la survie. C'était comme se retrouver au pied d'un gigantesque arcus[50], mais en nettement plus mortifère. De fait, même en avançant rapidement grâce à la magie, la frégate se situait continuellement à la frontière séparant ces deux « mondes ».

Si tous en avaient une conscience extrêmement aiguë, ce n'était pas le cas de Jwan à qui le Naohïm avait prodigué quelques soins de base avant de fuir les côtes de *Miyakejima*. La belle princesse de Pount, assise dos au bastingage, n'était plus que l'ombre d'elle-même, une véritable poupée de chiffon qui s'abandonnait aux phénoménaux ballotements du navire. Si Akirō et Isabelle, installés de part et d'autre d'elle, ne l'avaient pas soutenue en arrimant leurs corps à des cordages, elle serait certainement passée par-dessus bord depuis longtemps.

Mais quelle importance pour Elle ? Elle ne ressentait plus rien, ni chaleur ni amour, et encore moins de frayeur. Tout ce qu'elle avait été un jour avait disparu dans le trou noir qui avait remplacé son esprit. En assistant à la terrible mort de Val'Aka, quelque chose

---

[50] *Arcus : Type de nuage bas sous un orage, ayant la forme d'un rouleau ou d'un arc allongé sur un plan horizontal, d'un aspect très menaçant, de couleur sombre (gris ou bleu foncé) et de dimensions imposantes (généralement plusieurs kilomètres de long).*

s'était brisé en elle... pour l'anéantir totalement.

— Palsambleu ! jura Isabelle tandis que le navire se soulevait encore une fois – ainsi que son estomac –, avant de replonger et de recouvrer de la vitesse. J'ai l'impression que nous n'arriverons jamais à sortir de ce cauchemar !

— *Iie*[51] ! C'est bientôt fini ! lui répondit avec assurance Akirō, prenant la parole pour la première fois depuis qu'ils avaient quitté les côtes ravagées.

— Fini ? Dans le sens de... nous allons tous périr ? bégaya Isabelle.

La fine poussière de cendre qui était parvenue à gagner le navire avait sali son visage, sur lequel des larmes avaient dessiné de longues lignes claires.

— Le souffle du dragon arrive à sa fin. D'un instant à l'autre, le prochain cycle du *Sensei* va commencer !

À peine le samouraï avait-il terminé sa phrase que le gigantesque arcus de noirceur et de flammes se volatilisa brusquement, et qu'un pesant silence le remplaça. À force d'avoir dû subir la violente torture auditive due aux divers bruits émanant de l'éruption, ainsi que ceux des déflagrations continues résultant des explosions de lave, tous trouvèrent ce silence assourdissant ! Isabelle ouvrit de grands yeux hébétés, se libéra des cordages qui la retenaient au bastingage, et se

---

51 *Iie : Non, en japonais romaji.*

leva en titubant pour regarder autour d'elle.

Tous firent de même, à part Akirō qui s'était lentement agenouillé auprès de Jwan, et avait saisi ses mains tout en lui parlant doucement. Mais elle ne répondait pas, ne donnait aucun signe de vie, ses magnifiques prunelles vertes figées sur le vide, sans un seul battement de paupières. Du moins respirait-elle, comme le prouvait sa chemise d'homme en haillons qui se soulevait régulièrement sur sa poitrine menue.

Devant ce miracle – et ignorant tout de l'état aphasique de Jwan –, Dorian s'élança vers Isabelle et la prit dans ses bras avec fougue, l'embrassant et la faisant ensuite tournoyer dans les airs. Ils étaient heureux d'être sains et saufs, d'être ensemble, et n'avaient aucune honte à le montrer après avoir vécu de tels moments de frayeur. Puis les souvenirs revinrent… notamment l'image de ce splendide et gigantesque loup gris que tout le monde avait vu et entendu, avant qu'il ne disparaisse sous une nuée ardente.

— Ce loup… je suis sincèrement désolé… mais c'était Val'Aka ! affirma tristement le druide Jaouen comme s'il avait suivi leurs pensées, et tandis que tous se rassemblaient sur le pont.

— Non… souffla Isabelle, avant d'enfouir sa figure contre le large torse de Dorian et de pleurer, le corps agité de violents tremblements.

Kalaan déglutit plusieurs fois, secoua la tête en

baissant le visage, puis le releva pour river son regard ambré et voilé de chagrin sur Jaouen.

— En es-tu certain ?

— Oui, chuchota son vieil ami. Toutes mes condoléances, mes enfants.

— Tu te trompes, Jaouen ! riposta le corsaire qui ne voulait y croire. Val'Aka était un lycanthrope, un monstre, un mélange d'homme et de loup ! Ce n'est pas ce que nous avons tous vu sur les hauteurs de cette crique !

— C'était bel et bien un métamorphe que nous avons aperçu ! trancha Ardör.

Sa voix rocailleuse était dure, mais néanmoins chargée d'affection.

— Je l'affirme avec certitude, en étant un moi-même, poursuivit l'immortel. Ton frère, je ne sais comment, a réussi à convertir une malédiction en don divin ! Mais je tiens à vous le dire, si la nuée ardente ne l'avait pas emporté, il serait de toute façon mort de sa blessure.

— Une blessure ? De quoi qu'vous parlez ? intervint P'tit Loïk.

— Quelqu'un a fait feu sur lui avec une arme de guerre ! La balle était logée entre ses côtes, mais n'a pas touché d'organe vital, ce qui lui a certainement donné le temps de sauver Jwan. Cependant il avait perdu trop de sang et était sur le point de succomber.

Jwan entendit des voix... Le nom de Val'Aka éveilla une étincelle de vie en elle. Quelqu'un lui saisissait la main, lui transmettait sa chaleur, mais ce n'était pas *lui*, ce ne pouvait plus l'être... puisqu'il était mort.

Alors elle hoqueta en écarquillant les yeux, comme un noyé l'aurait fait après avoir recraché l'eau de ses poumons et en reprenant brusquement son air.

Alors elle hurla, comme si soudain on lui avait arraché le cœur.

Alors elle reprit brutalement conscience de tout ce qui se passait autour d'elle et de tout ce que son esprit cherchait à fuir pour la préserver de la douleur : son âme sœur n'était plus... mais elle, elle respirait encore !

Comme au ralenti, elle commença à se débattre pour se libérer de la main d'Akirō ainsi que des cordages qui s'enroulaient autour d'elle tels des boas constrictors. Elle se mit à étouffer tandis qu'un nouveau cri se bloquait dans sa gorge, un cri si puissant qu'il allait réellement la briser.

Il... n'était plus !

Et elle hurla de nouveau tandis que d'autres mains tentaient de la saisir, et que sous le coup d'une force insensée, elle réussissait à toutes les repousser. Elle ne savait plus pourquoi elle était là, pourquoi elle combattait, pourquoi tant de souffrance...

Il... n'était plus !

Une brume argentée se déploya alors tout autour d'elle, la souleva dans les airs avec douceur. À son contact, elle sentit son corps se détendre et son esprit se calmer. Une langue ancienne, surpuissante, puisque celle des dieux, perça peu à peu les voiles horrifiques qui emprisonnaient sa conscience. Un souffle lui dit d'espérer, un autre de croire, tandis qu'un dernier lui chuchotait : *Endors-toi*. Et la princesse tomba dans un profond sommeil au moment même où la brume argentée la reposait lentement sur le pont et que ses amis accouraient auprès d'elle.

Ardör retrouva son apparence humaine après avoir pris soin de Jwan. En l'emportant dans la brume de sa magie, il l'avait guérie de sa vilaine plaie à la jambe comme de sa blessure au front, puis avait figé ses pensées, pour qu'elle ne sombre pas dans la folie. Perdre une âme sœur, un prédestiné, pouvait pousser certains antiques androgynes à devenir des morts vivants. Pas des zombies ou des goules, loin de là... mais des êtres complètement amorphes, jusqu'à la fin de leur existence.

— Qu'as-tu fait ? s'enquit Dorian en s'approchant du Naohïm et en contemplant Jwan avec inquiétude, alors que celle-ci semblait dormir paisiblement.

— Je l'ai totalement guérie de ses blessures et j'ai empêché son esprit de basculer dans l'abysse du chaos.

— Les voilà ! héla soudain le guerrier japonais en pointant du doigt plusieurs jonques en provenance de

Mikurajima. Maintenant, nous pouvons rentrer sur *Miyakejima* !

Était-il devenu fou ? C'est certainement ce que durent se dire Kalaan, Isabelle, comme P'tit Loïk ! Cependant Dorian, Keir et Ardör se lançaient un regard étrangement entendu ; oui, il était plus que temps de rencontrer ce *Sensei*, ce dieu pour qui ils avaient perdu un frère, un ami, un samouraï... une âme sœur.

— Je prends les commandes ! jeta d'office l'immortel en disparaissant d'un coup du pont pour se rematérialiser sur le gaillard arrière, avant de tourner l'immense barre jusqu'à ce que l'*Ar Sorserez* se place en direction du nord... vers une somptueuse île verdoyante désormais visible de tous.

Miyakejima avait ressuscité ! Son monstrueux volcan n'était plus qu'une sculpturale montagne endormie, couverte d'arbres plusieurs fois séculaires, en contrebas de laquelle apparaissaient de magnifiques cascades argentées.

— Ce n'est pas vrai... souffla Isabelle en se pinçant le bras pour être certaine de ne pas rêver. Est-ce que... quelqu'un pourrait m'expliquer... ce qu'il se passe ?

À ce moment-là, un terrible bruit de cavalcade se fit entendre sous leurs pieds, ainsi que des coups sourds, le tout suivi du cri de plusieurs animaux...

— Oups ! fit soudain Keir.

— Comment ça… *oups* ? demanda Kalaan d'une voix hargneuse.

— On te racontera tout dès qu'on sera parvenus sur l'île ! lança Dorian en souriant en coin. En attendant, ne descends pas !

— On va bien voir ce qui pourrait m'en empêcher ! vociféra le corsaire qui se dirigeait déjà vers la trappe menant à la cale.

Il la souleva, et d'un coup plusieurs lapins lui sautèrent dessus, le faisant tomber à la renverse de surprise. Arrivèrent ensuite des singes, puis des cerfs… et ce fut la zizanie. Isabelle et Akirō, aidés de P'tit Loïk, se dépêchèrent d'emporter Jwan dans une cabine, tandis que Jaouen montait dans les cordages pour s'abriter de la faune… et de la fureur de Kalaan.

Chapitre 36

Sensei... votre fils n'est plus

Jwan se réveilla peu à peu et ouvrit les yeux en battant des cils. Elle reconnut rapidement l'endroit où elle se trouvait allongée rien qu'en contemplant le plafond en bois : la cabine de la frégate qu'elle avait partagée avec Virginie et Isabelle en arrivant... près des côtes du Japon.

— Comment te sens-tu ? s'enquit soudain cette dernière, la faisant sursauter.

— Isabelle... ? souffla-t-elle d'une voix éraillée en soulevant la tête pour apercevoir son amie, alors que celle-ci se levait de sa chaise pour s'asseoir près d'elle sur la couchette.

— Oui, ma belle, je suis là ! Et je suis très heureuse que tu reviennes enfin à toi après plus de sept jours d'inertie... même si tu as une mine à faire peur ! essaya de plaisanter la jeune femme avec un pauvre sourire.

— Je peux... te retourner... le compliment, tu as des cernes... horribles, murmura Jwan, la bouche pâteuse. De l'eau, s'il te plaît.

La benjamine des Croz se dépêcha d'aller lui chercher un gobelet et l'aida à boire quelques gorgées.

— Là, doucement ! Pas trop d'un coup ! la prévint-elle d'un ton maternel et en lui retirant le verre.

— Merci... marmonna la princesse en fermant les paupières, comme si elle éprouvait une soudaine et brusque souffrance. Il... je suis désolée, Isabelle, mais... il est mort.

De lourdes larmes s'échappèrent au coin de ses yeux avant qu'elle ne les ouvre à nouveau pour les plonger dans ceux de son amie, qui était visiblement aussi ravagée qu'elle.

— Oui, oui... je le sais ! s'écria douloureusement cette dernière pour ensuite se jeter dans ses bras.

Toutes deux sanglotèrent longuement l'une contre l'autre, cherchant appui et chaleur dans leur étreinte. Peu à peu elles s'apaisèrent, retrouvèrent une respiration plus ou moins régulière et se laissèrent bercer par les mouvements de la frégate comme par les bruits de la vie sur les ponts et dans les couloirs.

— Peux-tu me parler de lui ? De ce qui s'est passé ?

Jwan comprit qu'Isabelle en avait tout autant

besoin qu'elle, et elle se mit à lui raconter sa rencontre avec Val'Aka et tout ce qui s'était déroulé ensuite, y compris l'histoire du métamorphe, la force de caractère qu'avait eue son frère, et le récit des prédestinés, qui fit sursauter la benjamine des Croz car elle se rendit compte qu'elle et Dorian étaient également les réincarnations d'antiques androgynes.

— Nous avons aimé Val'Aka et l'aimerons toujours... ma sœur, murmura Isabelle avec émotion et en serrant fortement la main froide de Jwan.

— *Ma sœur...* oui, tu l'es aussi pour moi, chuchota celle-ci à son tour.

Soudain, quelqu'un frappa doucement à la porte, et la voix de Virginie se fit entendre :

— Tout va bien ?

Isabelle passa vivement les doigts sous ses yeux pour effacer ses pleurs et sauta de la couchette pour ouvrir. Virginie n'était en fait pas seule, car Amélie et Eilidh l'accompagnaient.

— Oui ! Entrez donc, s'il vous plaît !

Les retrouvailles furent chaleureuses et emplies de tendresse, toutes se réconfortant mutuellement ; bientôt, ses amies proposèrent à Jwan de faire un brin de toilette pour ensuite aller manger et marcher un peu sur le pont. La princesse se plia à leur volonté pour ne pas les froisser, mais elle aurait bien replongé dans un sommeil profond afin de ne plus avoir à supporter l'effroyable vide provoqué en elle par la perte de Val'Aka. Néanmoins, pour Isabelle et Kalaan qui avaient également perdu un frère, elle devait se montrer forte, quitte à faire semblant !

Elle alla donc faire sa toilette, et se vêtit de nouveaux habits d'homme que Virginie avait soustraits dans la cabine de son corsaire de mari, puis rejoignit Eilidh qui l'attendait dans le couloir, et la précéda jusqu'au carré des officiers pour manger. Jwan grignota un fruit du bout des lèvres et se leva pour regarder dehors au travers des larges vitres rectangulaires de la dunette arrière. Elle ne vit que l'immensité de l'océan… ou la mer ? Depuis quand avaient-ils entrepris le voyage de retour vers la France ?

— Combien de temps nous reste-t-il à naviguer ? s'enquit-elle en pivotant vers les dames attablées, et qui demeurèrent bouche bée en l'entendant.

— Mais… Isabelle ne vous a rien dit ? bégaya Amélie avant de jeter un regard ennuyé sur sa fille.

— Qu'aurait-elle dû me dire ? s'étonna Jwan.

— Très chère, nous ne sommes pas en route vers la France, et encore moins l'Écosse ! reprit Amélie. Nous sommes actuellement ancrés devant la petite crique de *Miyakejima* !

Jwan en éprouva un terrible choc : la frégate était donc toujours au Japon… et à quelques mètres seulement du lieu où Val'Aka avait péri ! Sous l'emprise de l'émotion, elle tangua légèrement sur ses pieds, mais parvint à ne pas chuter en saisissant le haut dossier d'une chaise.

— Jwan ? s'inquiéta Virginie en s'élançant vers elle, tandis qu'Isabelle houspillait sa mère avec des mots de son cru, et qu'Eilidh, épuisée, cachait son visage derrière ses mains.

— Suffit ! intervint Amélie d'une voix ferme. Je suggère que nous allions enfin prendre l'air, et que nous rejoignions cette île ! Nos amis japonais devaient nous donner l'autorisation pour ça, mais j'en ai soupé d'attendre leur bon vouloir !

— Pour une fois, bien dis, Mère ! approuva Isabelle en se levant et en se dirigeant droit vers la porte pour sortir du carré.

À leur bruyante arrivée sur le pont supérieur – Jwan fermant la marche –, tous les marins cessèrent de travailler, figés à la vue de cette petite garnison de farouches donzelles envahissant les lieux comme si elles partaient en guerre. C'était peut-être le cas !

— Mettez-nous un canot à la mer, *et qu'ça saute* ! ordonna Amélie les poings sur les hanches.

Kalaan, qui se trouvait sur le gaillard arrière, allait intervenir quand Ardör, un sourire aux lèvres, le retint par le bras avant de murmurer :

— Laisse-les faire. Vous aussi, Keir et Dorian ! Débrouillez-vous plutôt afin qu'il y ait une autre chaloupe pour nous !

— Bonne idée ! lança Dorian en descendant les marches vers le pont pour héler P'tit Loïk.

— *Mu dheireadh ! Bidh e dhuinn gluasad !*[52] clama Keir Saint Clare en se frappant fortement le torse de ses mains.

Apparemment, les hommes étaient tout aussi impatients de quitter le bateau que les dames ! Et c'est ainsi que deux chaloupes, au lieu d'une, arrivèrent dans la baie de l'île à quelques minutes d'intervalle et que tous se rejoignirent sur la rive de sable blanc. Et cette fois, il n'y avait pas que les « élites » du groupe, car Clovis – en plus de Jaouen – était là également en sus de la plupart des femmes qui avaient été écartées des autres missions périlleuses.

— Jwan ? Quelle direction devons-nous prendre ?

Un peu à l'écart de la compagnie, la princesse sursauta et porta son regard sur Kalaan qui venait de l'interpeller. En réalité, elle n'en savait rien, car la dernière fois qu'elle s'était trouvée ici, elle était inconsciente et était revenue à elle dans la jonque, alors que Val'Aka lui promettait qu'ils s'en sortiraient tous les deux...

— Il faut monter tout droit, murmura-t-elle sans conviction. Jusqu'au chemin menant au village

---

52 *Mu dheireadh ! Bidh e dhuinn gluasad !* : *Enfin ! Ça va bouger !* en gaélique écossais.

d'*Hanakotoba*.

Et la troupe se mit en route, s'enfonçant dans la dense végétation à la recherche de ce fameux sentier qu'ils mirent un temps fou à dénicher. Ils arrivèrent sur le plateau à une bonne dizaine de mètres des cascades argentées, et Jwan leur indiqua l'immense *torii* en bois laqué de rouge :

— Il faut passer par là !

Alors que tous avançaient en admirant la beauté des lieux ou en écoutant Jaouen raconter l'histoire des *torii* (cet homme avait une incroyable culture de naissance), Jwan resta un peu en arrière, son triste regard rivé en direction de la paroi rocheuse de la montagne où, dans l'autre cycle, s'était trouvée la prison de Val'Aka... qui avait désormais disparu. Comme si elle n'avait jamais existé.

— Jwan ? l'appela de loin Eilidh, et la princesse lui retourna un léger signe de la main pour lui signifier qu'elle l'avait entendue.

— J'arrive ! lança-t-elle tout de même pour que la dame du clan Saint Clare poursuive son chemin sans l'attendre.

La jeune femme avait besoin d'être seule. C'était comme si elle accomplissait un parcours du souvenir. Mais ce dernier était extrêmement douloureux pour elle. Car à part la disparition de la geôle... rien n'avait changé ! Elle retrouvait les mêmes arbres, fougères et buissons ; les cigales chantaient comme si l'enfer ne s'était pas déchaîné ici, et de nombreux animaux épiaient derrière les hautes herbes. Peut-être y avait-il parmi eux les anciens passagers clandestins que Kalaan avait eu un mal fou à débarquer ? Ce fut la seule chose qui réussit à la faire sourire faiblement. Tout était à l'identique de ce qu'elle avait connu et pourtant, tout lui semblait si différent... Car il n'était plus là !

Val'Aka n'allait pas apparaître au détour du chemin, ou après qu'elle eut passé le premier *torii*, ni même le suivant... comme elle l'espérait inconsciemment. Elle abandonna carrément cette folle idée en franchissant le dernier symbole de pierre à l'entrée d'*Hanakotoba* et s'arrêta en retenant son souffle.

Droit devant elle et jusqu'en haut de la rue principale, tous les villageois, comme de nombreux samouraïs, formaient une sorte de haie d'honneur et se courbaient au passage du groupe ébahi de cet accueil cérémonieux. Jwan avança à son tour, les larmes aux yeux en reconnaissant des enfants, des adultes, des anciens qu'elle avait fréquentés avant le cataclysme. Ils la saluèrent également à son passage et les femmes jetèrent à ses pieds nus (comme toujours) de magnifiques camélias rouges... la fleur de l'amoureux.

Ce n'était qu'une coïncidence, ils ne pouvaient pas être au courant de cette histoire entre elle et Val'Aka, mais elle en eut la respiration coupée et faillit s'écrouler sur le chemin… à bout de force.

— *Viens*… souffla dans sa tête la voix d'un enfant, qui lui parut étrangement familière et lui redonna un semblant d'énergie.

Elle poursuivit alors sa route et se retrouva bientôt derrière les frères Guivarch, P'tit Loïk et le reste de son groupe, tous très silencieux. Chacun d'eux se plaça à tour de rôle d'un côté ou de l'autre de la voie sablonneuse, pour lui former un passage vers les marches plates menant à l'arche végétale du *Sensei*.

Elle avança en baissant le visage, incapable de croiser les yeux du vieux dieu, qui devait certainement l'attendre devant l'entrée de sa grotte recouverte de vigne vierge.

Elle sentait le poids de son regard, et finit par redresser la tête comme les épaules en une attitude fière, affichant une mine impassible. Tout du moins, c'est ce qu'elle voulait lui montrer, avant qu'elle n'écarquille les yeux de surprise.

— Je suis heureux de te revoir, Jwan ! la salua un petit bonhomme d'une dizaine d'années à peine.

— *Sensei* ? souffla-t-elle.

— *Hai* ! Je sais… je suis différent, mais c'est bel et bien moi !

Différent ? C'était un euphémisme ! Même vêtu à la manière des samouraïs – l'habit d'un tissu blanc cassé cependant plutôt que sombre –, et avec son katana au pommeau couvert de runes à la ceinture... elle aurait vraiment pu douter que ce soit lui ! Mais cet enfant avait les prunelles uniques du *Sensei*, couleur améthyste, et ce point-là était indubitable.

— Rappelle-toi, princesse, un nouveau cycle débute. Nous avons dû vous faire patienter sur le bateau quelques jours pour que je puisse me présenter devant vous tel que que vous me voyez en ce moment... car il y a deux jours, je n'étais encore qu'un bébé. D'ailleurs, voici ma mère d'adoption pour ce cycle, et je tiens à tous vous remercier de l'avoir rapatriée sur l'île aussi rapidement pour s'occuper de moi ! lança-t-il en faisant un geste vers le rideau de vigne vierge qui s'écarta.

De l'intérieur de la grotte, apparut Akiha qui marcha à petits pas vers l'assemblée, avant de courber la tête pour saluer, puis la relever et sourire avec tendresse à Jwan. Celle-ci éprouva instantanément une immense joie de la revoir.

— Je veux maintenant vous présenter celui qui sera le nouveau chef *d'Hanakotoba* ! clama encore le jeune *Sensei*.

La princesse ne sut pourquoi, mais son corps se tendit soudain comme un arc, et une incroyable vague d'espoir naquit en elle, faisant follement battre son cœur. Une grande ombre se dessina dans la grotte, puis une silhouette imposante avança pour apparaître clairement sous la lumière tamisée de l'arche végétale.

— Akirō ! clama le céleste enfant alors que le samouraï, vêtu de sa tenue d'apparat et katana à la ceinture, se plaçait auprès de sa sœur pour également saluer l'assemblée ainsi que ses nouveaux amis occidentaux.

Jwan hocha lentement la tête de résignation, et baissa le visage en fermant les paupières. Elle était extrêmement heureuse pour Akiha et son frère… mais elle avait cru, l'espace d'un instant, en un rêve. Un rêve impossible. Elle entendit ce que le dieu lui disait ensuite, mais elle préféra reculer doucement, pas à pas, cherchant à se réfugier dans la foule, afin de muer en guépard et de s'élancer dans la nature pour disparaître à son tour.

— Je comprends ta souffrance, Jwan. J'avais fait de Val'Aka mon fils, et sa mort m'a été insupportable…

Ces paroles provoquèrent la surprise de tous (notamment d'Isabelle et Kalaan), et Jwan en profita pour se faufiler dans le dos de ses compagnons, puis défaire les boutons de sa chemise et dénouer sa ceinture. Elle écarta doucement les bras et ouvrit lentement les mains pour laisser la magie opérer dans son corps. C'est tout juste si elle perçut les derniers mots du dieu au moment où elle se métamorphosait en son animal totem.

— Ainsi… je l'ai ramené à la vie !

Sortant à son tour de l'ombre de la grotte, et s'avançant majestueusement sous l'arche végétale… apparut un gigantesque loup gris. Il fouilla la foule de son magnifique regard ambré, s'arrêta quelques secondes sur des silhouettes familières, avant de repérer derrière celles-ci le guépard qui paraissait vouloir fausser compagnie à l'assemblée. Il leva alors sa belle tête vers le ciel et poussa un long et puissant hurlement... à l'adresse de sa prédestinée.

Chapitre 37

Quelques mots anciens

Le chant du loup atteignit Jwan alors qu'elle slalomait souplement entre les villageois pour gagner la sortie d'*Hanakotoba*. Le guépard se figea telle une statue et, tout doucement, tourna sa belle tête en direction de l'arche du *Sensei*, sans pouvoir repérer l'animal. La jeune femme revint sur ses pas en remontant petit à petit la rue principale, les Japonais puis ses amis s'effaçant à son passage, et soudain... elle le vit.

Le gigantesque loup gris se tenait toujours auprès de l'enfant-Dieu ; il redressa le museau en l'apercevant, avant de pousser un jappement et de bondir puissamment pour se réceptionner sur ses pattes juste devant elle. Si c'était une chimère... c'était cruel. Mais si cela n'en était pas une ?

La princesse ne savait plus si son esprit lui jouait des tours – de méchants tours – ou si Val'Aka se trouvait bel et bien devant elle, dans la peau du magnifique canidé. Ce dernier fit un autre pas en avant, donna un coup de museau sous la gueule du félin, puis poussa une légère plainte pour ensuite s'avancer encore afin de frotter la fourrure de son cou à celle du guépard. N'y tenant plus, Jwan mua instantanément et passa ses bras autour de la prodigieuse encolure du loup, qui se transforma également pour reprendre son aspect humain, et tous deux s'agenouillèrent pour s'enlacer avec fougue.

Comme si les Japonais avaient prévu ces retrouvailles, plusieurs d'entre eux se postèrent tout autour du couple dénudé et les cachèrent des regards à l'aide de larges étoles de soie. Là, dans ce cocon de douceur, Val'Aka et Jwan s'embrassèrent en pleurant de joie. Chacun cherchait à toucher l'autre en folles caresses, comme pour s'assurer de la réalité du moment.

— Jwan, mon amour, chuchota le jeune homme entre deux baisers fougueux.

— Tu es là, tu es là… souffla la princesse qui avait toujours peur d'y croire.

— Oui, et je ne te quitterai plus jamais, lui promit-il en la serrant fortement, avant de jeter un regard circulaire à la ronde. *Sweety*, nous avons tant de choses à nous dire, mais ce n'est pas le moment. Viens, murmura-t-il encore en se redressant et en l'aidant à faire de même.

Une nouvelle fois, des villageois les assistèrent

pour enfiler des kimonos et les étoles de soie disparurent dès que les jeunes gens furent présentables. Main dans la main, ils pivotèrent en direction de leurs amis, et Val'Aka se dirigea lentement vers Kalaan et Isabelle. C'était la rencontre que l'aîné des Croz attendait depuis tant d'années, et enfin elle se concrétisait : Isabelle s'élança pour littéralement lui sauter dans les bras en riant et pleurant à la fois. Quant à Kalaan, s'il se modérait davantage, sa vive émotion transparaissait sur les beaux traits de son visage. Face à face, les deux hommes se ressemblaient tant que le corsaire se demanda comment il avait pu passer à côté de ce constat, alors qu'ils s'étaient déjà croisés plusieurs fois et même parlé.

— Heureux de te revoir... mon frère, murmura-t-il bouleversé.

— Moi aussi, mon frère ! lança franchement Val'Aka après qu'Isabelle se fut effacée.

Il tendit la main de façon hésitante, ce que Kalaan ignora en faisait un pas en avant et en le prenant dans ses bras pour une virile accolade.

De son côté, Jwan assistait avec émerveillement à cette émouvante rencontre ; elle s'écarta pour laisser la fratrie se découvrir, et se dirigea ensuite vers le jeune *Sensei*.

— Merci, chuchota-t-elle en inclinant le buste pour le saluer.

— Ne me remercie pas, princesse de Pount. C'est

grâce à toi que j'ai pu le sauver !

— Grâce à moi ? s'étonna-t-elle.

— Oui, car en voulant te dire adieu, il s'est métamorphosé en loup, et ainsi...

—... vous avez pu le faire renaître à la vie comme tous les autres animaux ! s'écria-t-elle soudain en se souvenant de ce qu'il leur avait raconté dans la grotte, à Val'Aka et à elle. Vous ne pouvez pas sauver les humains, car leur âme est tout de suite happée par le *Chant*, mais ce n'est pas le cas pour le reste de la faune !

— C'est cela.

— Pardon ? coupa dans leur dos la voix rauque et faussement menaçante de Kalaan. Est-ce à dire qu'il n'était pas nécessaire de transformer ma frégate en une réplique de l'arche de Noé ?

Tout le monde se mit à rire, y compris le jeune dieu et Val'Aka – selon toute évidence Akirō avait raconté l'histoire du sauvetage des animaux avant l'arrivée du corsaire au village – ; après quoi, il fut décidé de fêter en grande pompe ce fabuleux moment de retrouvailles. L'aîné des Croz put ainsi faire connaissance avec Amélie, Virginie, Dorian et les frères Guivarch, comme avec les Saint Clare. Il fut également très ému de revoir P'tit Loïk et tous deux se gaussèrent des expressions que Jwan lui avait empruntées et qu'elle récitait sous forme de dictons. La princesse fit mine d'être vexée, avant de joindre son rire à celui des deux hommes. Akiha et son frère se mêlèrent à la fête, ainsi que tous les villageois et le *mirin* comme le *saké* coulèrent à flots.

À un moment de la soirée, le *Sensei* invita Jwan et Val'Aka à s'installer pour la nuit dans le Cercle des dieux, afin qu'ils puissent se retrouver en toute tranquillité.

— Mais *Sensei*, c'est votre demeure sacrée ! Nous ne pouvons pas accepter ! refusa poliment la princesse, extrêmement touchée par cette proposition mais ne voulant pas déranger la jeune déité.

— Tut tut ! Tout est déjà prévu ! Et le Cercle n'est pas ma seule maison, j'ai également un petit nid près du *dojo*.

Sur ces mots, et avant que le couple ne puisse à nouveau refuser son offre, il disparut au cœur de la foule amassée dans la rue principale. Val'Aka sourit tendrement à Jwan, lui saisit la main et l'entraîna à l'intérieur de la grotte. Ils arrivèrent rapidement dans le Cercle des dieux et s'extasièrent une nouvelle fois sur la beauté de l'endroit. La lave s'était quasiment solidifiée, et la surface du bouclier invisible ressemblait désormais à une sorte de marbre sombre strié de veinures rougeâtres. Quelques lampions posés à même le sol dispensaient une douce lumière, et un panier de fruits avait été disposé à quelques pas d'un large futon.

Effectivement… tout avait été préparé pour

accueillir le couple. Ils se dévorèrent des yeux et bientôt laissèrent tomber les mots : ce furent leurs corps qui s'exprimèrent. Éperdus d'amour, ils s'enlacèrent avec passion et s'embrassèrent avec fougue. Leurs langues se cherchèrent avidement et leurs mains partirent à la découverte de l'autre. Les kimonos disparurent comme par magie et ils s'allongèrent sur le futon sans jamais dessouder leurs lèvres.

Pour Jwan, être à nouveau dans les bras musclés de Val'Aka était comme renaître. Car en le perdant, elle aussi était morte d'une certaine manière. Pleinement consciente de cela, la jeune femme se donna à lui de tout son cœur, de toute son âme et de tout son corps ; la passion les emporta alors sur des sommets toujours plus hauts.

Val'Aka glissa un genou entre ses jambes et Jwan les enroula autour de ses hanches tandis qu'il pénétrait en elle en une seule et puissante poussée.

— Oh, Jwan... plus jamais... sans toi... chuchota-t-il d'une voix rauque et éminemment sensuelle entre chaque coup de reins.

— Ensemble, pour l'éternité ! lui retourna-t-elle avec fougue avant de gémir et de suffoquer sous la prodigieuse montée de l'orgasme, alors que son intimité se contractait violemment autour de son membre.

Il accéléra ses mouvements et se redressa sur ses bras de part et d'autre du corps de la jeune femme. D'un geste brusque de la tête, il rejeta sa longue chevelure noire dans son dos puis plongea son regard fiévreux dans celui de Jwan. Elle se força à ne pas fermer les paupières, pour qu'il puisse lire sa félicité dans ses yeux. Et puis ce fut une succession d'explosions de lumière, des ondes foudroyantes de plaisir brut montèrent en elle en lui coupant le souffle, tandis que son corps était saisi de violents soubresauts.

Heureux d'avoir conduit la jeune femme à la jouissance, Val'Aka se déchaîna entre ses jambes et plongea en elle en poussant des râles jusqu'à ce que lui aussi atteigne l'orgasme dans un long grognement, après l'avoir puissamment pénétrée de son membre, la rivant sur place.

Ils refirent plusieurs fois l'amour au cours de cette merveilleuse nuit, avec fougue ou avec tendresse, et finirent par s'endormir d'épuisement. Quelque temps plus tard, Jwan se réveilla : elle mourait de faim, et elle leva la main pour chercher un fruit dans le panier qui se trouvait près de leur futon.

Soudain, un objet sous ses doigts attira son attention. Elle se redressa en essayant de ne pas éveiller Val'Aka, et approcha la corbeille pour saisir ledit objet. C'était une sorte de tube en roseau, fermé des deux côtés par un cuir épais. Mais ce qui la fit violemment sursauter, ce fut de reconnaître la marque gravée à même la tige : le sceau royal de Pount !

— Le *Sensei* a dit que cela t'appartenait, et que tu comprendrais en l'ouvrant, murmura Val'Aka que son tressaillement avait réveillé, et qui s'était assis dans son dos pour l'enlacer et lui embrasser l'épaule.

— C'est… cela vient… de mon pays… bégaya Jwan avec beaucoup d'émotion.

— Ouvre-le, *sweety* !

Après une nouvelle hésitation, la jeune femme arracha quasiment un des morceaux de cuir et secoua le tube pour en faire sortir un petit rouleau de papyrus.

C'était une lettre… un message qui avait traversé le temps, dans lequel Aty et Parahou, ses parents, expliquaient à Jwan combien ils avaient été déchirés de devoir la laisser partir à la demande des déités. Selon ces dernières, elle devait accomplir sa destinée, et ils sollicitaient son pardon pour avoir dû se montrer si durs avec elle. Ils l'assuraient également de leur profond amour, de leur fierté, et priaient pour avoir le bonheur de la retrouver un jour dans le *Chant*.

— Ils… ne m'ont jamais… rejetée ! se mit-elle à hoqueter en serrant le papyrus contre sa poitrine. Par les dieux ! Val'Aka, je les ai tellement détestés pour cela ! Alors qu'ils n'ont jamais cessé de m'aimer !

Le jeune homme la fit basculer dans ses bras et écarta ses longs cheveux roux de son visage bouleversé.

— Les parents sont capables de faire d'immenses sacrifices pour leurs enfants. Il fallait que tu partes…

pour me rejoindre. Ils n'ont pas eu d'autre choix que de te jouer la comédie. Aurais-tu accompagné mon frère et ma sœur en laissant derrière toi une mère et un père aimants ?

— Non ! avoua Jwan avec sincérité. Mais eux au moins, grâce à ce message, ont pu me faire savoir qu'ils m'aimaient et que je les rendais fiers. Moi par contre… je ne pourrai jamais leur dire à quel point je les aime également.

— *Tu te trompes, princesse de Pount !* lança une voix jeune qui parut sortir de partout et nulle part à la fois.

— *Sensei ?* appela Val'Aka en fronçant les sourcils, avant de se lever en enfilant son kimono.

— *Ne me cherche pas dans le Cercle, mon fils. Je suis au dojo. Mais j'ai senti la tristesse de Jwan, et je n'ai pas pu la laisser souffrir encore une fois.*

— Vous vous trompez, *Sensei*, souffla la princesse en essuyant une larme de ses doigts. Oui, je souffre, d'une certaine manière… mais je suis aussi rassurée, car je sais maintenant que j'ai vraiment été aimée.

— *Et si tu pouvais revoir tes parents, le ferais-tu ?*

Les jeunes gens se dévisagèrent en pâlissant. D'une manière détournée, la déité proposait-elle à Jwan de la renvoyer chez elle ?

— Non ! lança-t-elle dans un cri du cœur. Si l'on

me sépare une nouvelle fois de Val'Aka, j'en mourrai réellement !

— *Qu'est-ce qui te fait croire que vous serez séparés ? Je vous donne à tous les deux la possibilité de partir pour Pount et d'en revenir quand vous le souhaiterez. Il ne s'agirait que d'un petit voyage dans le temps, pour rendre visite à tes parents !*

— Par… les… dieux… bégaya-t-elle pour seule réponse.

— Nous acceptons ! dit à son tour Val'Aka, avant de prendre son aimée contre lui. Jwan, je n'ai désormais plus rien qui me retient en Angleterre où je suis certainement porté pour mort, une seconde fois ! Et j'ai hâte de découvrir ton royaume, ma princesse ! Nous y passerons quelque temps, et reviendrons… vivre à *Hanakotoba*.

— S'installer ici ? Oui ! Mille fois oui ! se mit à crier Jwan folle de bonheur.

— Il nous reste juste à l'apprendre à ma famille et nos amis ! lui retourna-t-il encore avant de la faire virevolter dans les airs et de rire aux éclats avec elle.

L'avenir s'annonçait enfin radieux pour les amoureux et ils comptaient en profiter à mille pour cent.

Épilogue

Val'Aka et Jwan profitèrent d'une autre journée en toute intimité dans le Cercle des dieux, et se décidèrent à rejoindre leur famille et leurs amis pour la soirée, dans la grande demeure que le *Sensei* avait mise à la disposition de ceux-ci. À peine installés autour de l'*ironi*, les jeunes gens révélèrent tout de go à la cantonade la proposition du *Sensei*, et annoncèrent leur intention d'accepter pour se rendre quelques mois à Pount.

Même si Kalaan, Isabelle et tous leurs compagnons furent ébahis d'apprendre que voyager dans le temps était aussi facilement réalisable, comme attristés de devoir se séparer d'un être cher à peine retrouvé, ils assurèrent le couple de leur soutien indéfectible quant à ce projet.

Ardör siffla brusquement d'admiration :

— Ma foi, ce jeune dieu de chair et de sang n'a pas fini de m'épater ! C'est un magnifique présent qu'il vous offre, à tous deux !

— Nous en avons conscience, murmura Jwan en

posant sa tête contre l'épaule puissante de Val'Aka.

— De toute façon, nous nous retrouverons ici, à *Miyakejima,* quand vous reviendrez de votre voyage dans le temps ! lâcha soudain Isabelle, au grand étonnement de Dorian qui souleva un sourcil interrogateur.

— Ah bon ? fit-il.

— Isabelle a raison ! jeta à son tour Virginie. Et Kalaan et moi serons également présents !

— Vraiment ? s'enquit celui-ci sur le même ton surpris que Dorian.

— Je plussoie ! s'écria alors Eilidh, la blonde épouse de Keir Saint Clare.

— *Mathanas ?*[53]

Amélie pinça les lèvres comme pour se retenir de parler, et Isabelle lança un regard à la ronde avant de prendre la parole :

— Voilà… Virginie, Eilidh et moi-même avons un petit souci de dernière minute… qui nous empêche... de reprendre la mer… et… hum...

— Arrête de tourner autour du pot ! tempêta Kalaan que le bafouillement de sa sœur mettait au supplice.

— Nous allons avoir un bébé ! Toutes les trois… enfin… nous tous ! coupa cette-fois Virginie, le feu aux joues.

Un silence s'abattit dans la grande pièce de la

---

53 *Mathanas ? : Pardon ? En gaélique écossais.*

maison... et soudain, ce furent des cris de joie, des couples qui se levaient et s'embrassaient, de l'exubérance à foison. Le bonheur absolu !

— Mais alors, nos enfants seront japonais ? s'inquiéta à l'improviste Keir Saint Clare, avant que tous ne s'esclaffent.

Ainsi, Val'Aka et Jwan partirent pour leur voyage dans le temps, à destination de Pount. La princesse était impatiente de revoir ses parents et de leur dire combien elle les aimait, mais l'aîné des Croz était impatient pour sa part de revenir dans quelques mois à *Miyakejima*, pour faire connaissance avec ses neveux... ou nièces.

Les âmes sœurs s'étaient retrouvées, les familles ressoudées, plus rien ne les séparerait.

Remerciements

À mon amie et correctrice Solange.

À mon amie et lectrice en chef Marie.

À ma famille toujours auprès de moi, à me soutenir.

À vous, chers lecteurs, et n'hésitez pas à donner vos avis.

Avec toute ma tendresse,

Linda

www.ingramcontent.com/pod-product-compliance
Lightning Source LLC
LaVergne TN
LVHW040132080526
838202LV00042B/2878